岩波文庫
32-221-3

対　訳

コウルリッジ詩集

── イギリス詩人選(7) ──

上島建吉編

岩波書店

まえがき

　昔から世紀の変り目には政治的、思想的、文化的に大きな動乱や変化が起こる。そして、しばしば英雄や大芸術家、大文学者が輩出する。18世紀末葉から19世紀初頭にかけての約五十年間もそういう激動の時代の一つであった。1776年にはアメリカの独立があり、1789年にはフランス大革命が始まった。不可能が可能になり、空想が現実となった。そうした風潮の中でコルシカの一兵卒がフランス皇帝となり、ヨーロッパ全土を席捲して各地に自由と解放の火種をまいた。それに刺戟されてドイツでは、ゲーテやベートーヴェンが伝統を一新する不朽の名作を世に残した。こうした偉業は必ずしも個人の天賦の才からのみ生まれたのではない。時代がそれを要求し、風土がそれを実らせたのである。文芸史上この時期をわれわれはロマン主義の時代と呼ぶ。表面それは夢と歓喜と創造の時代に見えるが、その背後に幻滅と苦悩と、そしてある意味では狂気が隠れていることも忘れてはならない。

　本詩集の原作者サミュエル・テイラー・コウルリッジ (1772-1834) は、その友ウィリアム・ワーズワス (1770-1850) と並んで、イギリス・ロマン主義の開祖と称される。海峡を隔てたイギリスでは、革命も民族の独立運動も対岸の火事であった。ここでは相変らず、貴族・地主階級による保守反動政治が続いていた。しかしそれだけに一層、フランス革命とその成行きがもたらす心理的影響は大きかったと言える。この

二人の詩人も、一時は革命主義に共鳴して行動し、後には幻滅を抱いて田園に逃れ、家庭を築いて詩作にふけった。そのために彼らは、行動したことの悔恨と、行動しないでいることの後ろめたさとを人生半ばまで引きずることになった。もしこの二重の苦悩がなかったなら、両者の詩は全然別なものとなり、ひいてはイギリス・ロマン主義も誕生しなかったであろう。ワーズワスは単なる叙景詩人として終わり、コウルリッジは平凡な神学者か哲学者の道を歩んだであろう。青春時代の熱狂はしばしば人を狂気の幻想に走らせる。しかしワーズワスとコウルリッジの場合、彼らのロマン主義は幻想そのものというより、それが醒めた後の痕跡を描くことの方が多かった。本詩集は主としてそうした痕跡の記録である。以下本書の構成について述べておこう。

　一般にコウルリッジは「幻想詩人」として知られている。だが「クーブラ・カーン」と「古老の舟乗り」だけでコウルリッジを判断できると思うのは、『坊っちゃん』と『吾輩は猫である』だけで夏目漱石を理解できると思うのと同じくらい軽率である。確かに「クリスタベル」を含めた三大幻想詩はコウルリッジの代表作であり、英文学史上屈指の名作と言われるだけの価値はある。しかし巻末の「略伝」でも述べるように、それらは芋虫から羽化した蝶であり、芋虫の苦悩を知らずして蝶の美の神髄を味わうことはできない。その意味で本選集では〈幻想詩編〉を末尾においた。そうして他の〈詩編〉を、制作順というより内容上、「芋虫」から「蛹(さなぎ)」に成長する過程に合わせて配列した。

　冒頭の〈人生詩編〉にはごく初期から最晩年に至るまでの、

人生一般にかかわる詩を集め、コウルリッジ入門の役割を兼ねた。[9]を除いて比較的短い詩が多いのは、今日の読者に始めから愛想をつかされないための配慮である。続く〈政治詩編〉では 'Religious Musings' や 'The Destiny of Nations' や 'France — An Ode' などを当然加えるべきであったが、いずれも長詩で本選集の紙幅が許さなかった。〈恋愛詩編〉はいわゆる「アスラ詩編」(334ページ参照)を中心に選んだもので、人間コウルリッジの煩悩と悲哀を如実に物語っている。〈田園詩編〉は形式から言うと「会話詩」(328ページ参照)に属する作品がほとんどで、内容的には自然描写を発端として人生全般の考察に及び、作者のもっとも円熟した思想と詩法が窺えるものである。前述の比喩で言えば「蛹」の段階であろう。それが突如として羽化登仙した〈幻想詩編〉では、残念ながら「クリスタベル」の第二部を割愛せざるをえなかった。第二部だけで346行の長編であることと、前記 'France — An Ode' とともに、岩波文庫に読みやすい既訳(『コウルリヂ詩選』斎藤勇・大和資雄訳、1955年)があることとがその理由である。

詩の訳は原詩のイメージや思想や情感を伝えることに重点をおき、必ずしも語句の字義上の意味や語順などには拘泥しなかった。訳文だけで原詩が理解できるよう微力を注いだが、思想的に難解な作品も多く、意を尽せなかった点はお許し願いたい。脚注は語義上、語法上の注解に加えて、制作事情や思想的背景の説明にも気を配った。そのため巻末の「略伝」と重複する部分もあるが、なるべく後者の補完となるように心がけた。その「略伝」では詩人コウルリッジの人間的側面に光を当てようと努めたが、限られた紙数ではとても十分と

は言いがたい。多少でも詩の理解の参考になれば幸いである。

訳、脚注、「略伝」等、本書制作の全般にわたってさまざまな先行文献のお世話になった。その主なものは下記の通りであるが、特に山田豊氏のコウルリッジ研究三部作には負うところが大きかった。記して感謝の意を表する次第である。

2001年12月　　　　　　　　　　　　　　編　者

〈底本〉

E. H. Coleridge (ed.), *Coleridge : Poetical Works*, OUP, 1967.

〈参考文献〉

1　E. K. Chambers, *Coleridge : A Biographical Study*, Oxford, Clarendon Press, 1967.
2　W. J. Bate, *Coleridge*, Macmillan, 1968.
3　John Livingston Lowes, *The Road to Xanadu*, Vintage Books, 1959.
4　J. ギルマン『コウルリッジの生涯』桂田利吉・岡村由美子・高山信雄訳、こびあん書房、1992年。
5　高山信雄『コウルリッジ研究』こびあん書房、1984年。
6　山田豊『詩人コールリッジ』山口書店、1986年。
7　──『失意の詩人コールリッジ』山口書店、1991年。
8　──『コールリッジとワーズワス』北星堂書店、1999年。
9　枝村吉三編注『コウルリジ詩集』旺史社、1990年。
10　田村謙二『コールリッジの創造的精神』英宝社、1997年。

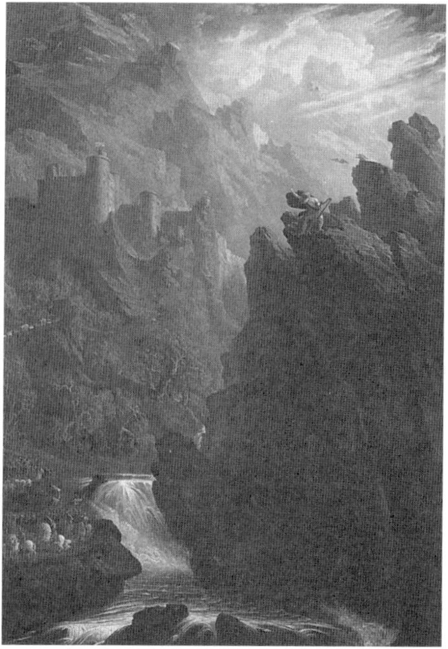

CONTENTS

I Poems on Life

1	Life (1789?)	14
2	Sonnet — To the River Otter (1793)	16
3	Sonnet — On quitting School for College (1791)	18
4	Domestic Peace (1794)	20
5	To an Infant (1795)	22
6	Something Childish, but very Natural (1799)	26
7	Home-sick — Written in Germany (1799)	28
8	Homeless (1826)	30
9	Dejection — An Ode (1802)	32
10	Youth and Age (1823-1832)	50
11	An Exile (1805)	56
12	Epitaph (1833)	56

II Political Poems

13	Destruction of the Bastile (1789?)	60
14	On the Prospect of establishing a Pantisocracy in America (1794)	66
15	To a Young Ass (1794)	68
16	Fears in Solitude (1798)	74

目　次

まえがき

Ⅰ〈人生詩編〉

1　人　生 … 15
2　ソネット――オッター川に寄せて … 17
3　ソネット――大学に向けて学舎を去るに際して … 19
4　家庭の安らぎ … 21
5　幼な子に寄す … 23
6　子どもっぽいがとても自然な夢――ドイツにて … 27
7　郷愁――ドイツにて … 29
8　宿　な　し … 31
9　失意のオード … 33
10　青春と老年 … 51
11　島　流　し … 57
12　墓　碑　銘 … 57

Ⅱ〈政治詩編〉

13　バスチーユの崩壊 … 61
14　アメリカにパンティソクラシーを建設する見通しについて … 67
15　ロバの子に寄せて … 69
16　ひとり寂境にあって抱いた不安 … 75

III Love Poems

17 Lewti — Or the Circassian Love-chaunt (1798) 100
18 Love (1799) 110
19 The Keepsake (1800?) 122
20 A Day-dream (1802) 128
21 Separation (1805?) 134
22 Recollections of Love (1807) 138

IV Nature Poems

23 Lines — Composed while climbing the Left Ascent of Brockley Coomb (1795) 146
24 The Eolian Harp (1795) 150
25 This Lime-tree Bower my Prison (1797) 158
26 Frost at Midnight (1798) 168
27 The Nightingale — A Conversation Poem (1798) 176

V Visionary Poems

28 Kubla Khan : Or, a Vision in a Dream — A Fragment (1797) 192
29 The Rime of the Ancient Mariner (1798) 204
30 Christabel, Part I (1798) 284

目次　11

III　〈恋愛詩編〉

17　リューティ——あるいは、チェルケス地方の恋唄　101
18　恋　111
19　恋の形見　123
20　真昼の夢　129
21　別　離　135
22　恋の思い出　139

IV　〈田園詩編〉

23　詩章——ブロックリー谷の左斜面を登る　147
24　アイオロスの竪琴　151
25　このシナノキの木蔭はぼくの牢獄　159
26　深夜の霜　169
27　小夜啼鳥——会話詩　177

V　〈幻想詩編〉

28　クーブラ・カーンあるいは夢で見た幻想——断章　193
29　古老の舟乗り　205
30　クリスタベル　第一部　285

コウルリッジ略伝　321

I

〈人生詩編〉
Poems on Life

[1]　Life

As late I journey'd o'er the extensive plain
　Where native Otter sports his scanty stream,
Musing in torpid woe a Sister's pain,
　The glorious prospect woke me from the dream.

At every step it widen'd to my sight —　　　　　　5
　Wood, Meadow, verdant Hill, and dreary Steep,
Following in quick succession of delight, —
　Till all — at once — did my eye ravish'd sweep!

May this (I cried) my course through Life portray!
New scenes of Wisdom may each step display,　　　10
　And Knowledge open as my days advance!
Till what time Death shall pour the undarken'd ray,
　My eye shall dart thro' infinite expanse,
And thought suspended lie in Rapture's blissful
　　　　　　　　　　　　　　　　trance.

---

[1]　1　**As late**＝lately. この as は時を表わす副詞に先立って限定の意を強める。〈例〉as then, as yet. **journey'd**＝journeyed. **o'er**＝over.　2　**sports**＝displays.　3　**a Sister's**　詩人のただ一人の姉 Anne。1791 年 3 月に病死。　8　**did ... sweep**＝swept my ravished eye.　13　**thro'**＝through.　14　**thought**＝thinking.

　この詩は「1789 年 9 月故郷を後にした直後に書かれた」とある草稿

[1] 人　生

つい先頃、オッター川が夏涸れの姿を見せる
　　ふるさとの野原をはるばると旅した時のこと、
姉の病苦が脳裡を去らず心が鬱うつとしていたが、
　　目を瞠(みは)るような光景が私を悪夢から醒(さ)ました。

一足ごとにその光景は視野に広がった――
　　森、牧場、緑の丘、荒れさびれた崖と、
次つぎ移り変わる様をうっとりと眺めるうち
　　すべてが、ぱっと、視界から消え失せた。

わが行末(ゆくすえ)はかくの如くあれ！(私は叫んだ)
一足ごとに新たな英知の景観が眼にうつり、
　　年ごとに知識の視野が広がりますように！
やがて死が訪れても光が翳(かげ)ることはなく、
　　私の眼差しは広大無辺の地平に行き及び、
意識は至福の歓喜の恍惚(こうこつ)境に漂うのだ。

に自注があるが、作者がその年にロンドンから里帰りをしたとは考えにくい。姉危篤の報を受けたのは 1791 年になってからである。恐らく作者は、姉の死後 1792 年の夏休みに帰郷した際、夏涸れのオッター川を見て故人の苦悩に胸を痛めると同時に、その反動として自身の前途のめくるめくような知的人生を夢みたのではないか。彼は前年の 10 月からケンブリッジ大学で新たな学生生活を始めていた。

[2]　Sonnet — To the River Otter

Dear native Brook! wild Streamlet of the West!
　How many various-fated years have past,
　What happy and what mournful hours, since last
I skimm'd the smooth thin stone along thy breast,
Numbering its light leaps! yet so deep imprest 5
Sink the sweet scenes of childhood, that mine eyes
　I never shut amid the sunny ray,
But straight with all their tints thy waters rise,
　Thy crossing plank, thy marge with willows grey,
And bedded sand that vein'd with various dyes 10
Gleam'd through thy bright transparence! On my way,
　Visions of Childhood! oft have ye beguil'd
Lone manhood's cares, yet waking fondest sighs:
　Ah! that once more I were a careless Child!

---

[2]　**表題　the River Otter**　詩人が九歳まで過ごした故郷オッタリー・セント・メアリー(Ottery St. Mary)を流れる川。　**1　the West**　地理的に西にある土地という意味と、いわゆる「西方浄土」つまり人生究極の楽園という意味とを兼ねる。　**5-6　so deep...Sink**　「深く刻みつけられて心底に沈んでいるので」。主語は次の "the sweet scenes..."。　**13　fondest**＝foolishly tender.

[2]　ソネット——オッター川に寄せて

懐かしい故郷の川よ、西国(さいごく)の素朴な流れよ、
　いくとせの有為転変の人生が
　いくたびの喜びと悲しみの時が過ぎたことか、
この前おまえの水面(みなも)に平らな石を水平に投げ
軽やかに弾(はず)んで跳ぶその数をかぞえてから。
幼かったその時の情景が深く心に刻みつき、
　日向(ひなた)で目を閉じればすぐ瞼(まぶた)の裏に
おまえの流れが色鮮やかに浮かんでくる——

　瀬を渡る踏み板、銀鼠(ぎんねず)色の川端柳、
川底にさまざまな色で縞模様を作り
澄明な水に透けて見える砂。人生の途上で、

　幼き日の幻よ、何度もおまえは壮年の私の煩いを
紛らせながら、私にやるせない吐息をつかせたね——
　ああ、もう一度心のどかな子どもに還れたらと！

　この詩は作者個人の望郷の念を語るとともに人間精神の基本原理を視覚化している。成人してからの有為転変は水面をかすめて飛ぶ小石のように、人生の流れに何の痕跡も残さない。幼い日に胸底に刻まれた色鮮やかな印象こそ、各人の原体験として、不変の vision として、生涯を通じてよみがえり、精神生活の支えとなるのである。

[3]　Sonnet
　　— On quitting School for College

Farewell parental scenes! a sad farewell!
To you my grateful heart still fondly clings,
Tho' fluttering round on Fancy's burnish'd wings
Her tales of future Joy Hope loves to tell.
Adieu, adieu! ye much-lov'd cloisters pale!　　　　5
Ah! would those happy days return again,
When 'neath your arches, free from every stain,
I heard of guilt and wonder'd at the tale!
Dear haunts! where oft my simple lays I sang,
Listening meanwhile the echoings of my feet,　　　10
Lingering I quit you, with as great a pang,
As when erewhile, my weeping childhood, torn
By early sorrow from my native seat,
Mingled its tears with hers — my widow'd Parent
　　　　　　　　　　　　　　　　　　　lorn.

---

[3] **表題 School**＝Christ's Hospital. **College**＝Jesus College, Cambridge. **3 Tho'**＝though. **burnish'd**＝burnished. **5 cloisters** 中庭を囲んだ四角形の歩廊。転じて僧院(風)の建物全体も意味する。**7 'neath**＝beneath. **arches**＝cloisters. **8 the tale** アダムとイヴの物語。**9 haunts** 「溜り場」と訳したが，上記 cloisters や arches の言い換えかもしれない。**14 my widow'd Parent** 詩

[3]　ソネット
　　　——大学に向けて学舎を去るに際して

さようなら母校の風景よ、悲しい別れだ、
愛惜の情がどうしても君から離れない、
頭の中では空想のぴっかぴかの翼に乗って
希望が悦びの未来を語りたがっているのに。
さらば、さらば、大好きだった回廊の暗がりよ、
ああ、あの幸せな日々が再び戻ればいいのに！
回廊のアーチの下で何一つ汚れを知らぬ私は
人間の罪について聞き、その物語に驚嘆したっけ。
懐かしい溜り場よ、そこでよく自作の詩を吟ったな。
今こだまするそうした私の昔の足音に耳傾け
後ろ髪引かれる思いに心疼きながら私は去るのだ。
それはかつて泣き虫だった幼い頃、生まれた
土地から引き剝がされ、子ども心に悲しい涙を
交わした時のようだ——やもめになった淋しい母と。

人の母 Ann Coleridge のこと。父 John は 1781 年 10 月に急死し、詩人は翌 1782 年 4 月に郷里を離れてロンドンに向かった。この詩はしかし、それから九年後の 1791 年 9 月に Christ's Hospital を去るに当たっての感慨である。したがって 1 行目の parental scenes には在校中最後の二年間、詩人の母親代わりをつとめたエヴァンズ夫人の影も差している——山田(1986 年)、14 ページ参照。

[4] Domestic Peace

Tell me, on what holy ground
May Domestic Peace be found?
Halcyon daughter of the skies,
Far on fearful wings she flies,
From the pomp of Sceptered State,   5
From the Rebel's noisy hate.

In a cottag'd vale She dwells,
Listening to the Sabbath bells!
Still around her steps are seen
Spotless Honour's meeker mien,   10
Love, the sire of pleasing fears,
Sorrow smiling through her tears,
And conscious of the past employ
Memory, bosom-spring of joy.

---

[4] **表題 Peace** 政治的な用語であると同時に精神的な安らぎ(= peace of mind)をも意味する。　**3 Halcyon**＝calm, peaceful. 本来「カワセミ」のことだが、この海鳥が卵をかえす頃には冬でも風波が凪いで小春日和になるという伝説から。　**7 She**＝Domestic Peace.　**13 employ**＝employment. ここでは「記憶」に託された過去のさまざまな出来事の意。

[4] 家庭の安らぎ

教えておくれ、どんな聖地に
家庭の安らぎが見出せるかを。
穏やかな空の娘ハルシオンは遠く
怯えた翼を広げて去って行く、
飛ぶ鳥落とす君主の驕(おご)る国から、
憎しみ溢れた叛徒の叫び声から。

小屋のある谷間に安らぎは宿る、
安息日の鐘の音(ね)に耳傾けながら。
その足元にいつも見られるのは
汚(けが)れを知らぬ淑徳の床しい物腰、
心地よい気遣いの源(みなもと)である情愛、
涙の中に微笑(ほほえ)みを浮かべる悲哀、
過ぎし日のよしなし事を忘れず
喜びの湧き水となる胸底の記憶。

　この詩は初め、サウジーとの合作劇 *The Fall of Robespierre*(1794年)の第一幕に、登場人物の女性の歌として挿入された。そこで前半は革命や反乱といった政治情勢が背景となっているが、後半は詩人が心の底から求めてきた理想の家庭が主題である。大文字で擬人化された抽象名詞は、エヴァンズ一家や、故郷の実家の、母であり娘たちであり、父であり兄姉であった人たちの姿を彷彿とさせる。

[5] To an Infant

Ah! cease thy tears and sobs, my little Life!
I did but snatch away the unclasp'd knife:
Some safer toy will soon arrest thine eye,
And to quick laughter change this peevish cry!
Poor stumbler on the rocky coast of Woe,   5
Tutor'd by Pain each source of pain to know!
Alike the foodful fruit and scorching fire
Awake thy eager grasp and young desire;
Alike the Good, the Ill offend thy sight,
And rouse the stormy sense of shrill Affright!   10
Untaught, yet wise! mid all thy brief alarms
Thou closely clingest to thy Mother's arms,
Nestling thy little face in that fond breast
Whose anxious heavings lull thee to thy rest!
Man's breathing Miniature! thou mak'st me sigh —   15
A Babe art thou — and such a Thing am I!
To anger rapid and as soon appeas'd,

---

[5] 1795年に書かれたこの詩は、必ずしもコウルリッジの実生活と一致していない。詩人がセアラ・フリッカー (Sara Fricker) と結婚したのはこの年の10月であり、長男ハートリー (Hartley) が生まれたのは翌年の9月である。したがって彼はまだ見ぬ「わが子」を目に浮かべてこの詩の大半を書いたわけだ。しかし終わりの六行でこの詩は急に難解になる。その難解さは同年に書かれた[24]の終結部を読めば

[5]　幼な子に寄す

涙を流して泣きじゃくるのはおやめ、かわいい生命(いのち)よ、
開いた折畳みナイフを取り上げただけじゃないか。
もっと安全なおもちゃにすぐ目が行くよ、
そしてその拗(す)ねた泣き声も笑い声に変わるさ。
「災厄」の岩礁(がんしょう)をよちよち歩くうちに
「苦痛」に手を引かれてその源(みなもと)を知るのだ。
滋養溢れる果物も火傷(やけど)を起こす暖炉の火も、
見れば欲しくてたまらない気持になるさ。
「善霊」同様「悪霊」も目の前に現れたら
嵐のような恐怖感を与えることもあるさ。
天性賢いおまえは不安が通り過ぎる間、
ぴったりと母親の両腕に縋(すが)りつき、
やさしい胸に小さな顔を埋めているうち
おまえを案じる息遣いに揺られて眠るのだ。
人間の生きたミニチュアよ、おまえは赤児だけれど
大人の私も似たり寄ったりだから溜息が出るよ——
すぐに怒り出すがおさまるのも早い。

ある程度理解できるであろう。そこではユニテリアン派(「略伝」324ページ参照)であった詩人がひたすら正統派のセアラに許しを求め、改悛の情を示している。この詩でも彼はトリニテリアン的な信条を仄めかすばかりか、自分自身が幼な子になって「聖母」(=セアラ)を慕うかのようである。　**15　mak'st**=make.　**16　such a Thing**=as imperfect as you are.　**17　appeas'd**=appeased.

For trifles mourning and by trifles pleas'd,
Break Friendship's mirror with a tetchy blow,
Yet snatch what coals of fire on Pleasure's altar
            glow! 20

O thou that rearest with celestial aim
The future Seraph in my mortal frame,
Thrice holy Faith! whatever thorns I meet
As on I totter with unpractis'd feet,
Still let me stretch my arms and cling to thee, 25
Meek nurse of souls through their long Infancy!

---

18 pleas'd=pleased.　**19 Friendship's mirror** 自分の愚かさを見よと、友人が差し出してくれる鏡(すなわち助言や忠告)。　**20 snatch...glow** 火と見れば無差別に危険だと、子どもの喜びなど無視して取り上げる。　**21 thou** 恋人セアラまたは聖母。　**22 future Seraph** まだ生まれない自分の子、またはキリスト。　**23 Thrice holy Faith** (1)自分とセアラとの契り、(2)自分およびセアラ

[5] 幼な子に寄す

くだらぬ事を嘆き、つまらぬ事に喜ぶ。
友情の鏡を苛立ちの一撃で壊すかと思えば
喜びの祭壇を照らす火は何であれ取り上げる。

おお、神聖な目的で私の肉の内なる
未来の熾天使(セラフィム)をはぐくみ育てる御身よ、
三重に聖なる契りよ、どんな茨(いばら)の上を
おぼつかない足取りで歩き続けようとも
両腕を伸ばしてあなたに縋らせて下さい、
長い幼少期の魂を養う心やさしい乳母よ！

―――――
と子ども(＝キリスト)との契り、(3)この三者と神との契り、などが考えられる。いずれにせよ、これらすべての信義関係の中心にあり、その鍵を握っているものはセアラ(＝聖母)である。　**26 Meek nurse** [24]の53行目 "Meek Daughter in the family of Christ" を参照。

[6] Something Childish, but very Natural
— Written in Germany

If I had but two little wings,
　　And were a little feathery bird,
　　　　To you I'd fly, my dear!
But thoughts like these are idle things,
　　　　And I stay here.　　　　　　　　　　　5

But in my sleep to you I fly:
　　I'm always with you in my sleep!
　　　　The world is all one's own.
But then one wakes, and where am I?
　　　　All, all alone.　　　　　　　　　　　10

Sleep stays not, though a monarch bids:
　　So I love to wake ere break of day:
　　　　For though my sleep be gone,
Yet while 'tis dark, one shuts one's lids,
　　　　And still dreams on.　　　　　　　　15

---

[6] **表題 Childish**=not befitting mature age; silly. 2 **feathery**=light like feathers. 3 **I'd**=I would. 4 **idle**=leading to nothing. 8, 9, 14 **one** 夢の中の自分。現実の自分(=I)と区別する。 14 **'tis**=it is.

1799年4月、ドイツのゲッティンゲンに滞在していた詩人が故郷の

[6]　子どもっぽいがとても自然な夢
　　　——ドイツにて

左右にかわいい羽をもち
　　小さくて軽やかな鳥だったなら
　　　　君の所へ飛んで行こうものを！
でもそんなこと考えたって始まらないから
　　ぼくはここにじっとしている。

だけど眠りの中では飛んで行くよ
　　眠っている時はいつも君と一緒だ！
　　　　世界はすべて自分のものさ。
しかし目が覚めてみると、ここはどこ？
　　ぼくはたったの一人ぼっちだ。

眠りは王様だって引き止められない。
　　だから夜明け前に目を覚ますのが好きさ。
　　　　たとえ眠りは去っていても
暗い間は、瞼(まぶた)を閉ざしてさえいれば、
　　ぼくはまだ夢の中にいる。

───────
妻宛に書いた手紙の中にある詩で、ドイツ民謡 'Wenn ich ein Vöglein wäre'（「もしも私が鳥だったなら」）にヒントを得たもの。この詩では鳥になりたいという憧れよりも、夢の中にとどまりたいという気持の方に重点があり、その「子どもっぽい」願いから[28]のような傑作も生まれたのである。

[7]　Home-sick — Written in Germany

'Tis sweet to him, who all the week
　Through city-crowds must push his way,
To stroll alone through fields and woods,
　And hallow thus the Sabbath-day.

And sweet it is, in summer bower,　　　　　　　　　　5
　Sincere, affectionate and gay,
One's own dear children feasting round,
　To celebrate one's marriage-day.

But what is all to his delight,
　Who having long been doomed to roam,　　　　　　10
Throws off the bundle from his back,
　Before the door of his own home?

Home-sickness is a wasting pang;
　This feel I hourly more and more:

---

[7]　この詩もドイツ滞在中，一友に宛てた手紙の中に記されたもの。したがって前半の二連は周囲のドイツ人の生活を観察して得た結果の描写と考えれば、この詩の含む情感が一層胸に迫ってくる。ゲッティンゲンの市民には快い安息日の自然散策も、そこが異国の山野である限りイギリス人には逆に寂寥感を募らせるだろう。ましてや家族総出で心から結婚記念日を祝ってくれる仲むつまじい団欒風景は、「単身

［7］　郷愁──ドイツにて

一週間都会の人混みの中を
　　いやでも歩かされる人には
ひとり野山を散策して安息日を
　　祝福することは快いことである。

あるいは夏の緑蔭にわが子たちが
　　心から、愛情こめて、賑やかに、
集い合って自分の結婚記念日を
　　祝ってくれるのも快いことである。

しかし何と言っても嬉しさの極みは
　　長い間放浪の憂目にあった人が
重い荷物を背中からほうり出して
　　わが家の門口に立つことではないか。

郷愁は身を細らせる苦痛だ、
　　私には時々刻々その感が強まってくる。

───────

赴任」の詩人にとって苦痛でしかあるまい。後半二連はそうした感情の激発である。そこには故国の山河への郷愁だけでなく、故国でも満たされているとは言えない "Domestic Peace" への憧憬が潜んでいる。
1　'Tis＝It is.　**13　wasting**　「消耗させる」。

There's healing only in thy wings,　　　　　15
　　Thou Breeze that play'st on Albion's shore!

[8]　Homeless

'O! Christmas Day, Oh! happy day!
　　A foretaste from above,
To him who hath a happy home
　　And love returned from love!'

O! Christmas Day, O gloomy day,　　　　　5
　　The barb in Memory's dart,
To him who walks alone through Life,
　　The desolate in heart.

15　There's=There is. **thy wings**「微風(そよかぜ)の羽ばたき」。**16　Albion's**=England's.

[8]　**2　foretaste**=partial enjoyment in advance.　**6　barb**(もり) 日本では「かえり」と呼び逆鉤・逆刺と書く特殊な装置で、釣針、銛、闘牛士の投げ槍(barbed dart)などの先端に切りこんで作った針状の

それを癒すものはおまえの息吹しかない、
　　アルビオンの岸辺に戯れる微風よ！

［8］ 宿 な し

「おお、クリスマス、楽しい日！
　　まさに天国のお味見だ、
楽しい家庭をもち、愛には愛を
　　返してもらえる人には」

おお、クリスマス、憂鬱な日、
　　記憶の投げ矢の針先だ、
心に寂寥を抱えて
　　人生をひとり歩く身には。

突起。これが付いた矢や槍は一度突き刺さると容易に抜けない。
　この詩は，詩人がハイゲイト（Higate）の医師ギルマン（Gillman）夫妻の家に逗留し始めてから後、おそらくギルマン夫人の手によって、ある本の見返し部分に筆写されたものと伝えられる。前の連にだけ引用符が付けてあるのは、世間の建前と自分の本音とを区別するためか。ギルマン夫妻については「略伝」339 ページ以下参照。

[9] Dejection — An Ode
[Written 4 April 1802]

> Late, late yestreen I saw the new Moon,
> With the old Moon in her arms;
> And I fear, I fear, My Master dear!
> We shall have a deadly storm.
> *Ballad of Sir Patrick Spence.*

I

Well! if the Bard was weather-wise, who made
　The grand old ballad of Sir Patrick Spence,
　This night, so tranquil now, will not go hence
Unroused by winds, that ply a busier trade
Than those which mould yon cloud in lazy flakes,　5
Or the dull sobbing draft, that moans and rakes
Upon the strings of this Æolian lute,
　　Which better far were mute.
　For lo! the New-moon winter-bright!

---

[9] **題詩　yestreen**=yesterday evening. 出所は *Percy's Reliques* (1765年)に収められた有名なスコットランド民謡。**3　go**=remain. **hence**=from now on.　**4　that** 関係代名詞。**trade** 「仕事」。**6 rakes** 熊手で引っかくようなお粗末な音色を立てる。**7　Æolian** [iːóuliən] **lute** 〔24〕の表題および12行目を参照。**8　better far were**=had far better be.

[9] 失意のオード
〔1802 年 4 月 4 日執筆〕

　　　昨夜遅く新月を見ましたら
　　　腕に旧月を抱えていました。
　　　いやですね、いやですね、ご主人様、
　　　どえらい嵐になりそうです。
　　　　　　——パトリック・スペンス卿の唄

I

さあて、昔スペンス卿を壮大に謳い上げた
　かの謡人に天候予知の才があったとすれば、
　いま静かな今夜も一荒れなしでは済まされまい。
同じ風でも今宵吹くのは、あちらでもたもた
千切れ雲を作ったり、こちらでしょぼしょぼ
アイオロスの堅琴に吹きつけて啜り泣きのような
ものうい音を立てさせる風とはわけが違う——
　　そんな音色なら鳴らぬがましさ。
　見てごらん、冬空に冴えわたる新月を、

　本詩は初め 'A Letter to —' と題し、恋人 Sara Hutchinson に宛てた書簡体の恋愛詩(340 行)であったものを、プライヴァシーに関わる部分を大幅に削除し、詩人としての精神的苦悩を吐露する告白のオード(139 行)に仕立て直して 1802 年 10 月 4 日に『モーニング・ポスト』誌に発表した。ちなみにこの日はコウルリッジと妻のセアラとの七回目の結婚記念日であり、またワーズワスと Mary Hutchinson との結

  And overspread with phantom light,　　　　　　10
  (With swimming phantom light o'erspread
  But rimmed and circled by a silver thread)
I see the old Moon in her lap, foretelling
  The coming on of rain and squally blast.
And oh! that even now the gust were swelling,　　15
  And the slant night-shower driving loud and fast!
Those sounds which oft have raised me, whilst they awed,
  And sent my soul abroad,
Might now perhaps their wonted impulse give,
Might startle this dull pain, and make it move and live!　20

II

A grief without a pang, void, dark, and drear,
  A stifled, drowsy, unimpassioned grief,
  Which finds no natural outlet, no relief,
    In word, or sigh, or tear —

婚式の当日である。すでに両詩人とも詩的想像力の衰退を意識していたが、ワーズワスが力強く詩人としての再生を決意した「霊魂不滅についてのオード」'Ode on Immortality' を書き、この年3月末にコウルリッジに読んで聞かせたのに対し、コウルリッジはそれに応える意味で本詩を制作したと伝えられる。
11 o'erspread＝overspread.　**15 that...were**＝I wish that...

[9] 失意のオード　　35

一面、幻想的な光に覆われている——
　（朦朧とにじみ出るような光だが、周縁は
　銀の糸でくっきりと丸く囲まれている）。
そして旧月を膝に抱いており、雨と疾風の襲来を
　予告しているのが私の目にもわかる。
おお、まさに今こそ烈風が巻き起こり
　横なぐりの夜雨が音を立てて降ればいい！
　　　　　　　　　　　　　　　これまでにも
夜半の風声が私を起こし、魂が戦きながら外の
　　　　　　　　　　　　　　　　　　　世界に
　　解き放たれたことは何度かあったが
今こそいつもの衝撃を私に与え、この胸の
　鬱屈した心気を一掃して魂を生きいきと躍動
　　　　　　　　　　　　　させてほしい。

　　　　　　　II

疼きもなく、虚ろで暗くおぞましい悲哀、
　圧し殺され、鬱屈した、感情も湧かぬ悲愁、
　人に語り、溜息をつき、涙を流したところで
　　　何の捌け口にも気休めにもならない。

———————————

would be.　**gust**　「一陣の風」。風はこの詩では一貫して「霊感」ないし「想像力」の意味を兼ねている。　**18 abroad**＝at large. ここでは「自我の領域を越えて」ほどの意味。　**20 this dull pain**　肉体的苦痛ではなく、麻薬を飲んだ後のように心が打ち沈んでかったるく、何もやる気になれない自分がもどかしい気持。キーツの「小夜啼鳥に寄せるオード」'Ode to a Nightingale' の冒頭四行に、似たような

O Lady! in this wan and heartless mood,   25
To other thoughts by yonder throstle woo'd,
　All this long eve, so balmy and serene,
Have I been gazing on the western sky,
　And its peculiar tint of yellow green:
And still I gaze — and with how blank an eye!   30
And those thin clouds above, in flakes and bars,
That give away their motion to the stars;
Those stars, that glide behind them or between,
Now sparkling, now bedimmed, but always seen:
Yon crescent Moon, as fixed as if it grew   35
In its own cloudless, starless lake of blue;
I see them all so excellently fair,
I see, not feel, how beautiful they are!

III

　　My genial spirits fail;
　　And what can these avail   40
To lift the smothering weight from off my breast?
　　It were a vain endeavour,

"dull pain" が語られている。 **25 Lady** 前述の書簡詩ではこうした呼称がすべて "dear(est) Sara" になっている。 **26 other thoughts** 自分の悩み以外の思い。 **woo'd**=wooed. **30 how blank an eye** 物理的に見るだけで内からの感性の働きを伴わない、いわばカメラのような眼。47行目以下を参照。 **31-32 those thin clouds ... the stars** 星空にいくつもの雲が漂って行くのを見つめ

ああ、いとしい人よ、この白じらと滅入った気分から
かなたのウタツグミに誘われて思いを転じ
　　かぐわしく穏やかな長い夕暮れの間じゅう私が
飽かず眺め続けていたものは西の空と
　　それを染めている独特な黄緑色だった。
そしてまだ見つめている——われながら虚ろな眼で！
頭上の薄い雲は、切れぎれに、また縞状になって
その動きを背後の星ぼしにゆずり渡すので、
星たちは雲の間やその後ろを音もなく動き、
きらめいたり、かすんだりするのが常に見える。
向こうの三日月は、まるで根が生えたように
雲一つ星一つない自分だけの碧(あお)い湖に留まっている。
これらはすべて並外れて美しく見えるのだが
見えるだけで、心に感じて鳴り響くものがない。

　　　　　　Ⅲ

　　天性の快活な精神は萎(な)えた。
　　それが今何の役に立つのだろう、
息苦しいほどの重圧をこの心から取り除くのに。
　　西空に消えなずむあの薄緑の光を

るうち、雲ではなく星が雲の間を動いて行くように見えること。　**35-36 Yon...blue**　月はたまたま雲に煩わされず、不動の実在として孤高を保つ。　**38 I see, not feel**　美しい風景を見ても心の琴線に触れることがない。表面的な知覚があるだけで、それに呼応する感受性が心中に生じてこないからである。　**42 It**　次行 Though 以下を指す。

            Though I should gaze for ever
On that green light that lingers in the west:
I may not hope from outward forms to win   45
The passion and the life, whose fountains are
                                        within.

                         IV

O Lady! we receive but what we give,
And in our life alone does Nature live:
Ours is her wedding-garment, ours her shroud!
      And would we aught behold, of higher worth,   50
Than that inanimate cold world allowed
To the poor loveless ever-anxious crowd,
      Ah! from the soul itself must issue forth
A light, a glory, a fair luminous cloud
            Enveloping the Earth —   55
And from the soul itself must there be sent
      A sweet and potent voice, of its own birth,
Of all sweet sounds the life and element!

47-48 we receive ... live 知覚はすべて内的直観の結果であるという一種の唯心論。作者は『覚書き』(「略伝」341 ページ参照)の中で次のような体験を語る。「何か考えながら自然の事物、たとえば露にぬれた窓ガラスを通してぼんやり光っている彼方の月などを眺めていると、私は何か新しいものを観察するというより、むしろ私の内につねに、また永遠に存在する何ものかに対する象徴的言語を探している、

　　　　いつまでも眺め続けたところで
それは所詮むだな努力に終わるだろう。
外界の形象から情熱や生命を汲み取ることは
望むべくもない。それらの源は心の内に
　　　　　　　　　　あるのだから。

　　　　　　　IV

いとしい人よ、私たちは与えるもののみを受ける。
自然は私たちの生きた魂の中にのみ宿り
私たちの心次第で花嫁衣裳にも死装束にもなる。
　愛もなく常にあくせくと利欲に走る大衆には
冷たく死んだ無機物の自然しか許し与えられない。
もっと価値ある何かを見出したいと願うのなら、
　おお、魂そのものから光が、円光が立ち昇り、
一つの明るく美しい雲となって燦然と
　　　　大地を包まねばならない。
そして魂そのものから快く力強い声がおのずと
　生まれ、あらゆる美しい調べの生命として、
生命の源として送り出されねばならない。

―――――――

いや求めているような気がする」(II, 2546)。　**49　Ours...shroud**　それゆえ私たちの内面を活かすかどうかで、外界は生きた自然(54-55行目)にも死んだ物塊(51行目)にもなる。　**54　a glory**＝nimbus. 作者は太陽や月にかかる暈のようなものを考えていたらしい。　**57　of its own birth**＝born by itself.

V

O pure of heart! thou need'st not ask of me
What this strong music in the soul may be!　　　　60
What, and wherein it doth exist,
This light, this glory, this fair luminous mist,
This beautiful and beauty-making power.

　Joy, virtuous Lady! Joy that ne'er was given,
Save to the pure, and in their purest hour,　　　　65
Life, and Life's effluence, cloud at once and shower,
Joy, Lady! is the spirit and the power,
Which wedding Nature to us gives in dower
　A new Earth and new Heaven,
Undreamt of by the sensual and the proud —　　　　70
Joy is the sweet voice, Joy the luminous cloud —
　　We in ourselves rejoice!
And thence flows all that charms or ear or sight,
　All melodies the echoes of that voice,
All colours a suffusion from that light.　　　　75

59　**pure of heart**　of＝in respect of. "Blessed are the pure in heart: for they shall see God"(『マタイ伝』第5章第8節)を参照。
66　**cloud...shower**　自然界において原因と結果を代表する例。
67　**the spirit and the power**　「霊気」は人間の内部にあって宇宙の大霊と交感する精神、「霊力」は前者の発露として外界に溢れ出て、知覚を変貌させる「想像力という造形する魂」(86行目)。両者は「雲

V

ああ、純な心よ、私に尋ねるには及ぶまい、
魂から湧き出るこの力強い調べは何かと、
それは何であり、その源はどこにあるかと──
この光、この光暈(こううん)、このきらめき輝く霧、
美しく、しかも美を創り出すこの力は。
　心清らかな人よ、悦びがもたらされるのは
至純な人の至純な時に限られるが、その悦びは
生命でありまた生命から溢れ出るもの、雲であり
　　　　　　　　　　　　　　　　同時に雨、
霊気であり同時に霊力であって、
嫁(とつ)がせた自然に〔神が〕持参金として持たせた
　新たな天地であるのに、目に見える物しか
信じようとしない高慢な愚者には、夢想だに
できない世界なのだ。悦びは快い声、輝く雲──
　　　私たちはまず自分自身が喜悦を覚え、
そこから、耳も目も魅了するすべてのもの、
　あの声の反響であるすべての妙音、
あの光の反映であるすべての色彩が流れ出るのだ。

と雨」のように二つに見えて一つであり、次行の Which で受けて gives の主語となる。　**68　wedding Nature to us**　「自然をわれわれに妻あわせて」という挿入句。この主語は宇宙の大霊ないしは神と考えてもよい。　**70　sensual**＝materialistic.　感覚知覚しか信じない唯物論者や経験論者を指す。

VI

There was a time when, though my path was rough,
　This joy within me dallied with distress,
And all misfortunes were but as the stuff
　Whence Fancy made me dreams of happiness:
For hope grew round me, like the twining vine,　80
And fruits, and foliage, not my own, seemed mine.
But now afflictions bow me down to earth:
Nor care I that they rob me of my mirth,
　　　But oh! each visitation
Suspends what nature gave me at my birth,　85
　My shaping spirit of Imagination.
For not to think of what I needs must feel,
　But to be still and patient, all I can;
And haply by abstruse research to steal
　From my own nature all the natural man —　90
　This was my sole resource, my only plan:
Till that which suits a part infects the whole,
And now is almost grown the habit of my soul.

---

76 **There was a time when...** ワーズワスの 'Ode on Immortality' の冒頭を意図的にまねた句。 78 **stuff** 「材料」。"We are such stuff as dreams are made on"(『テンペスト』IV, i, 156-157行目)を参照。 81 **fruits, and foliage...** 少年時代に親しんだエヴァンズ家や、セアラを知ってからのハッチンソン一家など、他人の家庭の円居が自分のもののように思えた。 82 **afflictions** 「苦悩」の原因は

VI

私の進む道は山あり谷ありで平坦ではなかったが、
　　　　　　　　　　　　　　　　かつては
　　この内なる喜悦が苦悩(たわむ)と戯れた時もあった。
すべての災いもそこから空想力が働いて
　　幸福の夢を見る糧(かて)にほかならなかった。
希望がブドウのつるのように私に絡みつき
その実も葉も、まるで私のもののように思えた。
しかし今では苦悩が私を大地に打ちひしぐ。
それで快活な心を奪われることも気にならぬ。
　　　　しかし、ああ、苦悩が一つ訪れるたびに、
生来私に具わった天賦の能力、想像力という
　　造形する魂が働かなくなるのを何としよう。
何かを感じなければいけないなどとは考えず
　　できるだけ耐えて待つよりほかないのだから。
そしてあわよくば難解な哲学的思索により
　　生来の私から私自身の本性をすべて抜き取ること──
　　それが私のせめてもの方策であり計画だった。
その結果、軒(のき)を貸したつもりの思索が母屋(おもや)を乗っ取り
今ではほとんど私の魂の習性となってしまった。

いろいろ考えられるが、最大のものは家庭的不和であろう。原詩 'A Letter to —' では、妻であるもう一人のセアラとの軋轢が綿々と語られ、"my coarse domestic Life" (259行目) がすべての希望を失わせたと言っている。　**88　all I can**＝as best I can.　**91　resource**＝device.

VII

Hence, viper thoughts, that coil around my mind,
    Reality's dark dream!　　　　　　　　　　95
I turn from you, and listen to the wind,
   Which long has raved unnoticed. What a scream
Of agony by torture lengthened out
That lute sent forth! Thou Wind, that rav'st
　　　　　　　　　　　　　　　　without,
   Bare crag, or mountain-tairn, or blasted tree,　　100
Or pine-grove whither woodman never clomb,
Or lonely house, long held the witches' home,
   Methinks were fitter instruments for thee,
Mad Lutanist! who in this month of showers,
Of dark-brown gardens, and of peeping flowers,　　105
Mak'st Devils' yule, with worse than wintry song,
The blossoms, buds, and timorous leaves among.
   Thou Actor, perfect in all tragic sounds!
Thou mighty Poet, e'en to frenzy bold!
    What tell'st thou now about?　　　　　　　110
    'Tis of the rushing of an host in rout,

96　the wind　宇宙の大霊から吹き送られる想像力の風。　**99　rav'st**＝rave.　**101　clomb**＝climbed.　**102　held**＝believed to be.　**103 fitter instruments**　霊感の風は荒れて寂しい山野にでも吹いた方がもっとましな音色を立てるだろうに。　**104-107**　暗く冷たい妻と幼い子どもたちが住むグリータ・ホール(Greta Hall)のわが家を思い描く。そこは4月というのに冬の風が吹く。　**106　yule**＝Christmas festi-

VII

去れ、わが心に巻きついて離れぬマムシの思念、
　　　現実の暗い夢よ!
私はおまえから顔を背け、風に耳を傾ける、
　　長い間吹いていたのに気にも留めなかった風に。
何という苦悶の悲鳴を、思索に巻きつかれた
あの竪琴は上げ続けていたことか。戸外で
　　　　　　　　　　　　　猛(たけ)り狂う風よ、
　吹きさらしの岩山や、山間の沼や、枯木や、
山男も登ったことのない峰の松林や
魔女でも住みそうな野中の一軒家の方が
　おまえには似つかわしい楽器に思えるのだが、
狂おしいリュート弾きよ。なのにこのお湿(しめ)りと、
焦茶色の庭土と、ちらほら咲き初めた花の四月、
おまえは冬の調べよりひどい音色(ねいろ)を立てて、花や
蕾(つぼみ)や怯えた葉の間に悪魔の讃美歌を奏でるのだ。
　おまえ、悲劇の声音(こわね)で語らせたら天下一の名優よ、
あえて狂気に至ることも辞さない奔放な大詩人よ、
　　おまえは今何を語っているのか、
　　算を乱して逃げまどう群衆の中に

---

val. **109 mighty Poet**　作者が私淑するドイツの詩人シラーを暗示。'To the Author of "The Robbers"' の 10〜11 行目参照。　**e'en**＝even.　**111 'Tis**＝It is.　**111-113**　1798 年 1 月末フランス軍がスイスに理不尽な侵攻を行なった時を思い浮かべ、スイス義勇兵の惨状を描く。"And ye that, fleeing, spot your mountain-snows/With bleeding wounds"('France — an Ode', 69-70 行)を参照。

With groans, of trampled men, with smarting wounds —
At once they groan with pain, and shudder with the cold!
But hush! there is a pause of deepest silence!
    And all that noise, as of a rushing crowd, 115
With groans, and tremulous shudderings — all is over —
It tells another tale, with sounds less deep and loud!
        A tale of less affright,
        And tempered with delight,
As Otway's self had framed the tender lay, — 120
        'Tis of a little child
        Upon a lonesome wild,
Not far from home, but she hath lost her way:
And now moans low in bitter grief and fear,
And now screams loud, and hopes to make her mother hear. 125

---

120 Otway's Thomas Otway(1652-1685)は劇作家で、悲劇 *The Orphan*(1680年)で知られる。 **121-125** 作者は自分自身を迷児の女の子に、セアラ・ハッチンソンを母親に見立てている。それは悲しくも甘い物語である。

[9] 失意のオード

　踏みつけられて重傷を負う者がいて、あまりの
　　　　　　　　　　　　　　　　　　　　　痛さに
呻き声を上げ、同時に寒さで全身を震わせている
　　　　　　　　　　　　　　　　さまを語るのか。
だが静かに！　今はしーんと静まり返っている。
　そしてすべての物音が――なだれを打つ群衆の
呻き声も、震えおののく声も――すべて
　　　　　　　　　　　　　おさまると
　霊感の風はもっと低く穏やかな声で別な物語を
　　　　　　　　　　　　　　　　　始める。
　　　それは前ほど怖くなくて、
　　　　喜びの甘さが加味された物語で、
まるでオトウェイその人が作ったような哀歌だ。
　　　　幼い女の子が
　　　　荒野にただ一人、
家から遠くはないが、道に迷っている。
怖いのと悲しいのとで今低く泣きじゃくり、
今高く声を上げて母に聞こえよとばかり泣く。

VIII

'Tis midnight, but small thoughts have I of sleep:
Full seldom may my friend such vigils keep!
Visit her, gentle Sleep! with wings of healing,
   And may this storm be but a mountain-birth,
May all the stars hang bright above her dwelling, 130
   Silent as though they watched the sleeping
                               Earth!
      With light heart may she rise,
        Gay fancy, cheerful eyes,
   Joy lift her spirit, joy attune her voice;
To her may all things live, from pole to pole, 135
Their life the eddying of her living soul!
   O simple spirit, guided from above,
Dear Lady! friend devoutest of my choice,
Thus mayest thou ever, evermore rejoice.

---

127 such vigils「このように眠れない夜」。**129 mountain-birth**＝needless worry.「泰山鳴動鼠一匹」に当たるローマの諺から（ホラティウスの *Ars Poetica*, 139 参照）。**136 Their life...**＝their life [being] the eddying... 万物は本来「一者」(the One)から「流出」(emanation)したものであり、したがって一なる永遠の生命に回帰しうるというプロティノスの哲学が背景にある。

VIII

真夜中というのに、ほとんど眠る気がしない。
こんな苦しみをあの人には味わってほしくない。
やさしい眠りよ、癒しの翼であの人を訪れてくれ、
　そしてこの嵐が単なる取越苦労に過ぎず、
あの人の住居(すまい)の上には満天の星がきらきらと
　まるで眠っている大地を見守るかのように
　　　　　　　　　　静かに輝きますように。
　　　起きる時あの人の心は軽やかで
　　　　楽しい空想で眼が生きいきと輝き
　　喜悦が魂を高揚させ、声音を調(ととの)えますように。
あの人にとって地球上の万物が、あの人自身の
生命の渦の一環として存在しますように。
　おお、天から導かれた清楚な魂よ、
いとしの淑女よ、私の選んだ最も敬虔な友よ、
こうしてあなたは永(とこ)しえの悦びに生きますように。

[10] Youth and Age

Verse, a breeze mid blossoms straying,
Where Hope clung feeding, like a bee —
Both were mine! Life went a-maying
        With Nature, Hope, and Poesy,
                When I was young!   5

When I was young? — Ah, woful When!
Ah! for the change 'twixt Now and Then!
This breathing house not built with hands,
This body that does me grievous wrong,
O'er aery cliffs and glittering sands,   10
How lightly then it flashed along : —
Like those trim skiffs, unknown of yore,
On winding lakes and rivers wide,
That ask no aid of sail or oar,
That fear no spite of wind or tide!   15
Nought cared this body for wind or weather

---

[10] 本詩の1〜43行目は1823年に、残りの六行は他の詩の一部として1832年に執筆された。現在の形で出版されたのは1834年である。
3 Life went a-maying 文字通りには「人生が花摘みに出かけた」だが、要するに「日々楽しいことの連続だった」というほどの意味。may(*v.*)＝to gather flowers in May. **7 'twixt**＝between. **8 breathing...hands** 自然が作った肉体。**9 grievous wrong**

[10] 青春と老年

詩、花ばなの間をさまよう微風(そよかぜ)、
そこは希望が蜂のように蜜をすする所——
ともに私のものだった。人生は五月の野に
　　　　自然、希望、詩と相携えて花摘みに行くこと、
　　　　　　　　　　　　若かった昔には!

若かった昔だって?——ああ、かえらぬ「昔」よ。
ああ、今と昔はこんなにも違うのか。
人の手にならぬこの息吹する陋屋(ろうおく)、
今は私を責めさいなむこの五体は
そびえ立つ断崖やまばゆい銀砂の上を
昔はどんなに軽やかに飛び走ったことか。
さながら、古人は知らないあの快速蒸気船が
曲りくねった山間の湖や洋々と流れる大河を
帆や櫓(ろ)の力も借りず、風や潮のいやがらせも
平気のへいざですいすいと走るよう! 同様に
この身体も雨風を少しも意に介さなかった、

阿片中毒が進んで廃人寸前の状態になった詩人は、1816 年から、医師ギルマンの家に身を寄せていた。 **10 O'er**＝over. **11 it**＝this body. **12 of yore**＝in former days. **15 spite**＝ill will. **16 Nought**＝nothing. 次の "cared" の目的語。

When Youth and I lived in't together.

Flowers are lovely; Love is flower-like;
Friendship is a sheltering tree;
O! the joys, that came down shower-like, 20
Of Friendship, Love, and Liberty,
              Ere I was old!

Ere I was old? Ah woful Ere,
Which tells me, Youth's no longer here!
O Youth! for years so many and sweet, 25
'Tis known, that Thou and I were one,
I'll think it but a fond conceit —
It cannot be that Thou art gone!
Thy vesper-bell hath not yet toll'd: —
And thou wert aye a masker bold! 30
What strange disguise hast now put on,
To make believe, that thou art gone?
I see these locks in silvery slips,
This drooping gait, this altered size:
But Spring-tide blossoms on thy lips, 35

---

17 in't=in it=in this body.　**21 Of**　前行の "the joys" に続く。
26 'Tis=It is.　**27 it**　前行 that 以下の文章を受けるが、問題は過去形の動詞が使ってあること。**conceit**=fanciful notion.　**30 aye** [éi]=always.　**masker**=one who appears in disguise at a masquerade.

そこに私が青春と一緒に宿っていた昔には。

花ばなは美しく、愛はその花のようだ。
友情は緑したたる樹の蔭か。
おお喜悦(よろこび)が雨のように降り注いだものだ、
友情から、愛から、自由から、
　　　　　老いる以前には！

老いる以前だって？　ああ、かえらぬ「以前」よ、
青春もはやここになし、と言わぬばかりだ！
青春よ、何年もの楽しい年月の間、
おまえと私とは一体だったと人は言うが、
「だった」とは愚かしい世迷言(よまよいごと)と私は思いたい——
おまえが去るなんてことがあるものか、
おまえの晩鐘はまだ鳴っていないのだ。
いつもおまえは思い切った仮装で現れたものだが
今はまた一際(ひときわ)風変りな仮面をつけて
姿を消したと思い込ませようとしている。
髪には白いものが筋となって混じり
歩く時もうつむきがち、体型も変わった。
しかしみずみずしい春の花ばなが唇を飾り

And tears take sunshine from thine eyes!
Life is but thought: so think I will
That Youth and I are house-mates still.

Dew-drops are the gems of morning,
But the tears of mournful eve! 40
Where no hope is, life's a warning
That only serves to make us grieve,
     When we are old:

That only serves to make us grieve
With oft and tedious taking-leave, 45
Like some poor nigh-related guest,
That may not rudely be dismist;
Yet hath outstay'd his welcome while,
And tells the jest without the smile.

---

37 **but thought**「考え方一つ」。 40 **the tears** 前行の "the gems" と対比させている。両方とも光るもの。 41 **warning**＝something that warns. 45 **oft**＝often repeated. 46 **nigh-related**＝of near relation. 47 **dismist**＝dismissed. 48 **outstay'd**＝stayed beyond the limit of. **welcome while**「歓迎される期間」。while＝period of time. 44-49 **That...smile** この最後

涙は陽光のごとく目元に輝いている。
人生は心の持ちよう、だから私は思いたい、
青春と私とはなお一つ家に住むと。

草露は、朝(あした)にはきらめく宝石、
夕べには、うら悲しい涙だ。
希望なき所、人生は非情な鐘の音で
ただわれわれを悲嘆に追いやるのみ、
　　　　　　　　　　年老いれば。

げにわれわれは悲嘆に暮れるのみ、
くどくどと暇乞(いとま)いを繰り返しながら。
譬(たと)えれば、近い身寄りのだれかが客に来て
ぶしつけに帰れとも言いかねるのを
敵はそれをいいことに長居するから
冗談を言っても笑ってもらえないわけだ。

───────

の一節(六行)は後から付け加えられただけに、何となくムードが違う。
年寄りの無礼は『枕草子』の「にくきもの」(第28節)の冒頭でも槍玉
にあげられている。

[11]　An Exile

Friend, Lover, Husband, Sister, Brother!
Dear names close in upon each other!
Alas! poor Fancy's bitter-sweet —
Our names, and but our names can meet.

[12]　Epitaph

Stop, Christian passer-by! — Stop, child of God,
And read with gentle breast. Beneath this sod
A poet lies, or that which once seem'd he. —
O, lift one thought in prayer for S. T. C.;
That he who many a year with toil of breath　　　　5
Found death in life, may here find life in death!
Mercy for praise — to be forgiven for fame
He ask'd, and hoped, through Christ. Do thou the
　　　　　　　　　　　　　　　　same!

---

[11] **2 close in**＝come closer.　**3 bitter-sweet**＝happy and sad at the same time. ひとり遠隔の地に流された者は、親しい人たちの呼び名が常に念頭にあり、彼らが集い合う情景をたえず思い描くであろう（[13]の 13-14 行目参照）。この詩が書かれた紙片は、1804 年、療養のためマルタ島に渡った詩人の覚書き帳に挿まれていた。

[11] 島流し

友よ、恋人よ、背の君よ、妹よ、兄よと、
親しい呼び名はたがいに睦み合う。
悲しいかな、空想は甘くて苦いもの——
相まみえるのは呼び名、そして呼び名だけ。

[12] 墓碑銘

足をお止め下さい、道行くキリスト教徒の方よ、
やさしい心で読んで下さい。この土の下に眠るのは
詩人、いやかつては詩人のように見えた者です。
S. T. C. のために一片の祈りを捧げて下さい、
長い年月あくせくと息を切らせて生の中に死を
見てきた男が、ここで死の中に生を見出せるように。
賞賛より慈悲を、名声より赦しを、キリストを通じて
彼は願い、望みました。それをあなたにも望みます。

---

[12] 本詩は作者が世を去る前年の 1833 年 9 月 9 日に書かれた。彼はこれを公表せず、数人の知人に手紙で送った。 **1 child of God**＝Christian. **2 breast**＝heart. **4 S. T. C.** 作者が若い頃から愛用していたイニシャル。 **6 death in life** と life in death については [29]の 193 行目を参照。 **7 for**＝instead of.

II
〈政治詩編〉
Political Poems

[13]　Destruction of the Bastile

I

Heard'st thou yon universal cry,
　And dost thou linger still on Gallia's shore?
Go, Tyranny! beneath some barbarous sky
　Thy terrors lost, and ruin'd power deplore!
　　　　What tho' through many a groaning age　　5
　　　　Was felt thy keen suspicious rage,
　　　　Yet Freedom rous'd by fierce Disdain
　　　　Has wildly broke thy triple chain,
And like the storm which Earth's deep entrails hide,
At length has burst its way and spread the ruins wide.　10

　　　　★　　　　★　　　　★

---

[13]　**表題　the Bastile**　正しくは Bastille。本来「城砦」の意。パリでは 17 世紀以降、貴族や文筆家などの政治犯を収容する監獄として定冠詞つきの固有名詞になった。「1789 年 7 月 14 日に破壊された」と自注にある。このとき作者は十六歳九カ月であった。　**2　Gallia's**　フランスおよびその周辺一帯のローマ名。　**3　Tyranny**　フランス絶対王政を指す。　**4　ruin'd**＝ruined.　**5　What tho'**＝even

[13]　バスチーユの崩壊

I

世界中で上げる鬨(とき)の声をおまえは聞いたか。
　なのにまだガリアの岸辺をうろついているのか。
行け、圧政よ、どこか荒涼とした空の下で
　地に落ちた威厳と権力の喪失を嘆け。
　　　疑い深いおまえの理不尽な怒りに
　　　長い年月呻吟(しんぎん)してきたが、それがどうだ、
　　　目に余る辱しめに奮起した「自由」が
　　　猛(たけ)だけしく三重の鎖を断ち切り、
大地が腸(はらわた)の底に秘めて隠していた嵐のような
　　　　　　　　　　　　　　　　　　　怨念を
ついにほとばしらせて破壊〔の劫罰〕を野に
　　　　　　　放ったのだ。

　　　　★　　　　　★　　　　　★

———————

though.　**6 suspicious**　専制国家は常に民衆の動きに猜疑心を抱く。　**7 rous'd**＝roused.　**8 triple**＝very strong. ただし政治的、宗教的、物理的に「三重の」鎖に縛られたとも解釈できる。
　10行目の下の星印は第II、III連の原稿が紛失したためで、内容は当監獄と囚人たちに関するものと推測されている。

IV

In sighs their sickly breath was spent ; each gleam
   Of Hope had ceas'd the long, long day to cheer ;
Or if delusive, in some flitting dream,
   It gave them to their friends and children dear —
      Awaked by lordly Insult's sound   15
      To all the doubled horrors round,
      Oft shrunk they from Oppression's band
      While Anguish rais'd the desperate hand
For silent death ; or lost the mind's controll,
Thro' every burning vein would tides of Frenzy
                              roll.   20

V

But cease, ye pitying bosoms, cease to bleed !
   Such scenes no more demand the tear humane ;
I see, I see ! glad Liberty succeed
   With every patriot virtue in her train !
      And mark yon peasant's raptur'd eyes ;   25

---

11 their バスチーユ監獄の囚人たち。 **12 ceas'd...cheer**＝ceased to cheer... **14 It**＝each gleam of Hope. **gave them**＝might have sent them(?). **16 horrors** 自分たちに脅威を与えるもの。 **18 Anguish**＝those who are anguished. **rais'd...hand**「降伏した」。 **20 would** 主語は17行目のthey、動詞は行末の"roll"(押し流す)。 **23 glad**＝gladly. **succeed**＝follow in a posi-

IV

彼らの弱よわしい息遣いは吐息となって果て、
　　一縷(いちる)の望みが長い長い日を慰めることも終わった。
でなければ、たとえ幻であれ束の間の夢の中で
　　彼らは友人やいとしい子どもたちに会えたのに──
　　　　威丈高な侮蔑の声に立ち上がったものの
　　　　倍増した恐怖に取り巻かれた彼らは
　　　　しばしば圧制者の集団に身がすくみ、
　　　　ままよとばかりに手を上げて、無言の死を
願ったのだ。あるいは自制心を失って、
血管という血管に狂気の潮(うしお)をたぎらせて
　　　　　　　　　　　　　荒れ狂ったのだ。

V

しかしやめるのだ、情けを知る心よ、血を流すことは!
　　そうした修羅場が人の涙を呼ぶことはもうない。
私にはわかる、「自由」が喜んで世を継ぐのは
　　節度ある愛国者が後に続く時に限るのだ。
　　　　見なさい、あの農夫のうっとりとした眼を。

---

tion.「地位を引き継ぐ」「世代交代をする」。 **24 With...train**「愛国(者)の美徳が(供として)後に続く場合に」。**her**＝Liberty's.

>   Secure he views his harvests rise;
>   No fetter vile the mind shall know,
>   And Eloquence shall fearless glow.
> Yes! Liberty the soul of Life shall reign,
> Shall throb in every pulse, shall flow thro' every vein!   30

VI

Shall France alone a Despot spurn?
   Shall she alone, O Freedom, boast thy care?
Lo, round thy standard Belgia's heroes burn,
   Tho' Power's blood-stain'd streamers fire the air,
      And wider yet thy influence spread,   35
      Nor e'er recline thy weary head,
      Till every land from pole to pole
      Shall boast one independent soul!
And still, as erst, let favour'd Britain be
First ever of the first and freest of the free!   40

---

27 No fetter...know＝the mind shall know no vile fetter. この shall および以下の shall は話者の意志を表わす。「……を知らせまい」の意。 **30 thro'**＝through. **31 a Despot** 具体的にはルイ十六世のこと。 **32 Shall...thy care?** おまえの面倒を見たといって〔フランスだけに〕威張らせる。 **36 e'er**＝ever. **39 erst**＝formerly.

　　　　作物が育つのを安心して眺めている。
　　　　　人の口を封じるような卑しい真似はやめ
　　　　　　恐れることなく弁舌の炎を燃え立たせよう。
そうだとも、自由こそ人生を支配する魂として、
すべての心臓を鼓動させ、すべての血管を脈々と
　　　　　　　　　　　　　　　　流れさせるのだ。

　　　　　　　　VI

フランスだけに専制君主を追い出させていいのか、
　フランスだけに、おお自由よ、手柄を立てさせて。
見よ、ベルギーではおまえの旗印のもと、勇者たちが
　燃え上がり、片や権力の血染めの吹流しが火のように
　　　　　　　　　　　　　　　　天を焦がしている。
　　　　　おまえの感化はさらに広く行きわたり
　　　　　北の端から南の果てに至るすべての土地で
　　　　　ひとしく独立の魂を誇らかに見せつけるまで
　　　　　おまえはその疲れた頭を休めることがないのだ。
そしてこの恵まれた英国を、今もなお往時のごとく、
一位の中でも一位の、自由の中でも自由の国にしよう。

[14] On the Prospect of establishing a Pantisocracy in America

Whilst pale Anxiety, corrosive Care,
Tear of Woe, the gloom of sad Despair,
　　And deepen'd Anguish generous bosoms rend ; —
Whilst patriot souls their country's fate lament ;
Whilst mad with rage demoniac, foul intent,　　　　5
　　Embattled legions Despots vainly send
To arrest the immortal mind's expanding ray
　　Of everlasting Truth ; — I other climes
Where dawns, with hope serene, a brighter day
　　Than e'er saw Albion in her happiest times,　　10
With mental eye exulting now explore,
　　And soon, with kindred minds, shall haste to
　　　　　　　　　　　　　　　　　　enjoy
(Free from the ills which here our peace destroy)
Content and Bliss on Transatlantic shore.

---

[14] **表題 Pantisocracy**＝panto(万人の)＋iso(等しい、平等な)＋cracy(権力、政体). 1794年にサウジー(「略伝」326ページ参照)が最初に使い出した言葉。要するに私有財産や階級制度を認めない理想社会を意味する。 **3 deepen'd**＝deepened. **5 foul intent** たとえば領土拡張や植民地搾取など。 **8 everlasting Truth** 過去の思想家や宗教家が人類に示した理想の生き方。**other climes** すなわち

［14］ アメリカにパンティソクラシーを建設する見通しについて

顔青ざめさせる不安、心むしばむ懸念、
やがて来る悲哀の涙、暗く悲しい絶望の影、
　深まる苦悩に広やかな胸も張り裂ける——
心ある憂国の士たちは祖国の運命を嘆く。
一方、邪悪な怒りと卑劣な下心に燃える圧制者たちは
　武装した軍隊をいたずらに送り出しては、
不滅の精神がもたらし広げた永遠の真実の光を
　圧(お)し消そうとはかる。だから私は別な天地に
希望に満ちた夜明けを求めるのだ。それは
　アルビオンがかつて知らぬ澄明な日の朝で、
いま心眼に思い描くだけでも心が躍るのだが、
　目的の地はやがて同好の士が馳せ参じて満足と喜びを
　　　　　　　　　　　　　　　　　　味わうはずの
（この地の平和を乱す諸悪とは一切無縁だから）
大西洋の向こう岸にある別天地なのだ。

イギリス以外の風土。計画ではペンシルヴァニア州サスケハナ(Susquehanna)河畔を考えていた。 **9 Where dawns...a brighter day**　「そこでは晴朗な希望とともに(次行 Than 以下が示すものより)もっと輝かしい日が明ける」。dawns は述語動詞。a brighter day がその主語。 **10 Than e'er saw Albion ...**　「アルビオン(英国)がかつてその最盛期に見たことがある日よりも」。e'er＝ever.

[15]　To a Young Ass
— Its Mother being tethered near it

Poor little Foal of an oppressed race!
I love the languid patience of thy face:
And oft with gentle hand I give thee bread,
And clap thy ragged coat, and pat thy head.
But what thy dulled spirits hath dismay'd,　　　5
That never thou dost sport along the glade?
And (most unlike the nature of things young)
That earthward still thy moveless head is hung?
Do thy prophetic fears anticipate,
Meek Child of Misery! thy future fate?　　　10
The starving meal, and all the thousand aches
'Which patient Merit of the Unworthy takes'?
Or is thy sad heart thrill'd with filial pain
To see thy wretched mother's shorten'd chain?
And truly, very piteous is *her* lot —　　　15
Chain'd to a log within a narrow spot,

---

[15]　**1 Foal** 馬(ロバ, ラバ)の子(特に一歳以下の)。 **5 dismay'd**=depressed. 主語は what。 **6 along** 後の版では upon。 **8 still**=always.　**11-12 the thousand aches/'Which...**=the insults which men of worth calmly accept from unworthy people. Which 以下は『ハムレット』の中の "To be, or not to be" に始まる有名な独白中に出てくる一行(III, i, 74)。 **14 shorten'd** あまり草

[15] ロバの子に寄せて
──母ロバは近くに繋がれている

虐げられた種族に生まれついた哀れな仔馬よ、
ものうげに耐えているおまえの顔つきが好きだ。
だからよくやさしい手つきでパンをやったり、
おまえのぼろ衣(ごろも)を叩いたり、頭を撫(な)でたりする。
だが、どんなに鈍感な神経でもまいるだろうなあ、
一度も森の中を駆け回ったりできないことは。
それに(育ち盛りの動物にはおよそ不向きだが)
年中地面に首を垂(た)れて動かないでいることは。
そうしたおまえのいじけた様子は将来の運命を
予感してのことか、もの言わぬ薄倖の子よ、
餓死(うえじに)しかねないほど僅かな食物と数知れぬ苦痛を。
まさに「忍耐する有徳者が凡愚から受ける侮辱」だ。
それとも鎖を短くされた母親の惨めな姿を見て
親思いのおまえの心が悲嘆に打ち震えたからか。
まこと、母ロバの境遇は見るからに憐れをそそる──
丸太に繋がれて動ける範囲は猫の額ほどで、

を食べないようにわざと鎖を短くしてある。

Where the close-eaten grass is scarcely seen,
While sweet around her waves the tempting green!

Poor Ass! thy master should have learnt to show
Pity — best taught by fellowship of Woe! 20
For much I fear me that *He* lives like thee,
Half famish'd in a land of Luxury!
How *askingly* its footsteps hither bend?
It seems to say, 'And have I then *one* friend?'
Innocent foal! thou poor despis'd forlorn! 25
I hail thee *Brother* — spite of the fool's scorn!
And fain would take thee with me, in the Dell
Of Peace and mild Equality to dwell,
Where Toil shall call the charmer Health his bride,
And Laughter tickle Plenty's ribless side! 30
How thou wouldst toss thy heels in gamesome play,
And frisk about, as lamb or kitten gay!
Yea! and more musically sweet to me
Thy dissonant harsh bray of joy would be,

---

20 **best taught ... Woe**=having been best taught ...「何よりも、苦しむ者同士の連帯感に導かれて」。 24 **It**=the Ass. 27 **fain**=gladly. 28 **mild Equality** フランス革命政府のように強制的で杓子定規な平等とは異なるという意識がある。 29 **Toil**「労働する青年」。**Health**「健康な美女」。 30 **Laughter**「陽気な芸人」か？**Plenty**「裕福な中年」か？ **ribless** あばら骨が見えないほど太っ

そこの草は根元まで食べ尽して無きに等しいのに、
その周囲を取り巻く草はこれ見よがしに青あおと
　　　　　　　　　　　　　　　　　波打っている。

かわいそうに。飼主だって憐れみを示しても
いいじゃないか——同じ穴の狢(むじな)と言えるのに。
飼主自体がおまえのように、飽食の国にいて
極度にひもじく暮らしていると私には思えるのだ。
何と物問いたげにロバはこちらに歩いてくることか。
「するとぼくにも友達が？」と聞いているみたい。
　蔑(さげす)み見捨てられた、いとけない仔馬よ、私は
おまえを「兄弟」と呼ぼう——愚か者が何と
　嘲(あざけ)ろうと。喜んで私はおまえを連れて「平和」と
穏やかな「平等」が栄える谷間に行き、そこに住もう。
そこは「労働」が美人の「健康」を花嫁と呼び、
「哄笑」が「富裕」というビヤ樽の脇腹を擽(くすぐ)る所だ。
そこへ行けばおまえはきっと、後ろ足を跳ね上げて
　　　　　　　　　　　　　　　　　はしゃぎ回り、
仔羊か仔猫のように陽気になるだろう。まこと、
おまえが嬉しくて上げるあの耳障りな嘶(いなな)きさえ
私の耳に楽の音(ね)のように快く響くであろう度合は、

ている。このように抽象観念を擬人化して大文字で書くのは18世紀までの英詩の伝統であった([4]参照)。本詩では階級、財産、職業、性別、さらには人間と動物との区別まで無視して調和ある千年王国を夢みる、作者のパンティソクラシー([14]および「略伝」326ページ参照)の理想が語られている。

Than warbled melodies that soothe to rest 35
The aching of pale Fashion's vacant breast!

青白い社交界の平らな胸から絞り出された金切声を
やさしく癒してくれる小鳥の囀_{さえず}りにも勝_{まさ}ろう。

[16] Fears in Solitude
— Written in April 1798, during the Alarm of an Invasion

A green and silent spot, amid the hills,
A small and silent dell! O'er stiller place
No singing sky-lark ever poised himself.
The hills are heathy, save that swelling slope,
Which hath a gay and gorgeous covering on, 5
All golden with the never-bloomless furze,
Which now blooms most profusely: but the dell,
Bathed by the mist, is fresh and delicate
As vernal corn-field, or the unripe flax,
When, through its half-transparent stalks, at eve, 10
The level sunshine glimmers with green light.
Oh! 'tis a quiet spirit-healing nook!
Which all, methinks, would love; but chiefly he,
The humble man, who, in his youthful years,
Knew just so much of folly, as had made 15

---

[16] **副題** ナポレオン統治下のフランスが虎視眈々(こしたんたん)と英本土を狙っているという噂は前年からいくつも流れていた。結果としては杞憂に終わったが、当時最大の脅威となった情報は1798年1月にフランス軍が中立国スイスの諸州に侵攻したという事実であった。そうなると疑心暗鬼とばかりは言っていられない。詩人はただちに筆を執り、続けて二つの警世の詩を発表した。'France — an Ode' と本詩である。

[16]　ひとり寂境にあって抱いた不安
　　　——1798 年 4 月、敵軍襲来の警報
　　　を受けて

緑静かな秘境よ、丘また丘に囲まれた
ひそやかな谷間よ、これ以上静かな地の空を
囀(さえず)るヒバリもかつて舞ったことはなかった。
一面ヒースに覆われた丘陵地帯に、向かいの
昇り斜面だけが明るく派手やかに装っている。
いつも花を絶やさぬハリエニシダが今は特に
その斜面を黄金(こがね)色に染め上げているからだ。
だがこの谷間自体は霧を浴びてみずみずしい
萌葱(もえぎ)色に満ち、まるで春先の麦畑か、まだ
熟れきらぬ亜麻の半透明の若茎が夕暮れの日差しを
真横から受け、薄緑に映えるのを見るようだ。
おお、ここは魂を癒すひそかな一隅。けだし
万人がここを好むだろうが、あの男は格別だ。
生来つつましやかな性質(たち)だったが、若い頃
少しばかり愚行に走ったおかげで、その分

---

1 green and silent spot　作者が住むネザー・ストーウェイ (Nether Stowey)の村。　**3 poised himself**＝hovered in the air.
13-14 he,/The humble man　コウルリッジ自身を指す。　**15 folly**　パンティソクラシーなどケンブリッジ時代の政治活動を暗示。

His early manhood more securely wise!
Here he might lie on fern or withered heath,
While from the singing-lark (that sings unseen
The minstrelsy that solitude loves best),
And from the sun, and from the breezy air, 20
Sweet influences trembled o'er his frame;
And he, with many feelings, many thoughts,
Made up a meditative joy, and found
Religious meanings in the forms of Nature!
And so, his senses gradually wrapt 25
In a half sleep, he dreams of better worlds,
And dreaming hears thee still, O singing-lark,
That singest like an angel in the clouds!

  My God! it is a melancholy thing
For such a man, who would full fain preserve 30
His soul in calmness, yet perforce must feel
For all his human brethren — O my God!
It weighs upon the heart, that he must think
What uproar and what strife may now be stirring
This way or that way o'er these silent hills — 35

---

19 minstrelsy 本来吟遊詩人のうたった歌のことだが、詩ではしばしば「鳥の歌」を意味する。 **21 Sweet influences** 自然の感化力。 **24 Religious meanings** ［26］の 59〜62 行目参照。 **25 wrapt**＝[which are] wrapped. **30 full fain**＝quite gladly. **35 This way or that way**「あれやこれやと」「いろいろな形で」。

[16] ひとり寂境にあって抱いた不安

壮年期の初めには落ち着いて賢くなった男、
あの男ならここでシダや枯れたヒースを褥(しとね)として
囀るヒバリや(姿を見せぬ歌い手こそ
孤独な天地に最適な歌をうたうはず)
日の光や、そよ吹く風から、五体が震えるほど
甘美な感動を受けたとしてもおかしくはない。
そうしてそこで感じたこと、考えたことから
彼は心なごむ瞑想を編み出し、自然の与える
形象のなかに宗教的な意味を見出したのだった。
そのうちに彼の感覚はだんだんと半睡状態に
陥り、さまざまなよりよき世界を夢みるが、
夢みながらなお、おまえの声を聞くのだ、おお
雲の中の天使のように囀るヒバリよ。

　神よ、このような男にとって憂鬱なのは、
魂は静かに、のどかに暮らすことを願っているのに
思いがなぜかこの世のすべての兄弟たちに走り、
その身の上を案じてしまうことだ。おお神よ、
考えれば考えるほど心が重くなるのだが、
どんな怒号や喧騒がこの静謐(せいひつ)な丘辺のあちこちで
これからさまざまに渦巻くことになるのだろう。

Invasion, and the thunder and the shout,
And all the crash of onset; fear and rage,
And undetermined conflict — even now,
Even now, perchance, and in his native isle:
Carnage and groans beneath this blessed sun!   40
We have offended, Oh! my countrymen!
We have offended very grievously,
And been most tyrannous. From east to west
A groan of accusation pierces Heaven!
The wretched plead against us; multitudes   45
Countless and vehement, the sons of God,
Our brethren! Like a cloud that travels on,
Steamed up from Cairo's swamps of pestilence,
Even so, my countrymen! have we gone forth
And borne to distant tribes slavery and pangs,   50
And, deadlier far, our vices, whose deep taint
With slow perdition murders the whole man,
His body and his soul! Meanwhile, at home,
All individual dignity and power
Engulfed in Courts, Committees, Institutions,   55
Associations and Societies,

---

40 groans 後の版では screams となる。　**41 We...my** ここから三人称の主人公が正体を現わし、一人称の話者と合体する。　**50 slavery and pangs** 18世紀の英国は、英本土、西アフリカ、新大陸植民地を結ぶいわゆる「三角貿易」で巨万の富を築いた。その要をなす商品は黒人奴隷であり、「中間航路」である西アフリカ～アメリカ間を走る奴隷船は生き地獄の様相を呈した。その惨状を知る識者の間で

[16]　ひとり寂境にあって抱いた不安

敵軍が襲来し、火砲(ほづつ)の響きと喚声と
干戈(かんか)交える両軍の、果てしない恐怖と憤怒と
黒白のつかない鍔(つば)迫り合い——それが今にも、
まさに今にもこの国土で起こり、殺戮(さつりく)と呻(うめ)き声が
この恵み深い太陽の下で地を満たすかもしれない。
われわれは人を傷つけてきた、同国の人よ、
それも並大抵の傷つけ方ではなく
暴君も同然だった。世界の東から西まで
怨嗟(えんさ)の呻きが天まで届いている。無数の
不幸な被害者たちが怒り狂った群衆として、
神の愛(め)ぐし子として、同じ人間として、
われわれに抗議する。カイロにある疫病の沼から
立ち昇って空を行く一片の雲のように、
わが同国人よ、われわれは奴隷制や苦役を、
そしてさらに恐ろしい悪徳を、遠い国ぐにの
民族に運んで行ったが、ゆるやかに堕地獄に導く
後者の汚染は、人間を肉体と魂ともども、
まるごと抹殺してしまうのだ。その一方
国内では、個人の尊厳と品格はすべて
法廷や委員会や学会、協会や親睦会、
要するに得意げに演説をぶち上げ合う

は早くから奴隷貿易反対運動が起きており、コウルリッジも大学入学早々のコンテストでギリシャ語による「奴隷売買のオード」を書き、金賞を得ている(1792 年)。さらに 1795 年にはブリストルで同主旨の講演を行ない、翌年雑誌で発表している(「略伝」329 ページ注 12 参照)。　**51　our vices**　以下に述べる精神的頽廃。

A vain, speech-mouthing, speech-reporting Guild,
One Benefit-Club for mutual flattery,
We have drunk up, demure as at a grace,
Pollutions from the brimming cup of wealth;   60
Contemptuous of all honourable rule,
Yet bartering freedom and the poor man's life
For gold, as at a market! The sweet words
Of Christian promise, words that even yet
Might stem destruction, were they wisely preached,   65
Are muttered o'er by men, whose tones proclaim
How flat and wearisome they feel their trade:
Rank scoffers some, but most too indolent
To deem them falsehoods or to know their truth.
Oh! blasphemous! the Book of Life is made   70
A superstitious instrument, on which
We gabble o'er the oaths we mean to break;
For all must swear — all and in every place,
College and wharf, council and justice-court;
All, all must swear, the briber and the bribed,   75
Merchant and lawyer, senator and priest,
The rich, the poor, the old man and the young;

---

59 **demure**=a word meaning quiet, serious, and always behaving well, especially used about women in former times.   65 **stem**=stop the flow of.   68 **Rank scoffers**=offensive scorners.   69 **deem them falsehoods**=consider themselves to be false. 自分がいろいろな点で人を欺いていると思うこと。**their truth** 自分の真の姿。   70 **Book of Life** 本来は最後の審判の際に人びとがそれに従

同業者組合、またの名一大仲間誉め
共済組合に呑み込まれ、われわれは
食前の祈りの時のように乙にすまして
溢れる富の盃から不浄の酒を飲み干してきた。
由緒ある人倫の掟はすべてないがしろにし
自由と貧者の生活とを市場に売りに出して
黄金と引き換える。キリストが約束した
天国の言葉も、上手に説かれるならば
末世の破滅を食い止めることもできようが、
実際に説教する連中のものうげな口調ときたら
何て退屈な仕事かと自ら認めているみたいだ。
やたらと批判する者もいるが大半は怠け者で、
嘘で固めた自分自身に気づこうともしない。
おお神を畏れぬ業(わざ)よ、『生命(いのち)の書(ふみ)』は迷信を
作り出す道具となりはて、それに手を置いて
われわれは、守るつもりもない誓言を口走る。
今や万人が誓うことを要求されるのだ、万人が
あらゆる所で——大学で、波止場で、議会で、
法廷で。万人が誓うのだ、贈賄者も収賄者も、
商人も弁護士も、上院議員も聖職者も、
金持も、貧乏人も、老人も、若者も、みんな

って神に裁かれるための記録簿(『ヨハネ黙示録』第3章第5節参照)
のことだが、ここでは単に『聖書』と考えるべきであろう。

All, all make up one scheme of perjury,
That faith doth reel; the very name of God
Sounds like a juggler's charm; and, bold with joy, 80
Forth from his dark and lonely hiding-place,
(Portentous sight!) the owlet Atheism,
Sailing on obscene wings athwart the noon,
Drops his blue-fringèd lids, and holds them
                                      close,
And hooting at the glorious sun in Heaven, 85
Cries out, 'Where is it?'
                        Thankless too for peace,
(Peace long preserved by fleets and perilous seas)
Secure from actual warfare, we have loved
To swell the war-whoop, passionate for war!
Alas! for ages ignorant of all 90
Its ghastlier workings, (famine or blue plague,
Battle, or siege, or flight through wintry snows),
We, this whole people, have been clamorous
For war and bloodshed; animating sports,
The which we pay for as a thing to talk of, 95
Spectators and not combatants! No guess

---

80 bold with joy「嬉しさのあまり気が大きくなって」。 **86 Where is it?** 無神論者はフクロウと同じで昼間眼を閉じている。その眼を開けない限り太陽がいくら明るく輝いていても気がつかない。無神論者は自ら直観の眼を閉ざしておいて、神はいないと世間にうそぶくのだ。 **87 perilous seas** 147〜150行目参照。 **92 flight through wintry snows** [9]の111〜113行目の注参照。 **95 The**

こぞって偽証の体制に加担するから
信仰も足元をすくわれ、神の御名(みな)さえも
手品師の呪文と変わらず、その結果
喜び勇んでその暗く孤独な隠れ家から
無神論という名のフクロウが(まがまがしくも)
そのみだらな翼を白昼の空に広げて立ち現れ、
青く隈(くま)どられた瞼(まぶた)を閉ざしたまま、ちらりとも
　　　　　　　　　　　　　　　　開けることなく
天に輝く日輪に向かってうそぶくのだ、
「太陽はどこにあるのか」と。
　　　　　　　平和であることに感謝せず
(艦隊と荒海(あらうみ)のお蔭で長続きした平和なのに)
現実の戦争から離れた地にいるわれわれは
雄叫(おたけ)びを発して戦いに血道を上げたがる。
悲しいことに戦争のより凄惨な成り行き
(飢餓や疫病、野戦、城攻め、雪の中の
敗走など)を長年の間にすっかり忘れ去り、
われわれこの国の者すべては戦争と流血を
叫び求めている。戦争は血湧き肉躍るスポーツで、
われわれは話の種に金を払ってそれを見る
観客であって実際に戦う戦士ではない。だから

---

which＝which.　**96　No guess**　述語動詞 is が省略されて 99 行目の "too vague and dim" につながる。98 行目の No speculation も同様。

Anticipative of a wrong unfelt,
No speculation on contingency,
However dim and vague, too vague and dim
To yield a justifying cause; and forth,   100
(Stuffed out with big preamble, holy names,
And adjurations of the God in Heaven),
We send our mandates for the certain death
Of thousands and ten thousands! Boys and girls,
And women, that would groan to see a child   105
Pull off an insect's leg, all read of war,
The best amusement for our morning-meal!
The poor wretch, who has learnt his only prayers
From curses, who knows scarcely words enough
To ask a blessing from his Heavenly Father,   110
Becomes a fluent phraseman, absolute
And technical in victories and defeats,
And all our dainty terms for fratricide;
Terms which we trundle smoothly o'er our tongues
Like mere abstractions, empty sounds to which   115
We join no feeling and attach no form!
As if the soldier died without a wound;

---

97 Anticipative of...「……を見越した，予想した」。 **wrong** 人に与える危害。 **98 contingency** もしかしたら起こるかもしれない不測の事態。 **108 his only prayers**「彼にできる唯一の祈り」とは子どもの時から唱えさせられた食前の祈りのことか。 **111 phraseman**=phrase-maker. 気の利いた言い回しをいつも考え、しゃべる人。 **absolute** 一歩も退かずに自分の意見を通そうという態

気づかずに相手を殺傷することや、自分が
流れ弾に当たることを心配する者はいないが、
その危険がどんなに僅かで不確かでも、
冒していいという大義名分はどこにもない。
なのにわれわれは(ものものしい前口上、
神や聖者の名にかけての誓言で飾り立てて)
確実に何千、何万の人間を死なせるための
命令を発するのだ。〔年端も行かぬ〕少年少女や、
幼児が昆虫の足でも引き抜くと悲鳴を上げる
ご婦人たちは、そのくせみんな戦争の話を読み、
朝の食卓をにぎわせる絶好の話題にしたがる。
食前の祈りも下品な悪口から学んだような、
天なる父に祝福をお願いする言葉すら
ほとんど知らないような下賤な者でさえ、
〔こと戦争の話になると〕立板に水の雄弁家に変じ、
勝敗の秘訣や同胞殺戮を美化する点では
相手に一歩も譲らない弁舌の技を見せる。
〔しかし〕われわれが舌先で転がす美辞麗句は
単なる抽象観念であり空疎な音響であって、
そこに何の感情も姿形も伴っていない。
まるで兵士はどこにも傷を受けずに死に、

度。　**116　form**＝image.

As if the fibres of this godlike frame
Were gored without a pang; as if the wretch,
Who fell in battle, doing bloody deeds, 120
Passed off to Heaven, translated and not killed;
As though he had no wife to pine for him,
No God to judge him! Therefore, evil days
Are coming on us, O my countrymen!
And what if all-avenging Providence, 125
Strong and retributive, should make us know
The meaning of our words, force us to feel
The desolation and the agony
Of our fierce doings?
　　　　　　　　　Spare us yet awhile,
Father and God! O! spare us yet awhile! 130
Oh! let not English women drag their flight
Fainting beneath the burthen of their babes,
Of the sweet infants, that but yesterday
Laughed at the breast! Sons, brothers, husbands,
　　　　　　　　　　　　　　　　　　　　　all
Who ever gazed with fondness on the forms 135
Which grew up with you round the same fire-

---

118 godlike 神話の神々はどこを切られても痛くない。同様に兵士も「軍神」となれば人間的苦痛とは無縁なのである。　**121 translated** 戦死を称揚した婉曲語法。わが国では戦時中「散華」と言った。*OED* には次のような定義があり、後に本詩のこの行が引用されている——"To carry or convey to heaven without death; also, in later use, said of the death of the righteous"。　**127 our words**

[16] ひとり寂境にあって抱いた不安

神のような五体は皮膚を突き破られても
痛くも痒(かゆ)くもないかのようだ。不幸にして
戦場に倒れた男は、残虐行為の後であっても、
天国に「移された」のであり、「死んだ」のではない。
地に嘆き悲しむ妻もなく、天に彼を裁くべき
神もいないかのようだ。それゆえわが国人(くにびと)よ、
禍(まが)つ日がわれわれに迫りつつある。
そして万物応報の神の摂理が、もし
けおそろしき劫罰としてわれわれに、
自らが発した謳(うた)い文句の意味を悟らせ、
われわれの蛮行の不毛さと荒廃の苦悩とを
骨身に堪(こた)えさせるとしたら。
　　　　　　　　　まだしばらくのご猶予を、
父なる神よ、おお、しばしの時を与え給え。
英国の母親たちが重いわが子を抱きかかえて
喘ぎつつ逃げまどう事態になりませんように。
幼な子たちはみんな昨日まで母親の胸で
笑っていたのです。だがしかし、息子も、夫も、
　　　　　　　　　　　　　　　兄弟も、
同じ暖炉を囲んで育ったいたいけな子どもたちを
いとしげに眺めて暮らしてきた大人たちはすべて、

戦争礼賛、戦死奨励の美辞麗句。われわれはそういう言葉の背後に隠れている真実を知らないのだ。

                                                  side,
And all who ever heard the sabbath-bells
Without the infidel's scorn, make yourselves pure!
Stand forth! be men! repel an impious foe,
Impious and false, a light yet cruel race,   140
Who laugh away all virtue, mingling mirth
With deeds of murder; and still promising
Freedom, themselves too sensual to be free,
Poison life's amities, and cheat the heart
Of faith and quiet hope, and all that soothes   145
And all that lifts the spirit! Stand we forth;
Render them back upon the insulted ocean,
And let them toss as idly on its waves
As the vile sea-weed, which some mountain-
                                                  blast
Swept from our shores! And oh! may we return   150
Not with a drunken triumph, but with fear,
Repenting of the wrongs with which we stung
So fierce a foe to frenzy!
                    I have told,
O Britons! O my brethren! I have told

---

138 the infidel's scorn 革命主義者や無神論者が安息日などという素朴な村人の信仰をばかにして軽蔑すること。**make yourselves pure** ここから命令文。本来の自分自身になれということ。pure = not mixed with anything else. **139 Stand forth** = step forward. 一歩前に出て立つ。**impious**[ímpiəs] = lacking respect for religion or God. **147-150** 1796年12月フランス軍の大遠征隊が英海軍の警

[16] ひとり寂境にあって抱いた不安　89

　　　　　　　　　　　　　そしてまた、
かつて不敬な蔑(さげす)みを心に抱くことなく
安息日の鐘を聞いた者はすべて、初心に返り
男として、一歩踏み出て撥(は)ね返すのだ、
神を認めぬ夷狄(いてき)の民を。明るいがしかし気を
許せない民族で、あらゆる美徳を笑いとばし、
浮かれながら人殺しもする。それでいて〔他国には〕
自由を約束するが、自身は劣情に溺(おぼ)れすぎて
自由になれず、人の和を毒し、信仰と希望に
生きる穏やかな心を欺き、精神を癒し高める
すべてのものに背くのだ。さあ踏み出そう、
不法に立ち入った海に彼らを押し戻し、
なすすべもなく波のまにまに漂わせよう——
さながら一陣の山おろしがわれわれの岸辺から
　　　　　　　　　　　　　一掃してのけた
卑しい海藻のように。そして、おお、帰還の暁には
勝利に酔いしれるのではなく、暴虐な敵を
狂乱に至るまで痛めつけたわれわれの咎(とが)を
恐懼(きょうく)して悔い改めようではないか。
　　　　　　　私が語ってきたことは、
わがブリテンの兄弟たちよ、君たちには辛い

――――――
戒網をくぐってアイルランドの Bantry 湾に侵入したが、悪天候のために引き返したという事実がある(Richard Cronin ed., *1798 — The Year of the Lyrical Ballads*(1998年), 160ページ)。**151 with fear** フランス軍を海の藻屑にしていい気になるのは、「汝の敵を愛せ」と説くキリストの手前、さすがに良心が咎める。

Most bitter truth, but without bitterness. 155
Nor deem my zeal or factious or mis-timed;
For never can true courage dwell with them,
Who, playing tricks with conscience, dare not look
At their own vices. We have been too long
Dupes of a deep delusion! Some, belike, 160
Groaning with restless enmity, expect
All change from change of constituted power;
As if a Government had been a robe,
On which our vice and wretchedness were tagged
Like fancy-points and fringes, with the robe 165
Pulled off at pleasure. Fondly these attach
A radical causation to a few
Poor drudges of chastising Providence,
Who borrow all their hues and qualities
From our own folly and rank wickedness, 170
Which gave them birth and nursed them. Others,
                              meanwhile,
Dote with a mad idolatry; and all
Who will not fall before their images,
And yield them worship, they are enemies

---

155 bitter＝causing mental pain. **bitterness**＝feelings of hatred and anger. **156 or...or...**＝either...or... **factious** 後の版では factitious(捏造した)となっている。 **161-162 expect... power**＝expect that all will change owing to the change of the way power is constituted. この考え方は急進的革命主義者(Jacobins)ではなく、日和見的立憲主義者(constitutionalists)のもの。後者は三権

真実だろうが、憎くて言ったのではないし、
時を弁えぬ、事を構えての弁と思われても困る。
あえて苦言を呈したのは、良心をごまかして
己れの悪徳に目をつぶるような連中に決して
真の勇気が宿るわけはないからだ。われわれは
長いこと心底から騙されてきた。ある者は
絶えず敵意を抱いて呻きながら、権力の形態が
変わればすべてが変わると期待する。それは
まるで、政府は衣服も同然で、民衆の悪徳や
頽廃はそれに付属する装身具みたいなもの、
だから好きな時に衣服と一緒に脱ぎ捨てても
構わないと言うかのようだ。これらの論者が
愚かにも天罰招来の元凶と考える二、三の
不運な為政者たちは、その政治色も品性も
元はと言えばわれわれ自身の愚行や悪辣さの
反映であり、それによって彼らは政界に地位を
与えられ、それによって生計を立てていると
　　　　　　　　　　　　　　　　　言っていい。
他方、気違いじみた偶像崇拝に溺れる者もいる。
そして自分たちの偶像の前にひれ伏し、それを
おがみ奉ろうとしない者はすべて、自国の

―――――――

分立制による法治主義を堅持し、具体的な政治の責任をその時どきの政府や議会に負わせる。　**166-168　attach...Providence**＝attribute a radical causation of chastising Providence to a few poor drudges. drudge[r]s は、ここでは内憂外患の衝に当たった閣僚や議員のこと。　**170　rank wickedness**　当時は官僚、議員、選挙人、市民の間に贈収賄が横行していた。　**171　Others**　文芸評論誌 The

Even of their country!
                    Such have I been deemed — 175
But, O dear Britain! O my Mother Isle!
Needs must thou prove a name most dear and holy
To me, a son, a brother, and a friend,
A husband, and a father! who revere
All bonds of natural love, and find them all 180
Within the limits of thy rocky shores.
O native Britain! O my Mother Isle!
How shouldst thou prove aught else but dear and
                                        holy
To me, who from thy lakes and mountain-hills,
Thy clouds, thy quiet dales, thy rocks and seas, 185
Have drunk in all my intellectual life,
All sweet sensations, all ennobling thoughts,
All adoration of the God in nature,
All lovely and all honourable things,
Whatever makes this mortal spirit feel 190
The joy and greatness of its future being?
There lives nor form nor feeling in my soul
Unborrowed from my country! O divine

Anti-Jacobin(1797-1798年)を牙城にコウルリッジらを攻撃した熱狂的国粋主義者たち。　**173 fall**＝prostrate oneself in reverence or supplication (*before, to* a person).　**175 Such**＝enemies. 1790年代、コウルリッジはジャコバン詩人、無神論者、フランス理神論かぶれ等とさまざまに言われ、一時はスパイの嫌疑まで受けた。　**177 prove...**「……であることが証明される」。　**183-193**　ワーズワスの

敵とさえ見なすのだ。
　　　　　　そのような敵と私は思われてきた。
けれど、おおブリテンよ、わが母なる島よ、
あなたがいとしく尊い名前であることは確かだ、
誰かの息子、兄弟、友、夫、父として生きている
この私にとって。なぜなら私は骨肉の愛の
あらゆる絆を重んじるが、その絆すべてを
断崖に囲まれたあなたの国土に見出すからだ。
おお故郷(ふるさと)のブリテンよ、わが母なる島よ、
私にとって何とかけがえのない、ひとえに
　　　いとしく神々しい存在であることか。
この私があなたの湖やたたなずく丘陵から、
雲や、静かな谷間や、断崖や、海原から、
身内に吸収したものは生きた知性であり、
一切の快い感動、心高める思考であり、
自然界の神に対する限りない鑽仰(さんぎょう)であり、
あらゆる美しいもの、高貴なものであり、
この生身の魂が将来得るであろう永劫の
生命の悦びと偉大さを予感させるものである。
私の魂のなかに生きている理念や感情で
母国から生まれなかったものは何もない。

───────

'Tintern Abbey Lines' の 94〜112 行目を思わせる一節。　**186 drunk in**＝taken into the mind. この in は副詞。　**192 nor ... nor ...** ＝neither ... nor ...　**193 Unborrowed**　ワーズワスの前掲詩の 82〜84 行目 "That had no need of a remoter charm ... or any interest/ Unborrowed from the eye" を参照。

And beauteous island! thou hast been my sole
And most magnificent temple, in the which   195
I walk with awe, and sing my stately songs,
Loving the God that made me! —
                                May my fears,
My filial fears, be vain! and may the vaunts
And menace of the vengeful enemy
Pass like the gust, that roared and died away   200
In the distant tree: which heard, and only heard
In this low dell, bowed not the delicate grass.

 But now the gentle dew-fall sends abroad
The fruit-like perfume of the golden furze:
The light has left the summit of the hill,   205
Though still a sunny gleam lies beautiful,
Aslant the ivied beacon. Now farewell,
Farewell, awhile, O soft and silent spot!
On the green sheep-track, up the heathy hill,
Homeward I wind my way; and lo! recalled   210
From bodings that have well nigh wearied me,
I find myself upon the brow, and pause

---

195 temple 大自然を「寺院」に見立てる例は旧約聖書にある。"The Lord is in his temple: let all the earth keep silence before him"(『ハバクク書』第2章第20節). **in the which**＝in which. **201-202 which heard...bowed**＝which, though it was heard..., bowed. **207 Aslant**(前置詞)＝across at an angle. **212 brow**＝the projecting edge of a cliff or hill, standing over a precipice or

おお聖(きよ)らかで美しい島よ、あなたは私にとって
唯一の、最高に荘厳な寺院で、その堂内を
粛然と私は歩き、おごそかな歌をうたって
造り主の神を讃えるのだ。
　　　　　　　　〔これまでの〕私の不安が、
子としての気遣いが、杞憂に終わりますように。
そして執念深い敵の大言壮語や恫喝(どうかつ)は、
遠い木立を唸って通った一陣の風のように
消えてほしい。この低い谷間にも風声(ふうせい)は
聞こえたが、かよわい草さえ靡(なび)かなかった。

　今は黄金のハリエニシダに穏やかに
露が降りて果実のような芳香が漂う。
丘の頂きからは陽差しが去ったが、
ツタの這う烽火台(のろし)を斜めに照らす日光は
まだ美しく輝いている。ではごきげんよう、
しばしの別れだ、やさしくひそやかな谷間よ。
羊が通う緑の小径をたどってうねうねと私は
ヒースの丘を登り家路に向かう。するとどうだ！
先程までの重苦しい不吉な予感はどこへやら、
私はいつのまにか崖っぷちに出ていて、驚いて

---

steep.

Startled! And after lonely sojourning
In such a quiet and surrounded nook,
This burst of prospect, here the shadowy main,   215
Dim tinted, there the mighty majesty
Of that huge amphitheatre of rich
And elmy fields, seems like society —
Conversing with the mind, and giving it
A livelier impulse and a dance of thought!   220
And now, belovéd Stowey! I behold
Thy church-tower, and, methinks, the four huge elms
Clustering, which mark the mansion of my friend;
And close behind them, hidden from my view,
Is my own lowly cottage, where my babe   225
And my babe's mother dwell in peace! With light
And quickened footsteps thitherward I tend,
Remembering thee, O green and silent dell!
And grateful, that by nature's quietness
And solitary musings, all my heart   230
Is softened, and made worthy to indulge
Love, and the thoughts that yearn for human kind.

217　amphitheatre ギリシャ・ローマの円形劇場のことだが，転じて四方を坂に取り囲まれた土地の意味にもなる。詩人の居住地ネザー・ストーウェイの地形を野外劇場に喩えたもの。**218　elmy**＝abounding in elms. **society** ここでは、自然と人間とが調和をもって語り合う社交の場の意。**221　beloved**[bilʌ́vid] 語尾の -véd の é は韻律を整えるために[i]と発音せよというサイン。**223　my friend**

立ち止まる。あのように静かで奥まった秘境に
ひとり寂しくたたずんで時を過ごした眼に
さっと開けたこの景色！　こちらには海原が
おぼろな藍色(あい)を見せ、あちらにはニレの多い
豊かな野原が壮大な野外劇場のように荘厳で
力強く扇形に広がっている。その外貌は
精神と対話し、精神に一層活発な刺戟と
思考の躍動を与える社交の場にも喩(たと)えられよう。
そして今、愛するストーウェイよ、おまえの
教会の塔が見える。またあそこに見える四本の
　　　　　　　　　　　　　　　　ニレの大樹は
恐らく私の友人の家の目印となる木立だ。
そのすぐ後に、ここからは隠れて見えないが
私自身の貧しい小屋があり、そこに私の
幼な子とその母が平和に暮らしているのだ。
軽やかに速まる足取りでひたすらその方角へと
足は向かうが、心は、おお緑静かな谷よ、
おまえを偲(しの)び、そして感謝に溢れている。
自然の寂境にあって孤独な不安を味わった、
そのお蔭で心はすっかり癒されて今では愛と、
人の世を恋しく思う気持に浸る余裕ができた。

隣家に住む友人で詩人に現在の家を世話してくれたトマス・プールのこと(「略伝」326ページ参照)。　**231 made worthy to...**　ここでは「……するだけの精神的ゆとりを得た」と解する。　**232 yearn for human kind**　いわゆる人類愛とは似て非なるもの。孤独の不安と人間不信感を経た後の人恋しさ、社会復帰への憧れであろう。

III

〈恋愛詩編〉
Love Poems

[17] Lewti — Or the Circassian Love-chaunt

At midnight by the stream I roved,
To forget the form I loved.
Image of Lewti! from my mind
Depart; for Lewti is not kind.

The Moon was high, the moonlight gleam
   And the shadow of a star
Heaved upon Tamaha's stream;
   But the rock shone brighter far,
The rock half sheltered from my view
By pendent boughs of tressy yew. —
So shines my Lewti's forehead fair,
Gleaming through her sable hair.
Image of Lewti! from my mind
Depart; for Lewti is not kind.

---

[17] **表題　Circassian**[sə:kǽʃiən]　Circassia(ロシア名 Cherkess)は黒海とコーカサス山脈の間にある実在の地名で、中を Kuban 川が流れる。当地の女性のもつ異国的な美しさは有名で、18世紀英国の文学・演劇界では "Fair　Circassians" のブームが生じた。　**3 Lewti**　最初の草稿ではすべて Mary になっている。　**7 Heaved**＝rose.　**Tamaha's**　現在名 Altamaha。アメリカのジョージア州を流

[17] リューティ
——あるいは、チェルケス地方の恋唄

夜更けて川辺をさまよい、
恋しい人を忘れようとした。
リューティの面影よ、ぼくの心から
去れ。あの人はやさしくしてくれない。

月は中天に昇り、その輝きと
　一つの星影とが
タマハの流れに浮かんでいた。
　岸辺の岩はさらに輝いていたが、
房ふさと垂れるイチイの大枝に
なかば隠れてよく見えない。
そのようにかの人の白い額も
黒髪の間から透(す)けて見えるだけ。
リューティの面影よ、ぼくの心から
去れ。あの人はやさしくしてくれない。

れる川の名で、William Bartram の *Travels* (1791 年)にその「夜景」の美しさが紹介されている。コウルリッジがこの『旅行記』から詩想および詩藻を得たことは間違いなく、最初の草稿のタイトルも 'The Wild Indian's Love-Chaunt' となっていた。　コウルリッジが Bartram を読んだのは、パンティソクラシー計画に熱中してアメリカ大陸に多大の関心を抱いていた 1794 年夏頃と思われる。同時にその頃か

I saw a cloud of palest hue, 15
　Onward to the moon it passed;
Still brighter and more bright it grew,
With floating colours not a few,
　Till it reached the moon at last:
Then the cloud was wholly bright, 20
With a rich and amber light!
And so with many a hope I seek,
　And with such joy I find my Lewti;
And even so my pale wan cheek
　Drinks in as deep a flush of beauty! 25
Nay, treacherous image! leave my mind,
If Lewti never will be kind.

The little cloud — it floats away,
　Away it goes; away so soon?
Alas! it has no power to stay: 30
Its hues are dim, its hues are grey —
　Away it passes from the moon!
How mournfully it seems to fly,
　Ever fading more and more,

ら恋人メアリー・エヴァンズ(Mary Evans)との仲が絶望的になる。
したがってこの詩の最初の草稿の執筆年代は 1794〜1795 年と John
Livingston Lowes は推測している(*The Road to Xanadu*, Chap. XI,
Notes 70, 1927; 1959 年参照)。　18 **floating**=unstable.　24 **even
so**=just so.　25 **as deep**=as deep as Lewti's.　26 **treacherous**
=deceiving.

ひときわ白い一片の雲が
　　月に向かって進むのを見た。
さまざまな色に移ろいながら
どんどん明るさを増し
　　とうとう月にたどり着いた。
すると雲はくまなく光を受け
豊かな琥珀色に照り映えた。
そのようにぼくも希望をもって追い
　　喜びに溢れて会おう、リューティに。
そうすればぼくの青白い頬も
　　あの人に劣らず紅に染まるのだ。
いや、思わせぶりな面影よ、去れ、
リューティがやさしくしてくれないなら。

かの小さな雲は離れて行く、
　　ふわふわと、あっけなく。
ああ、踏んばる力もないのだ――
色褪せて、灰色になり、
　　どんどん月から遠ざかる。
何と物悲しげな去り方か。
　　影がますます薄くなり、

To joyless regions of the sky — 35
　And now 'tis whiter than before!
As white as my poor cheek will be,
　When, Lewti! on my couch I lie,
A dying man for love of thee.
Nay, treacherous image! leave my mind — 40
And yet, thou didst not look unkind.

　I saw a vapour in the sky,
　　Thin, and white, and very high;
I ne'er beheld so thin a cloud:
　　Perhaps the breezes that can fly 45
　　Now below and now above,
Have snatched aloft the lawny shroud
　Of Lady fair — that died for love.
For maids, as well as youths, have perished
From fruitless love too fondly cherished. 50
Nay, treacherous image! leave my mind —
For Lewti never will be kind.

Hush! my heedless feet from under

---

35 joyless regions 月（＝恋人）のいない空は暗黒でしかない。ワーズワスの Lucy Poems の一つを思わせる。　**39 A dying man** [18]の64行目参照。　**47 aloft**「空高く」。　**49-50** メアリー・エヴァンズを恨む作者の気持か。　**53 Hush** 思わず声を上げそうになったから。　**my heedless ... under**=from under my heedless feet. 詩人は1795年の初め、セアラ・フリッカー（Sara Fricker）(「略伝」

虚ろな空の一角へと消えてゆく——
　　今は以前にも増して蒼白になった！
あの色にやがて私の頬もなるのだ、
　　リューティよ、あなたを恋する余り
臨終の床に身を横たえる時には。
いや、思わせぶりな面影よ、去れ、
あなたは情け知らずには見えなかった。

　　　空に霧状のものが漂う、
　　　薄く、白く、とても高く。
あんなに薄い雲は見たことがなかった。
　　　おそらく春風が、低く高く
　　　地や空を吹き渡ってくる間に
恋に死んだ美しい女性の
　　薄地の白装束を巻き上げたのか。
実らぬ恋を愚かにも温めすぎて
身を滅ぼすのは若者も乙女も同じだから。
いや、思わせぶりな面影よ、去れ、
リューティがやさしくなるはずがない。

おっと！　うかつにも堤防を踏み外した。

―――――――
327ページ参照)と婚約すると、それまでに書いた詩の中の他の女性の名前をすべてSaraに書き改めた。本詩の二番目の草稿ではSaraをいったんCoraと書き、さらにLewtiに変えた形跡がある。現在のテキストは第三稿で、1798年4月に初めて『モーニング・ポスト』(*Morning Post*)誌上に発表された。

  Slip the crumbling banks for ever:
Like echoes to a distant thunder, 55
  They plunge into the gentle river.
The river-swans have heard my tread,
And startle from their reedy bed.
O beauteous birds! methinks ye measure
  Your movements to some heavenly tune! 60
O beauteous birds! 'tis such a pleasure
  To see you move beneath the moon,
I would it were your true delight
To sleep by day and wake all night.

I know the place where Lewti lies, 65
When silent night has closed her eyes:
  It is a breezy jasmine-bower,
The nightingale sings o'er her head:
  Voice of the Night! had I the power
That leafy labyrinth to thread, 70
And creep, like thee, with soundless tread,
I then might view her bosom white
Heaving lovely to my sight,

---

54 Slip 主語は後の the crumbling banks。　**59 ye** thou の複数形。　**63 would**=wish.　**71 creep**=move in a quiet, careful way, especially to avoid attracting attention.　**73 Heaving** 息をすれば胸が上下する。大きく息をすれば大きく胸が上下する。二人で胸を合わせて息をすれば……!　以下 75 行目まできわめて官能的な描写。

足元から土砂がとめどなく崩れ
遠雷のような響きを立てて
　　穏やかな川に落ちこんでゆく。
白鳥たちは私の立てた音を聞き
驚いて葦辺の寝床から飛び立つ。
おお美しい鳥の群よ、まるで天国の
　　調べに合わせて動くかのよう。
おお美しい鳥たちよ、月下に動く
　　君たちを見ることは何たる果報か。
願わくは君たちも喜んで昼眠り
夜はよもすがら起きていてくれないかな。

静夜リューティがどこに休んで
眼を閉じるかぼくは知っている、
　　微風通うジャスミンの四阿で
頭上に小夜啼鳥が囀る所だ。
　　夜の歌姫よ、おまえのように
ぼくにもあの葉深い迷路を縫い
足音立てずに忍び寄る才があれば、
かの人の白い胸が上下するのを
この眼で見つめることができるのに——

As these two swans together heave
On the gently swelling wave.

Oh! that she saw me in a dream,
　And dreamt that I had died for care;
All pale and wasted I would seem,
　Yet fair withal, as spirits are!
I'd die indeed, if I might see
Her bosom heave, and heave for me!
Soothe, gentle image! soothe my mind!
To-morrow Lewti may be kind.

---

75 swelling＝heaving. 波の動きまで恋の白鳥と気脈を通じている。　**76 Oh! that...**＝Oh! I wish that she would see...　**79 withal**＝besides, together with that.

　コウルリッジは本詩を1798年発行予定の『抒情民謡集』(*Lyrical Ballads*)初版に載せる心積りでいた。ところが同詩集は匿名出版という建前であることに気づき、同年4月に名前入りで公表したこの詩を

あの二羽の白鳥が高まる波の上で寄りそい
そっと胸を膨らませ合っているように。

ああ、かの人が夢を見て、ぼくが焦がれて
　　死にそうだと知ってくれたら！
夢の中のぼくは青ざめ悴(やつ)れて見えようが、
　　それでいて妖精のように美しいのだ。
ほんとに死んでもいい、かの人の胸が
ぼくのために膨らむのを見られたなら。
慰めて、やさしい面影よ、ぼくの心を！
明日はリューティがやさしくなるかもね。

―――――――
急遽取り下げ、[27]と差し替えた。

[18]　Love

All thoughts, all passions, all delights,
Whatever stirs this mortal frame,
All are but ministers of Love,
　　And feed his sacred flame.

Oft in my waking dreams do I　　　　　　　　　5
Live o'er again that happy hour,
When midway on the mount I lay,
　　Beside the ruined tower.

The moonshine, stealing o'er the scene,
Had blended with the lights of eve;　　　　　10
And she was there, my hope, my joy,
　　My own dear Genevieve!

She leant against the arméd man,
The statue of the arméd knight;

---

[18]　**3 Love** 愛の神。通常は Eros(＝Cupid)を指すが、作者はもっと秘教的な神霊を考えていたのかもしれない([27]の72-73行目参照)。いずれにせよ前の ministers は神に仕える者の意であり、4行目の flame は聖火ということになる。もちろん情熱の炎の意味も含まれている。　**6 Live**＝experience.　**o'er**＝over.　**14 the arméd** [άːmid] **knight**　1799年10月、ヨークシャー州のソックバーン・オ

[18] 恋

この身訪うくさぐさの
想い、憧れ、欣びは
恋に仕うる宮司なり、
　　　聖き灯明の油なり。

われ幾度かかの時を
現にありて夢みしか、
山路半ばに休らいて
　　　廃墟の古塔見し時を。

とき月光のひそやかに
夕星影と綾なして、
わが光明と歓喜なる
　　　ジェネヴィーヴにぞまつわりぬ。

鎧かぶとも勇ましき
騎士の像に身をもたせ、

―――――――
ン・ティーズ(Sockburn-on-Tees)にあるハッチンソン(Hutchinson)家を訪れた詩人は、初めて同家のメアリーとセアラに会った。さらに11月下旬コウルリッジはひとりで同家を再訪、特にセアラと行を共にするようになった。ある日、当地の教会で鎧のまま横たわっている騎士像を見た。またある農家の近くで「灰色の石」を見、それが先程の騎士によって退治された怪獣ワイバン(飛竜)を記念するものだと知っ

She stood and listened to my lay, 15
    Amid the lingering light.

Few sorrows hath she of her own,
My hope! my joy! my Genevieve!
She loves me best, whene'er I sing
    The songs that make her grieve. 20

I played a soft and doleful air,
I sang an old and moving story —
An old rude song, that suited well
    That ruin wild and hoary.

She listened with a flitting blush, 25
With downcast eyes and modest grace;
For well she knew, I could not choose
    But gaze upon her face.

I told her of the Knight that wore
Upon his shield a burning brand; 30
And that for ten long years he wooed

た。これらの事実が本詩制作の端緒になったと一般に推測されている。この時から詩人はセアラに対して愛を感じ、恋心を募らせてゆく(「略伝」334ページ参照)。　**15 lay**＝ballad.　**21 air**＝tune.　**23 rude**＝simple, primitive.　**25 flitting**＝brief.　**30 burning brand**＝shining sword.

　この詩は最初 'Introduction to the Tale of the Dark Ladie' という

乙女は聞きぬわが歌を
　　　たゆたう光に包まれて。

愁(うれ)いの影の宿らざる
わが灯(ともしび)のジェネヴィーヴ、
悲哀の調べ切(せつ)せつと
　　　吟(うた)うわれこそ慕うなれ。

淡く哀しき絃(ね)の音に
合わせてわれは吟いけり、
荒れた廃墟にふさわしき
　　　遠き昔のいくさ歌。

乙女のちらと頬そめて
伏せし瞳(ひとみ)の羞(はじ)らいは、
吟唱(うた)のさなかも離れざる
　　　わが眼の思いを知る故(ゆえ)か。

わが語れるは若き騎士、
燃ゆる剣(つるぎ)を楯に彫り、
十年(ととせ)の間主の国の

題で 1799 年 12 月『モーニング・ポスト』(*Morning Post*)誌上に発表された。次いでかなりの修正を加えた後、1800 年版『抒情民謡集』に現在の表題で収録された。さらに 1810 年『モーニング・ポスト』版が別な雑誌に再録されたが、その際の断り書きに「作者は 'Dark Ladie' の執筆続行を断念した」とある。

The Lady of the Land.

I told her how he pined: and ah!
The deep, the low, the pleading tone
With which I sang another's love, 35
    Interpreted my own.

She listened with a flitting blush,
With downcast eyes, and modest grace;
And she forgave me, that I gazed
    Too fondly on her face! 40

But when I told the cruel scorn
That crazed that bold and lovely Knight,
And that he crossed the mountain-woods,
    Nor rested day nor night;

That sometimes from the savage den, 45
And sometimes from the darksome shade,
And sometimes starting up at once
    In green and sunny glade, —

---

32 Lady of the Land 「主国の姫」。lady＝the feminine designation corresponding to "lord". **40 fondly**＝affectionately.「ほれぼれと」。 **41 the cruel scorn** 姫の騎士に対する「無情なさげすみ」。 **44 Nor**＝neither. **47 at once**＝of a sudden. **48 sunny glade** 森の中でたまたま木が生えていない、日の当たる空地。

美姫(びき)に心を焦がしたる。

ああ、わが吟う恋物語(こいうた)の
深く切なき調べこそ、
他人の恋に事寄せし
　　　われ自らの思いなれ。

乙女のちらと頰そめて
伏せし瞳の羞いは、
いとしき余り離れざる
　　　わが眼の罪を許せしか。

われは語れり、嘲笑(あざけり)に
無残やかの騎士狂いしと。
かくして可惜(あたら)若武者は
　　　日夜山野を迷いしと。

ときには荒れた岩屋より、
ときには小暗き木蔭より、
あるいはまこと忽然と
　　　日影に笑う草地より、

There came and looked him in the face
An angel beautiful and bright ;   50
And that he knew it was a Fiend,
       This miserable Knight !

And that unknowing what he did,
He leaped amid a murderous band,
And saved from outrage worse than death   55
       The Lady of the Land !

And how she wept, and clasped his knees ;
And how she tended him in vain —
And ever strove to expiate
       The scorn that crazed his brain ; —   60

And that she nursed him in a cave ;
And how his madness went away,
When on the yellow forest-leaves
       A dying man he lay ; —

---

54 band「武装集団」「山賊」。　**64 A dying man**「瀕死の人となって」(主格補語)。

まばゆき天使立ち出でて
まじまじ騎士を見つめしと。
そは妖魔なりと、憐れなる
　　　騎士はすなわち悟りしと。

現(うつつ)なきままかの騎士は
凶徒の群に飛びこみて
死よりも酷(むご)き汚辱より
　　　主国の姫を救いしと。

姫は咽(むせ)びぬ騎士の膝、
姫は空(むな)しくかしずきぬ、
騎士の心を狂わせし
　　　かの嘲笑(あざけり)を贖(あがな)わめ。

姫が看護(みとり)の洞窟に
騎士が狂気の去りし時、
森に黄葉(あきは)の散りしきて
　　　玉の緒まさに絶えんとす。

His dying words — but when I reached 65
  That tenderest strain of all the ditty,
My faultering voice and pausing harp
    Disturbed her soul with pity!

All impulses and soul and sense
Had thrilled my guileless Genevieve; 70
The music and the doleful tale,
    The rich and balmy eve;

And hopes, and fears that kindle hope,
An undistinguishable throng,
And gentle wishes long subdued, 75
    Subdued and cherished long!

She wept with pity and delight,
She blushed with love, and virgin-shame;
And like the murmur of a dream,
    I heard her breathe my name. 80

---

66 tenderest...ditty「全曲の中でひとしお甘く切ない一節」。
strain＝passage of song or poetry. ditty＝short, simple song.
69 All impulses...sense「心の内(soul)と外(sense)から生ずる激情のすべて」。 **70 thrilled**「突き動かした」。thrill＝affect or move with a sudden move of emotion.

臨終の際に——ああされど
悲哀極まるこの条、
吟うわが声おろめきて
　　　　乙女の心や乱しけむ。

胸打つ至情に感溢れ
乙女はその身を震わしぬ。
絃の音、哀しき物語、
　　　　甘く豊けき夕まぐれ。

希望と懼れ溶け合いて
いずれ分かたぬ胸の内、
積る年月身に秘めし、
　　　　秘めて隠せしわが思い。

憐れむ涙に欣びの、
羞じらう頬に恋の影。
夢の中なるつぶやきか、
　　　　乙女はわが名を囁きぬ。

Her bosom heaved — she stepped aside,
As conscious of my look she stepped —
Then suddenly, with timorous eye
　　She fled to me and wept.

She half enclosed me with her arms,　　　　　　　85
She pressed me with a meek embrace ;
And bending back her head, looked up,
　　And gazed upon my face.

'Twas partly love, and partly fear,
And partly 'twas a bashful art,　　　　　　　　　90
That I might rather feel, than see,
　　The swelling of her heart.

I calmed her fears, and she was calm,
And told her love with virgin pride ;
And so I won my Genevieve,　　　　　　　　　　95
　　My bright and beauteous Bride.

---

82 As conscious=as if she were conscious. **87-88 bending back...** 胸を合わせたまま顔をのけぞらせると, 一層強く胸が合うという「技巧」(91-92行目を参照)。 **92 swelling**=heaving. [17]の 72～75 行目を参照。

[18] 恋

乙女は息呑み——一退り
わが眼差しを脇に避け——
にわかに怯えを眼にたたえ
　　　　わが懐に飛びこみぬ。

乙女はひしと取り縋り
柔き胸をばすり寄せぬ。
抱かれしまま振り仰ぎ
　　　　わが眼をじっと見つめけり。

そは羞じらえるたおやめの
愛と怖れの技なるか、
乙女は胸の高まりを
　　　　かくも密かに伝えけり。

ようやく乙女は安堵して
なれを愛すとわれに告ぐ。
かくして得たりジェネヴィーヴ、
　　　　わがうるわしの花嫁を。

[19] The Keepsake

The tedded hay, the first fruits of the soil,
The tedded hay and corn-sheaves in one field,
Show summer gone, ere come. The foxglove tall
Sheds its loose purple bells, or in the gust,
Or when it bends beneath the up-springing lark,   5
Or mountain-finch alighting. And the rose
(In vain the darling of successful love)
Stands, like some boasted beauty of past years,
The thorns remaining, and the flowers all gone.
Nor can I find, amid my lonely walk   10
By rivulet, or spring, or wet road-side,
That blue and bright-eyed floweret of the brook,
Hope's gentle gem, the sweet Forget-me-not!
So will not fade the flowers which Emmeline
With delicate fingers on the snow-white silk   15
Has worked, (the flowers which most she knew I
         loved),

---

[19] **表題 Keepsake**=a small object that reminds you of someone. 日本語の「形見」も遺品とは限らない。 **3 ere**=a little while ago. **4 or**=either. **13 Forget-me-not** "a flower from six to twelve inches high, with blue blossom and brightly yellow eye" と自注がある (127 ページのカット参照)。 **16 worked**=embroidered. この詩は 1802 年 9 月に『モーニング・ポスト』(*Morning Post*) 誌

[19] 恋の形見

広げ干しの干草は大地の最初の恵み、
それと麦束がひとつの畑に見られることは
夏が来て、すぐ去ったことの証(あかし)。ジギタリスが
時おり紫色の花をはらはらとこぼすのは
不意に風が吹いたり、ヒバリが飛び立ったり
アトリが舞い下りたりして、枝がたわむからだ。
そしてバラは(幸せな恋を飾るによしなく)
往年の美をなお誇らしく語る美女のように
花は落ち、刺(とげ)だけを残して立っている。
私はもはや、小川や泉や飛沫(しぶき)に濡れた
道沿いをひとり歩いてみても、あの青く
きららな瞳(め)をした川辺の花、希望の
宝石とも言えるやさしい忘れな草を
見ることはない。だが決して色褪(いろあ)せないのは
エメリンがほっそりした指で純白の絹に
刺繡した花ばな(私の好みであることを彼女が一番よく
　　　　　　　　　　知っていた花ばな)と、

―――――――
上で発表された。執筆年代は定かでないが、Campbell 編の『全集』
(1893 年)には「出版の二年前に制作された」という注がついている。
いずれにせよ 'Love' に続いてセアラとの恋を語った詩であることは
間違いあるまい。

And, more belov'd than they, her auburn hair.

   In the cool morning twilight, early waked
By her full bosom's joyous restlessness,
Softly she rose, and lightly stole along, 20
Down the slope coppice to the woodbine bower,
Whose rich flowers, swinging in the morning
                                     breeze,
Over their dim fast-moving shadows hung,
Making a quiet image of disquiet
In the smooth, scarcely moving river-pool. 25
There, in that bower where first she owned her
                                       love,
And let me kiss my own warm tear of joy
From off her glowing cheek, she sate and stretched
The silk upon the frame, and worked her name
Between the Moss-Rose and Forget-me-not — 30
Her own dear name, with her own auburn hair!
That forced to wander till sweet spring return,
I yet might ne'er forget her smile, her look,
Her voice, (that even in her mirthful mood

---

23 Over...hung=hung over... 自身の影の上に垂れ下がっている。 **24 quiet image of disquiet** テレビ画面に映し出されたダンサーの画像のように、ダンサーがいくらめまぐるしく動いても画面そのものは目の前から移動しはしない。同様に頭上の花ばながどんなに烈しく揺れ動いても、眼下の淀みに映ったその影は、動きをそのまま受け入れて静止している。〈参考〉"that uncertain heaven, receiv'd/

もっといとしい彼女の赤茶色の髪だろう。

　ひんやりとした朝まだき、胸に溢れる喜びに
心落ちつかず早ばやと目覚めた彼女は
そっと床(とこ)を離れると軽やかな足どりで
雑木林の坂道を下ってスイカズラが掩(おお)う
四阿(あずまや)に来た。豊かな花ばなが
　　　　　　　　朝風に揺れ
しきりに動くそのおぼろな影を、下の、
動くともなく鏡のように平静な淀みに
投じて、動揺の静止画像を作っていた。
そこ、その四阿は彼女が初めて愛を
　　　　　　　　　　　　打ち明け、
そのほてった頰に私が流した感激の涙を
私のキスで拭わせてくれた所、その同じ四阿に
彼女はその朝座り、刺繡の枠に絹布(けんぷ)を広げ、
バラの花と忘れな草の花との間に自身の名を
自身の赤茶色の髪の毛で縫いこんだのだ。
それは、たとえ私が春まで放浪の憂き目に
遭おうとも、その間彼女の微笑(ほほえ)みや眼差しを、
また声を(陽気な笑い声でも、そっと聞きに行って

―――――――

Into the bosom of the steady lake"(ワーズワス 'There was a Boy', 24-25行目).　**30　Moss-Rose**　園芸種のバラの一種。　**32　That**=in order that.　**forced to . . .**=even though I were forced to . . .

Has made me wish to steal away and weep), 35
Nor yet the entrancement of that maiden kiss
With which she promised, that when spring returned,
She would resign one half of that dear name,
And own thenceforth no other name but mine!

---

35 steal away こっそり家を抜け出して会いに行く。許されぬ恋であることを暗示。 **36 that maiden kiss** [18]の94行目参照。 **38 resign...name** すなわち彼女の family name を捨てて他の姓に変えるということ。

涙を流したい気持に私を駆り立てるのだ)、
そして彼女が返した処女(おとめ)のキスの嬉しさを、
私に忘れさせないためだった。そのキスによって
　　　　　　　　　　彼女は約束したのである、
春が戻ればあの懐かしい名前の半分を捨てて、
以後この私の名前以外は決して付けないと。

[20]　A Day-dream

My eyes make pictures, when they are shut:
　　I see a fountain, large and fair,
A willow and a ruined hut,
　　And thee, and me and Mary there.
O Mary! make thy gentle lap our pillow!　　　　5
Bend o'er us, like a bower, my beautiful green
　　　　　　　　　　　　　　　　willow!

A wild-rose roofs the ruined shed,
　　And that and summer well agree:
And lo! where Mary leans her head,
　　Two dear names carved upon the tree!　　10
And Mary's tears, they are not tears of sorrow:
Our sister and our friend will both be here
　　　　　　　　　　　　　　　　tomorrow.

'Twas day! but now few, large, and bright,

---

[20]　**1 My eyes...shut** シェイクスピアの「ソネット」No. 43 に "When most I wink do mine eyes best see"(wink＝close my eyes)という一行がある。　**4 Mary**＝Mary Hutchinson.　**12 Our sister and our friend**＝Dorothy and William Wordsworth. ワーズワス兄妹が「揃って」ガロー・ヒル(Gallow Hill)を訪れたのは 1802 年の 7 月である。したがって本詩がその折のことに言及しているとす

[20] 真昼の夢

　目を閉じると、さまざまな絵が浮かぶ。
　　　大きくて澄んだ泉が、そして
川端柳と廃墟の小屋が見え
　　　あなたと私とメアリーがそこにいる。
メアリー、あなたの膝を私たちの枕にして
美しい柳の木蔭のように、屈(かが)みこんでほしい。

　野バラの茂みが廃屋の屋根となり、
　　　それが夏の季節によく似合っている。
　　見てごらん、メアリーが頭を傾(かし)げているところに、
　　　懐かしい二つの名前が幹に彫られている。
そしてメアリーの涙は悲しみの涙ではない、
私たちの妹と友が明日揃ってここに来るのだから。

　それは昼間だった。やがて二つ、三つと

れば制作時期はその夏以降となるが確証はない。ちなみに兄妹はその足でフランスに渡り、8月にカレーでアネット母娘に会い、9月にガロー・ヒルに戻り、それから兄ウィリアムは10月4日、近くの教会でメアリーと結婚式を挙げた。　**13**　'Twas＝It was.

The stars are round the crescent moon!
And now it is a dark warm night,　　　　　　　　　　15
　　　The balmiest of the month of June!
A glow-worm fall'n, and on the marge remounting
Shines, and its shadow shines, fit stars for our
　　　　　　　　　　　　　　　　sweet fountain.

O ever — ever be thou blest!
　　　For dearly, Asra! love I thee!　　　　　　　　20
This brooding warmth across my breast,
　　　This depth of tranquil bliss — ah, me!
Fount, tree and shed are gone, I know not whither,
But in one quiet room we three are still together.

The shadows dance upon the wall,　　　　　　　　25
　　　By the still dancing fire-flames made;
And now they slumber, moveless all!
　　　And now they melt to one deep shade!
But not from me shall this mild darkness steal
　　　　　　　　　　　　　　　　thee:
I dream thee with mine eyes, and at my heart I feel

---

16 balmiest balmy＝deliciously soft and soothing. **17 glow-worm**「土蛍」。メスの成虫には羽がなく、昼間は草の根元に潜み、暗くなると葉に這い上ってオスを呼ぶために発光する。**20 Asra** Sara のアナグラム(綴り換え)。妻と同名であるため作者はある時期からすべて Asra で通した。**27 they**＝fire-flames. **29-30** シェイクスピアの前掲詩 14 行目に "All nights [are] bright days when

[20] 真昼の夢

　　　大きな明るい星が新月を囲み、
　　ついには暗い、暖かい夜、
　　　　六月の中で最もものやわらかな夜となった。
水に落ちた一匹の土蛍が再び泉の縁に這い上り、
放つ光が泉に映るさまは星とも見紛う程だった。

　いつまでも、いつまでも幸せに、アスラよ、
　　　私はあなたを心から愛しているから。
私の胸に温かいものが立ちこめる、
　　深く静かな至福のぬくもりが――ああ、
泉も木も小屋も、みんなどこかへ消えてしまった。
静かな一室に私たち三人だけがまだ一緒にいる。

　壁面に踊っている火影は、
　　　休みなく踊る暖炉の炎が作るものだ。
　それがまどろむと、何も揺らめかなくなる！
　　　影はすべて一つの深い闇に溶けこんでゆく。
しかしこの暗がりも私からあなたを盗めは
　　　　　　　　　　　　　　　　　　しない。
あなたを自分の眼で夢み、自分の心で感じて

———————

dreams do show thee me" とある。1801年から1802年にかけて詩人は何度となくハッチンソン兄弟の家に逗留する。彼らはソックバーン (Sockburn) を離れ、Durham 近郊と Scarborough 近郊に分かれて農場を経営していたが、三人の姉妹は両方の家を往き来していた。作者のお目当てはもちろん Sara である。この詩は特に後者すなわちガロー・ヒルにおける夢のような夏の思い出を回想したもの。

                                                           thee! 30

Thine eyelash on my cheek doth play —
    'Tis Mary's hand upon my brow!
But let me check this tender lay
    Which none may hear but she and thou!
Like the still hive at quiet midnight humming,   35
Murmur it to yourselves, ye two beloved women!

---

33 check=restrain. **35-36** [9]の前身である書簡体の詩 'A Letter to —'(本書 33 ページの脚注参照)に次のような一節がある.
    The Bee-hive murmuring near,
    That ever-busy & most quiet Thing
    Which I have heard at Midnight murmuring (89-91 行)

いるからだ。

あなたの睫は私の頬にたわむれ、
　　額にはメアリーの手がおかれている。
でも心溢れる思いは低くひそかに歌わせてほしい、
　　メアリーとあなただけに聞こえるように。
静かな真夜中の巣箱でも羽音を絶やさぬ蜜蜂のように
あなたたち二人の女性にだけ囁きかけたいのだ。

[21] Separation

A sworded man whose trade is blood,
　In grief, in anger, and in fear,
Thro' jungle, swamp, and torrent flood,
　I seek the wealth you hold so dear!

The dazzling charm of outward form,　　　　　5
　The power of gold, the pride of birth,
Have taken Woman's heart by storm —
　Usurp'd the place of inward worth.

Is not true Love of higher price
　Than outward Form, though fair to see,　　　10
Wealth's glittering fairy-dome of ice,
　Or echo of proud ancestry? —

O! Asra, Asra! couldst thou see
　Into the bottom of my heart,

---

[21]　1　**A sworded man**　「戦士」。往時、男は恋に命をかけた。それは聖杯探求に出かける騎士のように、この世で最高の価値を求めるための冒険であった。　7　**taken...by storm**　急襲して一気に奪い取る。一発で魅了する。　8　**Usurp'd...worth**　誠意・純情などという〔男の〕内面的価値の座を奪った。　11　**fairy-dome of ice**　W. クーパーの『課題』という叙事詩(1785年)に「ロシア女帝の氷の宮殿」

[21] 別　離

血に手を染める剣の道
　　嘆きつ、怒りつ、戦(おのの)きつ、
森や、沼地や、早瀬を越えて、
　　この世の秘宝をぼくはたずねる。

まばゆいほどの外見(そとみ)の魅力、
　　金の力や家門の誉(はま)れに
女心は総くずれ、
　　内なる宝は見向きもされぬ。

真(まこと)実の愛は見た目より
　　富のきらめく氷の宮(みや)殿より
お偉い先祖のご威光よりも
　　ずっと値打ちが高いのに。

アスラよアスラ、もしぼくの
　　心の底まで見えたなら、

に言及した箇所(V.131-175行目)がある。
　1834年版『全集』に初出のこの詩は、執筆年代不詳である。ただ、その草稿と覚しきものが「マルタ島覚書き」に見られることから1805年頃かと推測されている。またCottonという詩人の *Chlorinda* というオードの翻案であることもわかっている(『底本』397ページ参照)。

There's such a mine of Love for thee,   15
　As almost might supply desert!

(This separation is, alas!
　Too great a punishment to bear;
O! take my life, or let me pass
　That life, that happy life, with her!)   20

The perils, erst with steadfast eye
　Encounter'd, now I shrink to see —
Oh! I have heart enough to die —
　Not half enough to part from Thee!

17　This separation　もちろんアスラとの別れ。詩人は 1804 年 2 月に彼女から「肺腑を抉るような手紙」(heart-wringing letter)を受け取った」と『覚書き』に記している(山田〔1991 年〕、322 ページ)。それは詩人がマルタ島に渡る直前のことであった。　**21　The perils**　次行の see の目的語。　**21-22　erst ... Encounter'd**＝which were formerly encountered with...　前の perils を修飾。　**23　heart**＝

沙漠も黄金(こがね)で満たすほど
　　愛の鉱脈見えるはず。

(この別れは、ああ、耐えるには
　　あまりに大きい天罰だ。
　与えませ死を、さもなくば
　　彼女とまたの幸せを!)

かつては断固目を開き
　　向かった危険にひるむ今。
死ぬのは怖くないけれど、
　　あなたと別れりゃ身の破滅。

---

courage.　**24　Not half enough to ...**　「……する勇気はその半分もない」。

[22]　Recollections of Love

I

How warm this woodland wild Recess!
　Love surely hath been breathing here;
　And this sweet bed of heath, my dear!
Swells up, then sinks with faint caress,
　As if to have you yet more near.　　　　　5

II

Eight springs have flown, since last I lay
　On sea-ward Quantock's heathy hills,
　Where quiet sounds from hidden rills
Float here and there, like things astray,
　And high o'er head the sky-lark shrills.　　10

---

[22] **2 Love...here** 身はこの地になくても燃える思いはここで生きていた。 **4 Swells...caress** 作者得意の官能的描写。[17]の72〜75行目、[18]の91〜92行目参照。 **6 Eight springs** 八年前(1799年)の春にはまだアスラことセアラ・ハッチンソンに出会っていない。 **7 Quantock's heathy hills** ネザー・ストーウェイ(Nether Stowey)を取り巻く丘陵地帯。[16]と同じ舞台。

[22]　恋の思い出

I

この奥深い森の秘境は何と暖かいことか、
　　恋がずっとここに息づいていたのだ。
　　そして心地よいヒースの褥(しとね)が
そっと撫(な)でるだけで膨らみ、沈むのは、
　　あなたをもっと身近に感じさせるかのよう。

II

もう八年(やとせ)の春が飛び去ったが、あの時も私は
　　ここ海沿いのクォントックの丘辺に寝ていた。
　　隠れた小川のせせらぎがちろちろと
所定めずさまよう声のように聞こえていて、
　　はるか頭上ではヒバリが声高く歌っていた。

　初出は 1817 年出版の *Sibylline Leaves*(『シビルの詩片』)。執筆年代は不詳だが、一応 I～IV 連は詩人が七年ぶりにストーウェイを訪れた 1807 年 7 月、V～VI 連は上記詩集出版に備えて書いた 1814～1815 年と推定されている。アスラを見初めたのは 1799 年の秋であり、翌 1800 年の 7 月にはケジック(Keswick)のグリータ・ホール(Greta Hall)に移っている。その間に彼女と当地に来たという記録はない。

III

No voice as yet had made the air
   Be music with your name; yet why
   That asking look? that yearning sigh?
That sense of promise every where?
   Belovèd! flew your spirit by?   15

IV

As when a mother doth explore
   The rose-mark on her long-lost child,
   I met, I loved you, maiden mild!
As whom I long had loved before —
   So deeply had I been beguiled.   20

V

You stood before me like a thought,
   A dream remembered in a dream.
   But when those meek eyes first did seem

11-12 **No voice...name** 「八年前」の春にはまだセアラの名前も知らなかった。 12 **Be music with**＝make music of. 14 **That sense of promise** 「二人が赤い糸で結ばれているというあの感じ」。 15 **flew...by?**＝Was your spirit flying nearby? spiritは霊的存在。 17 **rose-mark** その子の身元を示すバラ色かバラ形のあざ。 19 **As whom**＝as one whom. 20 **beguiled** 「夢を見させら

III

あの時はまだ、どんな声も空で
　　あなたの名を歌ってはいなかった。なのに
　　あの焦がれ訴える眼差しや吐息、そして
何かが約束された気配が一面に漂っていたのは、
　　あなたの霊が近くを飛んでいたせいか。

IV

昔逸(はぐ)れたわが子に出会い、その肌に
　　バラの目印を探し求める母親のように、
　　私はあなたに会い、あなたを愛した。
まるでずっと前から愛していた人のように
　　心は深くあなたの霊に魅せられていた。

V

私の前に立ったあなたは一つの「想い」〔の影〕、
　　夢の中で思い出された夢のようだった。
　　しかしあの純な瞳(ひとみ)が初めて告白するかに

れていた」。　**21　a thought**　実体ではなく観念。人間ではなく「霊」（＝spirit）。「あなた」は現実の人物ではなく、「私」の胸中の思いが結晶して空中に結んだ虚像のようなもの。それは[28]に出てくる「ダルシマーを弾く乙女」のように「夢の中の夢」(次行)の恋人である。

To tell me, Love within you wrought —
　O Greta, dear domestic stream! 25

VI

Has not, since then, Love's prompture deep,
　Has not Love's whisper evermore
　Been ceaseless, as thy gentle roar?
Sole voice, when other voices sleep,
　Dear under-song in clamor's hour. 30

24　**Love...wrought —**　この行末のダッシュはきわめて意味深長である。「〔アスラの〕愛が働いて」で、いきなり"O Greta"と転じたことは、結局 Asra が告白しなかったこと、そしてその愛がグリータ川に引き継がれたことを暗示する。ちなみに彼女は何度かグリータ・ホールを訪れている。　30　**under-song**　伴奏に使われる基底音。
　この詩は八年前のデートの回想ではない。詩人は今も「あの時」も

見えた時、あなたの内なる愛の作用で——
　　おおグリータ川よ、住みなれた里の流れよ！

VI

その時以来、おまえの穏やかな水音のように、
　　深い愛の励ましが、永しえの愛の囁きが
　　　一度でも途絶えたことがあっただろうか。
それは世俗の騒音に他の声が消え去る時でも
　　ただ一つ、低く深く聞こえ続ける懐かしい調べ。

ひとりでクォントックの丘に来ている。アスラその人はどこにも登場しない。現れるのは出会ってもいない彼女の「霊」であり、「約束の気配」である。しかし出会う前から彼女は自分と結ばれていると詩人は信じていた。その信念は結局夢に終わったが、アスラの愛そのものはグリータ川の水音となって彼の心に永遠に生き続ける。

IV

〈田園詩編〉
Nature Poems

[23] Lines — Composed while climbing the Left Ascent of Brockley Coomb

With many a pause and oft reverted eye
I climb the Coomb's ascent : sweet songsters near
Warble in shade their wild-wood melody :
Far off th' unvarying Cuckoo soothes my ear.
Up scour the startling stragglers of the flock 5
That on green plots o'er precipices brouze :
From the forc'd fissures of the naked rock
The Yew tree bursts! Beneath its dark green boughs
(Mid which the May-thorn blends its blossoms white)
Where broad smooth stones jut out in mossy seats, 10
I rest : — And now have gain'd the topmost site.
Ah! what a luxury of landscape meets
My gaze! Proud towers, and Cots more dear to me,
Elm-shadow'd Fields, and prospect-bounding Sea!

---

[23] **表題 Brockley Coomb** ブリストルの南西二十キロほどの所にある小高い岩山。Coomb[ku:m]は「小さな谷」を意味する古語。 **5 startling**＝easily terrified or shocked; timorous.「人の足音にすぐ怯える」。 **6 o'er**＝over. **brouze**＝browse. **7 forc'd**＝forced.「こじあけられた」。 **13 Cots more dear to me** 直前の Proud towers と対比させてパンティソクラシーの理念を暗示すると

[23] 詩　章
　　　——ブロックリー谷の左斜面を登る

何度も止まったり、振り返ったりしながら
谷の急坂を登ると、かわいい歌い手たちが
近くの木蔭で野山の歌をさえずり、遠くで
閑古鳥が変わらぬ声で耳をなごませてくれる。
群からはぐれた羊たちが、せかせかと、
崖上の緑地で草をはむ仲間を追いかける。
はだか岩を無理にこじあけた深い裂け目から
イチイが生えている。それが濃緑色(こみどり)の大枝を広げる
　　　　　　　　　　　　　　　　　　真下に
(その緑一色の中にサンザシが白い花を交じえて
　　　　　　　　　　　　　　　いるのだが)
平らで広い石が苔(こけ)の褥(しとね)から突き出ていて、
そこに私は休む——頂きここに極まれりだ。
おお、何と豪勢な風景が私を迎えることか！
誇らしげな教会の塔、私には馴じみの家並み、
ニレが影を落とす野原、視界を限るわたつみ！

―――――――
ともに、やがてセアラ・フリッカーと愛の巣を営む「田舎屋」が脳裡にあったのであろう。
　この詩は1795年5月25日に書かれた。それから四カ月余り後の10月4日、二人はブリストルで結婚式を挙げる。彼らが最初に新居を構えたクリーヴドンの村は、この頂きから見える所にあった。

Deep sighs my lonely heart: I drop the tear: 15
Enchanting spot! O were my Sara here!

深い吐息が孤独な心から洩れ、涙が落ちる。
魅惑の場所！ ああセアラがここにいれば！

[24] The Eolian Harp — Composed at Clevedon, Somersetshire

My pensive Sara! thy soft cheek reclined
Thus on mine arm, most soothing sweet it is
To sit beside our Cot, our Cot o'ergrown
With white-flower'd Jasmin, and the broad-leav'd
            Myrtle,
(Meet emblems they of Innocence and Love!) 5
And watch the clouds, that late were rich with
            light,
Slow saddening round, and mark the star of eve
Serenely brilliant (such should Wisdom be)
Shine opposite! How exquisite the scents
Snatch'd from yon bean-field! and the world *so*
            hush'd! 10
The stilly murmur of the distant Sea
Tells us of silence.
      And that simplest Lute,

---

[24] **表題 Eolian**[iːóuliən] **Harp** ギリシャ神話の風の神 Aeolus に由来し、風に吹かれて自然に鳴る竪琴のこと。転じて人為によらない霊感の芸術を意味し、ロマン的想像力の原点を示すイメージとしてコウルリッジやシェリーに愛用された。なお、初版 (1796 年) の表題には "August 20th 1795" という制作年月日が記述されており、この詩がセアラ・フリッカーと結婚する日 (1795 年 10 月 4 日) より前に書か

[24] アイオロスの竪琴
——サマセット州クリーヴドンにて

愁いを秘めたセアラよ、やわ肌のその頬を
わが腕に休らわせ、至福の思いになごみつつ
座っている二人の傍らには私たちの茅屋(ぼうおく)があり、
白い花のジャスミンと広い葉のギンバイカに
　　　　　　　　　　　　　掩(おお)われている
(まさに清純と愛を絵に描いたような花たちだ)。
先刻まで夕日を受けて豪華に染まっていた雲が
　　　　　　　　　　　　　　　　周縁から
徐々に黒ずんでゆくのを見つめ、宵の明星が
晴れやかに明るく(これぞ英知のありようだ)
真向かいに輝くのを眺める。何と香(かぐわ)しい匂いが
かなたの豆畑からふと漂ってくることか。
　　　　　　　　四囲は静まり返り、
遠くの海のひそやかな潮騒(しおざい)が、かえって私たちに
これが静寂だと教えてくれる。
　　　　　　そして、あの素朴な絃楽器(リュート)、

れたことを示している。したがって以下の叙述はほとんどが作者の空想と考えていい。　5　**Meet**＝fitting.　**emblem[s]**＝a picture or shape that represents an idea or principle.　6　**late**＝a little time ago.　7　**saddening**＝darkening.　12　**that simplest Lute**＝wind-harp.「自然風琴」。前記神話にあやかって、18世紀英国で流行した琴に似た楽器。窓枠に取り付け、風が吹くと絃が鳴る。

Placed length-ways in the clasping casement,
                              hark!
How by the desultory breeze caress'd,
Like some coy maid half yielding to her lover,   15
It pours such sweet upbraiding, as must needs
Tempt to repeat the wrong! And now, its strings
Boldlier swept, the long sequacious notes
Over delicious surges sink and rise,
Such a soft floating witchery of sound   20
As twilight Elfins make, when they at eve
Voyage on gentle gales from Fairy-Land,
Where Melodies round honey-dropping flowers,
Footless and wild, like birds of Paradise,
Nor pause, nor perch, hovering on untam'd wing!   25
O! the one Life within us and abroad,
Which meets all motion and becomes its soul,
A light in sound, a sound-like power in light,
Rhythm in all thought, and joyance every where —
Methinks, it should have been impossible   30
Not to love all things in a world so fill'd;
Where the breeze warbles, and the mute still air

---

13 length-ways「横長に」。**clasping casement** 上から下に押しつける窓。**15 coy** 故意に恥かしそうに見せて男心をそそる〔娘〕。**17 the wrong**〔前と同じ〕「いじめ」「いけないこと」。**17-18 its strings ... swept**=as its strings were more boldly swept. 以下取りようによってはかなり大胆な官能描写。**24 Footless**「手の舞,足の踏む所を知らず」。**26-33** この一節は初版(1796年)に

[24] アイオロスの竪琴

上げ下げ窓の下枠に寝かせた風琴(ハープ)が鳴るのを
　　　　　　　　　聞いてごらん、
そぞろ吹く風になぶられると、まるで恋人に
なかば身をまかせつつわざと羞じらう乙女が、
優しくたしなめながらもっと悪さを続けてと
せかすような音色を立てるのだ。で、その絃は
一層大胆にかいなでられ、打ち続くその調べが
甘美な大波に乗って高く低くたゆたうさまは、
さながら黄昏(たそがれ)の妖精たちの群が夕風に乗って
海路(とぎ)お伽の国から渡ってくる時に奏でる、
流れるような魔法の音楽だ。その国では
楽の音(ね)が蜜の滴(したた)る花ばなの周囲に集まり、
楽園の鳥のように自由奔放な翼に乗って狂喜
乱舞し、休むことも枝に止まることもない。
おお、われわれの内と外にある唯一の生命が
あらゆる運動と和してその魂となり、
音には光を、光には音に似た力を与え、
すべての思考にリズムを、至る所に悦びを生む——
このように生命の横溢した世界では、
万物を愛さずにいることは不可能であろう。
微風(そよかぜ)もさえずり歌い、黙(もだ)せる大気までが

はなく、後に書き加えられて1828年版に挿入された。プロティノスの新プラトン主義に発する考えで、「一者」は宇宙では霊、人間では魂となり、両者を協働させる動因が直観ないし想像力であり愛であるという、コウルリッジの哲学および詩作原理の中核をなす思想。

Is Music slumbering on her instrument.

  And thus, my Love! as on the midway slope
Of yonder hill I stretch my limbs at noon,　　　　35
Whilst through my half-clos'd eye-lids I behold
The sunbeams dance, like diamonds, on the main,
And tranquil muse upon tranquillity;
Full many a thought uncall'd and undetain'd,
And many idle flitting phantasies,　　　　　　　40
Traverse my indolent and passive brain,
As wild and various as the random gales
That swell and flutter on this subject Lute!

  And what if all of animated nature
Be but organic Harps diversely fram'd,　　　　　45
That tremble into thought, as o'er them sweeps
Plastic and vast, one intellectual breeze,
At once the Soul of each, and God of all?

  But thy more serious eye a mild reproof
Darts, O belovéd Woman! nor such thoughts　　50

---

33 **slumbering** 未発の状態にあり、「一者」に向けて立ち昇る無限の可能性を秘めている。 38 **tranquil**=tranquilly. 41 **passive brain** 知性や自意識を働かせず森羅万象が放つ霊力にのみ身をゆだねる頭脳。ワーズワスは "wise passiveness" と言っている。 43 **subject**=obedient. 44 **animated** 〔宇宙の霊によって〕生命を与えられた。 45 **organic** 指や目鼻が人体の一部であるように、宇宙

〔まだ鳴らぬ〕風琴(ハープ)の上で眠っている音楽なのだ。

　そんなわけで、いとしの君よ、私が真昼に
あの丘の中腹の斜面に手足を伸ばして寝そべり、
なかば閉じた瞼(まぶた)の下から、陽光が海原の上で
ダイヤのようにきらめき踊るのを眺めるうち
静寂についての瞑想が静寂のうちに広がる。
自(おの)ずから生まれ自ずから去るあまたの思い、
とりとめもなく現れ消えるいくたの幻想が、
今は怠惰であなた任せの脳裡をよぎるさまは、
気紛れな風が自分の意のままに従う竪琴を
高く低く奔放多彩にかき鳴らすのに似ている。

　そしてもしこの生気ある大自然がすべて
様ざまに形造られた生きた竪琴の集まりで、
それらが打ち震えて思想が生まれるとしたら、
それらの上を各自の魂であり万物の神である
壮大で変幻自在な知的微風が吹いているのだ。

　しかし屹(きっ)となったあなたの眼差しは、穏やかな
非難を意味する、いとしい人よ。こんな私の

───────

または大自然という大きな生命体の一部として生きている〔竪琴〕。
46　tremble into thought　ハートリーの連想心理学によれば、外的刺戟によって神経が振動し、大脳内で複数の微小振動が連合することによって観念が構成される。　**o'er**＝over.　**47　one intellectual breeze**　プロティノスの「ヌース」(nous)〔神的理性〕に当たるもの。「一者」の次位にあり、前記宇宙霊や人間の魂を統合すると同時に「造

Dim and unhallow'd dost thou not reject,
And biddest me walk humbly with my God.
Meek Daughter in the family of Christ!
Well hast thou said and holily disprais'd
These shapings of the unregenerate mind;   55
Bubbles that glitter as they rise and break
On vain Philosophy's aye-babbling spring.
For never guiltless may I speak of him,
The Incomprehensible! save when with awe
I praise him, and with Faith that inly *feels*; 60
Who with his saving mercies healéd me,
A sinful and most miserable man,
Wilder'd and dark, and gave me to possess
Peace, and this Cot, and thee, heart-honour'd
                                            Maid!

形的」(plastic)であって、感覚世界に調和あるフォルム(形)をもたらす。 **53 Meek Daughter** もちろんセアラ・フリッカーのこと。彼女は正統キリスト教徒の家に育った。 **55 unregenerate**=not re-born in spirit; unrepentant. **58-59 never...save when**=I may never speak of him...without feeling guilty unless... **60 inly *feels*** 内なる魂において「感じる」ことは前述した新プラトン主義的

摑み所もなく不敬な考えをあなたは拒否して、
私に慎ましく神とともに歩めと命じて下さる。
キリストの家に育まれた心素直な乙女よ、
度しがたい私の罰当たりな心が生んだ想念を
よくぞあなたは神の心で叱って下さった。
あれは浮かんではちらっと光って消える泡、
やくざな哲学がやたらと喋る戯言の泉なのです。
今後二度と、罪の意識なく広大無辺の存在を
あげつらうことはせず、ひたすら畏敬の念と
内に感じる信念をもって神を讃えるでしょう。
神は救いの慈悲をもってこの私を癒し給い、
そして罪深く、みじめで、荒野に行き暮れた
この私にお恵み下さったのだから——平穏と、
この小屋と、そして心正しいあなたとを。

信念と少しも矛盾しない。しかしここでは愛する婚約者のために、正統キリスト教の信仰に敬意を表した言い方と見るべきであろう。コウルリッジはこの時分まだユニテリアン(「略伝」324 ページ参照)の立場を捨てていなかった。

[25] This Lime-tree Bower my Prison
[Addressed to Charles Lamb, of the India House, London]

In the June of 1797 some long-expected friends paid a visit to the author's cottage ; and on the morning of their arrival, he met with an accident, which disabled him from walking during the whole time of their stay. One evening, when they had left him for a few hours, he composed the following lines in the garden-bower.

Well, they are gone, and here must I remain,
This lime-tree bower my prison! I have lost
Beauties and feelings, such as would have been
Most sweet to my remembrance even when age
Had dimm'd mine eyes to blindness! They,
         meanwhile,   5
Friends, whom I never more may meet again,
On springy heath, along the hill-top edge,
Wander in gladness, and wind down, perchance,
To that still roaring dell, of which I told ;

---

[25] **表題 Lime-tree**=linden. わが国では菩提樹とも言う。
Bower=a pleasant place in the shade under a tree, especially in a garden. 樹下にベンチをおくなど多少の人為を加える場合が多い。
Charles Lamb ロンドンに住み東インド会社に勤める随筆家(1775-1834)で、詩人とはクライスツ・ホスピタル時代以来の親友。1795年から1796年にかけて精神病院という名の「牢獄」に入っていた。 前

[25] このシナノキの木蔭はぼくの牢獄
〔ロンドン、東インド会社の
チャールズ・ラムに宛てて〕

　1797年の6月、待ち望んでいた友人たちが著者の家を訪れた。到着する日の朝、不慮の事故にあって著者は足を損傷し、客人の滞在中ずっと歩行が不可能になった。ある夕方、彼を残して友人たちが二、三時間外出したとき、庭の木蔭で次の詩行を書いた。

さて、みんな出かけてしまい、ぼくは居残りだ。
このシナノキの木蔭はぼくの牢獄だね。一緒に
行けば美しい景色も楽しい気分も味わえて、
年取って眼がかすんで見えなくなっても、
この上なく甘美な思い出の種になったものを。
　　　　　　　　　　　　こうしている間も、
二度と会えないかもしれない友人たちは、
しなやかなヒースを踏み、尾根伝いの道を
浮きうきと辿り、それから多分ぼくが話しておいた
いつも水音高い谷の方へと曲り下る(くだ)るだろう。

書き　friends　ラムとワーズワス兄妹。**an accident**　ラムが到着する三日前に妻セアラが誤って沸騰したミルクを詩人の足にこぼしたこと。**6　Friends...again**　自分をおいてけぼりにした友人たちに当てつけてわざと大げさに言った。**7　springy**　"Elastic, I mean"(作者自注).

The roaring dell, o'erwooded, narrow, deep,　　　10
And only speckled by the mid-day sun;
Where its slim trunk the ash from rock to rock
Flings arching like a bridge; — that branchless ash,
Unsunn'd and damp, whose few poor yellow leaves
Ne'er tremble in the gale, yet tremble still,　　　15
Fann'd by the water-fall! and there my friends
Behold the dark green file of long lank weeds,
That all at once (a most fantastic sight!)
Still nod and drip beneath the dripping edge
Of the blue clay-stone.
　　　　　　　　　　Now, my friends emerge　　　20
Beneath the wide wide Heaven — and view again
The many-steepled tract magnificent
Of hilly fields and meadows, and the sea,
With some fair bark, perhaps, whose sails light up
The slip of smooth clear blue betwixt two Isles　　25
Of purple shadow! Yes! they wander on
In gladness all; but thou, methinks, most glad,
My gentle-hearted Charles! for thou hast pined

10-20　The roaring dell...blue clay-stone　狭く、深く、鬱蒼として日も当たらず、絶えず噪音に満ちているこの谷は、当時の精神病院の情景を暗示していないか。滝に打たれる岸辺の草が「みんな揃って一斉におじぎをする」という奇観もどこか狂気の集団を思わせる。
20-21　Now...Heaven　"wide wide" の繰り返しが利いて、いかにも狭い所から出たという開放感に溢れている。　**22-26　The**

[25] このシナノキの木蔭はぼくの牢獄

轟ごうと鳴るその谷は狭く、深く、鬱蒼として
真昼でもまだらにしか陽が差し込まない。
そこではトネリコが岩から岩へと細い幹を
アーチ形の橋のように差し渡している。
　　　　　　　　枝のないその木は
陽にも当たらず濡れそぼり、僅かな黄葉が
風には揺れず、滝の飛沫の勢いに煽(あお)られて
たえず震えている。またそこにぼくの友人たちは
濃緑(こみどり)色の列をなすひょろ長い雑草を見るが、
それは水の滴(したた)る青い粘土岩の下方でたえず
みんな揃って一斉に(何とも奇妙な光景だが)
おじぎをしては水を滴らしている。
　　　　　　　　さて今頃は友人たち、
広い広い青空のもとに出て、再び見るだろう、
たくさんの尖塔の立つ厳かに美しい風景が
起伏する野原や牧場一帯に広がり、遠くには
海に美しい帆船が浮かんでいて、その白い帆が
二つの濃紫(こむらさき)色の小島の間の澄んだ水色の帯に
明るく浮き出ているのを。きっと、みんな
楽しげに歩いているよ。なかでもチャールズよ、
君が一番浮きうきしていると思うな。なぜなら

---

many-steepled . . . purple shadow　[16]の215〜223行目参照。　**22 tract**＝large area of land.　**24 light up**＝shine light on something.　**25-26 two Isles/Of purple shadow**　光る海に島自体が紫色の影に見えるのであろう。

And hunger'd after Nature, many a year,
In the great City pent, winning thy way 30
With sad yet patient soul, through evil and pain
And strange calamity! Ah! slowly sink
Behind the western ridge, thou glorious Sun!
Shine in the slant beams of the sinking orb,
Ye purple heath-flowers! richlier burn, ye
         clouds! 35
Live in the yellow light, ye distant groves!
And kindle, thou blue Ocean! So my friend
Struck with deep joy may stand, as I have stood,
Silent with swimming sense; yea, gazing round
On the wide landscape, gaze till all doth seem 40
Less gross than bodily; and of such hues
As veil the Almighty Spirit, when yet he makes
Spirits perceive his presence.
        A delight
Comes sudden on my heart, and I am glad
As I myself were there! Nor in this bower, 45
This little lime-tree bower, have I not mark'd
Much that has sooth'd me. Pale beneath the blaze

---

30 In the great City pent＝confined in London. pent＝penned. **32 strange calamity** 1796年9月にチャールズ・ラムの姉メアリーが自分たちの母親を刺殺するという事件が起こり、彼は以後ずっと狂気の姉を介護しなければならなかった。 **33 ridge**「山脈」。 **39 swimming sense**「宙に漂う感じ」。 **41 Less gross than bodily**「実体というより影のような」。gross(＝dense)も bodily も形容

　　　　　[25]　このシナノキの木蔭はぼくの牢獄　　163

君は自然に飢え渇き、恋い焦がれながら何年も
大都会に閉じこめられ、悲しくも忍耐強い
魂をもって艱難辛苦とあの異常な事態とを
　　　かんなん
切り抜けてきたからだ。ああ、西の山の端に
　　　　　　　　　　　　　　　　　　　　は
ゆっくりと沈むがいい、輝かしい太陽よ。
その落日の斜光を受けて照り映えるのだ、
赤紫のヒースよ。一層豊かに燃えろ、おまえたち
　　　　　　　　　　　　　　　　　　　　雲よ。
黄金色の光に包まれて生き返れ、遠くの森よ。
こがね
そして燦めきわたれ、青い海原よ、そうすれば
　　きらめ
わが友は深い喜びに打たれ、ぼくと同じように、
光の海に漂う感じでその場に立ち尽すだろう。
確かに、広い光景をみわたすうち、万物が
実体を超え霊的な色合いを帯びて見えてくる。
それは全能の大霊が、個々の魂にその存在を
証する時に見せる光の色なのだ。
あかし
　　　　　　　　　　　　　　一つの愉悦が
突然ぼくの心にこみ上げて、ぼくはまるで自分が
その場にいるかのように嬉しくなった。
といってこの木蔭、シナノキの枝の下で
十分な目の保養をしなかったわけではない。

―――――

詞。**42 the Almighty Spirit**＝"the one Life within us and abroad"（[24]の 26 行目）．**43 Spirits**　行頭でなければ小文字で表記すべき語。全能の大霊は個人の内なる魂の母胎であり、本来ヴェールに隠れて見えないが、それでも（"yet"〔42 行目〕）霊感がイデアの世界を魂に啓示する時はこのような光の色となる。

Hung the transparent foliage ; and I watch'd
Some broad and sunny leaf, and lov'd to see
The shadow of the leaf and stem above   50
Dappling its sunshine! And that walnut-tree
Was richly ting'd, and a deep radiance lay
Full on the ancient ivy, which usurps
Those fronting elms, and now, with blackest mass
Makes their dark branches gleam a lighter hue   55
Through the late twilight: and though now the bat
Wheels silent by, and not a swallow twitters,
Yet still the solitary humble-bee
Sings in the bean-flower! Henceforth I shall know
That Nature ne'er deserts the wise and pure;   60
No plot so narrow, be but Nature there,
No waste so vacant, but may well employ
Each faculty of sense, and keep the heart
Awake to Love and Beauty! and sometimes
'Tis well to be bereft of promis'd good,   65
That we may lift the soul, and contemplate
With lively joy the joys we cannot share.
My gentle-hearted Charles! when the last rook

---

48 **foliage**=leaves of a tree collectively. **53-54 the ancient ivy ... fronting elms** シナノキの木蔭の真向かいにニレの木が並んでいて、その木々すべてをキヅタが掩っている。ivy=a climbing plant with dark green shiny leaves. **60 Nature ... pure** 〈参考〉"Nature never did betray/The heart that loved her"(ワーズワス'Tintern Abbey Lines', 123-124行目). **61 No plot ... there**=

夕映えの下、葉全体が色薄く透けて見える中に
陽を浴びた幅広の葉を眺め、また頭上の葉と
柄(え)の影が地上に注ぐ陽光を斑(まだら)に映し出すのを
見て楽しんだ。そしてあのクルミの木は
豊かに色づき、真向かいのニレの木立に居据(いす)わる
年経たキヅタも底深い輝きを湛(たた)えていて、
夕闇迫る今、その漆黒の集団の前では
黒いニレの枝々もやや明るみを帯びた色に
浮かび上がって見える。そろそろコウモリが
音もなく飛び始め、ツバメの囀(さえず)りも絶えたが
まだマルハナバチが一匹だけ豆の花のなかで
羽音を立てている。それゆえぼくにはわかる、
賢く純な心を自然は決して見捨てないと。
自然さえそこにあれば、世に狭い場所などない。
どんなに無駄な時間でも、感覚を十分に働かせ
愛や美に対し心を研ぎ澄ませておく限り、何も
感じることがなく退屈で困るということはない。
予定していた楽しみを奪われるのも時には結構、
魂を高揚させ、生きいきとした悦びをもって
ともにしえなかった悦びを思い描けるからだ。
心やさしいチャールズよ、最後のミヤマガラスが

There [would be] no plot so narrow, if only Nature be there.　**62 waste**＝waste of time.　**but**＝that ... not. 文法的には関係代名詞で前の "No plot" と "No waste" にかかるが、意味上は前の二つの "so" と呼応して「……しないほど……なものはない」となる。　**employ**＝keep occupied.　**64 Awake**＝sensitive.

Beat its straight path along the dusky air
Homewards, I blest it! deeming its black wing   70
(Now a dim speck, now vanishing in light)
Had cross'd the mighty Orb's dilated glory,
While thou stood'st gazing; or, when all was still,
Flew creeking o'er thy head, and had a charm
For thee, my gentle-hearted Charles, to whom   75
No sound is dissonant which tells of Life.

---

70 deeming...＝imagining that... シナノキの木蔭にいる詩人に海辺の落日の風景が見えるはずはない。これは崖の上に立って海を見ているチャールズ・ラムの目になって描写した光景である。作者自身は71行目の括弧内にある「点となり消えて行った」カラスの姿しか見ていない。以下74〜75行目の描写も同様で、作者自身が「甲高い羽音」を聞いたわけではない、ひたすら友の経験を心に思い描いてい

夕闇の空を家路に向かって真一文字に
翔(か)て行った時、ぼくは祝福しながら見送った。
その黒い翼は(やがて点となり夕空に消えたが)
落日の大きく広がった円光を横切ったと思うが、
君はそれを見ていたよね。またそれが君の頭上に甲高(かんだか)い
羽音を立てた時も、君はうっとりと聞き入って
いたに違いない、心やさしい友よ。君にとって
生の躍動を伝える音で耳障りなものは何もないから。

───────

るだけである。　**72　glory**　[9]の54行目参照。　**74　creeking**＝creaking.　**74-75　had a charm/For thee**　君に対して魔力をもった、すなわち、なぜか君は魅せられてしまった。主語は rook。　**76 No sound is dissonant . . .**　「何しろ君は大都会の喧騒でもうるさいと思わずロンドンで暮らしているのだからね」。

[26] Frost at Midnight

The Frost performs its secret ministry,
Unhelped by any wind. The owlet's cry
Came loud — and hark, again! loud as before.
The inmates of my cottage, all at rest,
Have left me to that solitude, which suits 5
Abstruser musings: save that at my side
My cradled infant slumbers peacefully.
'Tis calm indeed! so calm, that it disturbs
And vexes meditation with its strange
And extreme silentness. Sea, hill, and wood, 10
This populous village! Sea, and hill, and wood,
With all the numberless goings-on of life,
Inaudible as dreams! the thin blue flame
Lies on my low-burnt fire, and quivers not;
Only that film, which fluttered on the grate, 15
Still flutters there, the sole unquiet thing.
Methinks, its motion in this hush of nature

---

[26] **1 ministry**＝the work done by a priest or other religious person. 一夜にして大地を蒼白にする霜の働きは何か神秘的なものを感じさせる。 **7 My cradled infant** 詩人の長男ハートリー(Hartley)のこと。1796年9月生まれ。この詩が書かれたのは1798年の春浅い頃らしい。 **11 This populous village**＝Nether Stowey. **15 film** 燃料の燃えかすが糸状の煤となって暖炉の壁や格子に付着した

[26] 深夜の霜

霜は風の助けを借りることもなく、密やかに
深夜のお勤めを果たす。フクロウの啼き声が
声高(こわだか)に聞こえてきた。ほらまた、同じ声が。
わが家の同居人たちはみな寝静まり
例によって私を独りに放っておくが、
深遠な瞑想にはそれが最適。ただ傍らで
揺籠のわが子がすやすやと眠っている。
実に静かだ。あまりに静かでかえって
瞑想をかき乱され心が騒ぐ——あやしく
異常なほどの静けさのために。海、丘、森、
この人の多い村よ。海と丘、そして森、
数知れぬ生の営みがあるにもかかわらず
夢のように音一つ聞こえない。青白い炎が
揺れもせず、細火になった暖炉にともる。
あの糸煤(いとすす)だけが火格子の上で揺らめいており
今もそこで揺れている唯一落ち着かぬものだ。
けだし、その動きこそ押し黙った大自然の中で、

───────────

もの。「英国各地ではこのような煤を〈まれびと〉と呼び、いなくなった友人がひょっこり尋ねてくる前兆だと考えられている」(作者自注)。　**16　unquiet**＝tending to make you feel nervous.

Gives it dim sympathies with me who live,
Making it a companionable form,
Whose puny flaps and freaks the idling Spirit 20
By its own moods interprets, every where
Echo or mirror seeking of itself,
And makes a toy of Thought.

      But O! how oft,
How oft, at school, with most believing mind,
Presageful, have I gazed upon the bars, 25
To watch that fluttering *stranger*! and as oft
With unclosed lids, already had I dreamt
Of my sweet birth-place, and the old church-
            tower,
Whose bells, the poor man's only music, rang
From morn to evening, all the hot Fair-day, 30
So sweetly, that they stirred and haunted me
With a wild pleasure, falling on mine ear
Most like articulate sounds of things to come!
So gazed I, till the soothing things, I dreamt,
Lulled me to sleep, and sleep prolonged my

---

20 **puny**＝feeble. **the idling Spirit** 詩人自身の怠惰な心のこと。それを直接知覚することは不可能なので、煤の動きを鏡ないしこだまとして映し出そうというわけ。それが一種のお遊びであることは、草稿に "with fantastic playfulness" とあることからもわかる(『底本』240ページの注参照)。 24 **at school** クライスツ・ホスピタル在学中。**with most believing mind** お遊びでなく本気で。 28

生きているこの私とどこか通い合う所があり、
それで私は今宵その糸煤を心の友とするのだ。
つまり、ひらひらと気紛れなその動きを、私の
怠惰な心が自身の気分に合わせて解釈し、
至る所で自身の反響ないし反映として追求し、
もって思索のたわむれとするのだ。

　　　　　　　　それにしても、ああ、何度も
何度も学校で、何かを信じたい気持に駆られ、
期待に満ちて火格子をじっと見つめては
あの揺らめく「まれびと」を見守ったことか。
そのたびに、〔先生に覚(さと)られないよう〕瞼(まぶた)も閉じずに
思い浮かべていたのは懐かしい生まれ故郷と
　　　　　　　　　　古い教会の鐘楼だった。
貧しい者の唯一の音楽であるその鐘の音(ね)は
夏の祭日に朝から晩まで鳴り響いていた。
その音はあまりに美しいので、わくわくする
喜びに心が躍って、これから起こる事の
はっきりした前触れのように聞こえたものだ。
そんな夢を見ているうち、心和(なご)ませる情景が
ほんとうに私を眠らせ、眠りが夢を長引かせた。

──────────

birth-place　詩人が九歳まで住んでいたオッタリー・セント・メアリー(Ottery St. Mary)。

                                        dreams! 35
And so I brooded all the following morn,
Awed by the stern preceptor's face, mine eye
Fixed with mock study on my swimming book:
Save if the door half opened, and I snatched
A hasty glance, and still my heart leaped up, 40
For still I hoped to see the *stranger's* face,
Townsman, or aunt, or sister more beloved,
My play-mate when we both were clothed alike!

   Dear Babe, that sleepest cradled by my side,
Whose gentle breathings, heard in this deep calm, 45
Fill up the interspersèd vacancies
And momentary pauses of the thought!
My babe so beautiful! it thrills my heart
With tender gladness, thus to look at thee,
And think that thou shalt learn far other lore, 50
And in far other scenes! For I was reared
In the great city, pent 'mid cloisters dim,
And saw nought lovely but the sky and stars.
But *thou*, my babe! shalt wander like a breeze

---

38 my swimming book 眠い目で本を見ると、本が宙に浮いてゆらゆらしているように見える。 **39 Save**=except, but. **43 My play-mate** 前行の "sister" と同格。 **46 interspersèd**=inserted here and there. **50 far other lore** 自分が学んできたものとは遥かに異なった知識。すなわち書物や学問から得たものではなく、自然との交流から自然に身につく感性や直観。〈参考〉"Sweet is the lore

[26] 深夜の霜

その朝は以後ずっと夢うつつの状態でいたが、
先生の厳しい顔が恐ろしく、目だけは必死に
読むふりをして、机上に揺らめく本に向けていた。
しかし入口のドアが半分でも開くと、さっと
目をやって、いつも心を躍らせた。そこに
「まれびと」の顔を期待したからである——
町の人であれ、叔母であれ、子どものころ私と
同じ身なりで遊んだもっと恋しい姉であれ。

　いとし子よ、傍らの揺籠に眠るわが子よ。
深いしじまの中に聞こえる安らかな寝息は
考えている最中にふとぼんやりして思考が
中断する、その一瞬の空白を埋めてくれる。
何ともかわいいわが子よ。おまえを見ると
ぞくぞくするほど嬉しい気持になり、私とは
まったく別な環境で、まったく別な知識を
学ばせてやりたいと思う。私はと言えば
大都会に育ち、薄暗い僧院に閉じこめられて
空と星以外に何も美しいものは見なかった。
だが、わが子よ、おまえは微風(そよかぜ)のように

---

which Nature brings"(ワーズワス 'The Tables Turned', 25行目).
この "lore" をさらに言いかえれば "Spontaneous wisdom breathed by health,/Truth breathed by cheerfulness"(前掲詩19-20行目)となる。　**52　'mid**=amid, in the middle of.　**cloisters dim**　[3]の5行目の注を参照。　**54　shalt**=shall. 話し手の意志を表わす。「おまえに……させよう」。

By lakes and sandy shores, beneath the crags　　55
Of ancient mountain, and beneath the clouds,
Which image in their bulk both lakes and shores
And mountain crags: so shalt thou see and hear
The lovely shapes and sounds intelligible
Of that eternal language, which thy God　　60
Utters, who from eternity doth teach
Himself in all, and all things in himself.
Great universal Teacher! he shall mould
Thy spirit, and by giving make it ask.

　Therefore all seasons shall be sweet to thee,　　65
Whether the summer clothe the general earth
With greenness, or the redbreast sit and sing
Betwixt the tufts of snow on the bare branch
Of mossy apple-tree, while the nigh thatch
Smokes in the sun-thaw; whether the eave-drops fall　70
Heard only in the trances of the blast,
Or if the secret ministry of frost
Shall hang them up in silent icicles,
Quietly shining to the quiet Moon.

---

57 Which 前行の "clouds" だけにかかる。**image**＝to form an optical image of; to figure, portray, delineate. **in their bulk** 雲が全体(かたち)として。つまり空全体の雲がそれぞれ何かの地形を象って大空一面に地表の絵ないし見取図を描くのである。このように神は空の雲に至るまで自らと世界とを啓示する道具、すなわち「永遠の言語」(60

湖水や岸辺の砂浜を、太古からの岩山の麓を
そして千変万化する雲の下をさまようのだ。
大空の雲は全体で湖とも岸辺とも岩山とも
化して地上を象(かたど)る。したがっておまえが
見聞きすることになる美しい形象、澄明な
物音は、おまえの神が発する永遠の言語であり、
その言語によって神は万物のうちにご自身を、
ご自身のうちに万物を、永(とこ)しえに示し給うのだ。
偉大なる万物の師よ、息子の魂を形造り、それを
与えることによって息子に御身を求めさせ給え。

　それゆえおまえの四季は快いものとなろう。
夏が大地を一面の緑で掩(おお)いつくす時も、
また苔(こけ)むしたリンゴの木の枯枝に残る
雪の花房の間にコマドリが止まって囀(さえず)り、
近くの藁(わら)ぶき屋根が陽を浴びて雪解の湯気(ゆげ)に
煙る時も、また軒端に滴(したた)る雨だれの音が
木枯しのふとした止み間にだけ聞こえる時も、
あるいは霜の深夜のお勤めによって
軒の雫(しずく)がもの言わぬ氷柱(つらら)と化して垂れ、
静かな月光を浴びて静かにきらめく時も。

行目)とする。　**59 intelligible**＝that can be understood. 前の"sounds"だけを修飾。　**62 Himself ... himself**　前者はpantheism(汎神論)的、後者はpanentheism(万有内在神論)的な考え方で、両者は似て非なるものである。　**65-74**　この一節はコウルリッジの自然描写としては最高のもの。前半はキーツの'To Autumn'に匹敵し、後半はイエイツの'Byzantium'の悽愴美にせまる。

[27] The Nightingale — A Conversation Poem, April, 1798

No cloud, no relique of the sunken day
Distinguishes the West, no long thin slip
Of sullen light, no obscure trembling hues.
Come, we will rest on this old mossy bridge!
You see the glimmer of the stream beneath,　　5
But hear no murmuring: it flows silently,
O'er its soft bed of verdure. All is still,
A balmy night! and though the stars be dim,
Yet let us think upon the vernal showers
That gladden the green earth, and we shall find　　10
A pleasure in the dimness of the stars.
And hark! the Nightingale begins its song,
'Most musical, most melancholy' bird!
A melancholy bird? Oh! idle thought!
In Nature there is nothing melancholy.　　15
But some night-wandering man whose heart was

---

[27] **表題** Conversation Poem 「略伝」328 ページを参照。 2 **Distinguishes**「目立たせる」。 3 **sullen**=of a dull colour. **obscure**=dark. 7 **soft bed of verdure** 川床を春の若草が敷きつめているので、せせらぎの音もしない。 8 **balmy**=deliciously soft and soothing. 9-10 **the vernal showers...earth** チョーサーの『カンタベリー物語』冒頭を思わせる。 13 **'Most musical...'** ミ

[27] 小夜啼鳥──会話詩、1798年4月

　雲もなく、落日の名残の輝きが西空を
映えさせることもなく、長く棚引く一条の
陰鬱な光も、消えぎえと震える暮色もない。
さあ、この苔むした古い橋の上で休もうか。
下にうすぼんやりと小川の流れが見えるが
せせらぎの音は聞こえない。川は黙々と
新緑の柔らかい川床を流れている。あたりは
静まり返り、何とものやわらかな夜だろう。
星影もおぼろだが、やがて春のお湿りが
緑の大地を悦ばせるだろうと考えれば
星がかすんで見えるのも一興ではないか。
ほら聞いてごらん、小夜啼鳥が歌い出したぞ、
「調べ妙にしていとも憂わしげな」鳥が。
憂わしげな鳥だって？　根も葉もないことを！
自然界に憂わしげなものなど何もない。
けだし、夜歩きの好きなさる御仁が

───────
ルトンの *Il Penseroso* の62行目からの引用。敬愛措く能わざる大詩人の句をここに批判的に引用したのは、憂鬱な人物のせりふという役柄上の必要からであって、決して軽はずみな気持からではないという作者の自注がある。　**14 idle**＝groundless.　**16-21 some night-wandering man ...**　以下は「役柄上の」人物像であり、現実の誰かを指しているわけではない。しかし恐らく作者の念頭にあったのはミ

                                pierced
With the remembrance of a grievous wrong,
Or slow distemper, or neglected love,
(And so, poor wretch! filled all things with
                                himself,
And made all gentle sounds tell back the tale   20
Of his own sorrow) he, and such as he,
First named these notes a melancholy strain.
And many a poet echoes the conceit;
Poet who hath been building up the rhyme
When he had better far have stretched his limbs   25
Beside a brook in mossy forest-dell,
By sun or moon-light, to the influxes
Of shapes and sounds and shifting elements
Surrendering his whole spirit, of his song
And of his fame forgetful! so his fame   30
Should share in Nature's immortality,
A venerable thing! and so his song
Should make all Nature lovelier, and itself
Be loved like Nature! But 'twill not be so;
And youths and maidens most poetical,   35

ルトンその人ではないか。晩年のミルトンは次第に目が見えなくなり("slow distemper")、公職を追われ("grievous wrong")、実の娘たちからも捨てられた("neglected love")。 **24 building up**＝composing by gradual means. **27-29 to the influxes ... spirit**＝surrendering his whole spirit to the influxes of shapes... **28 shifting elements** 「四大元素」(地水火風)のうち特に「移り変わる」のは風と

不当な仕打ちや慢性の疾患や報われぬ愛を
思い出して傷心のあまり(そして気の毒にも
何を見てもわが身の不幸を考えてそれで頭が
　　　　　　　　　　　　　　　一杯になるから
どんな優しい音色にも自分の悲しい身の上を
語らせるのだが)、そんなお方やそのご同類が
あの声音(こわね)を憂わしげな調べと言い始めたのだ。
この思いつきを鵜呑みにして従う詩人は多く、
営々と韻文を創り上げているが、その暇があれば
どこか林間の苔(こけ)むした谷のせせらぎのほとりで
存分に手足を伸ばして身を横たえ
日の光にでも月の光にでも照らされて
物の形や音、風や光が流れこむままに
身心をゆだねて詩も名声も忘れてしまう方が
はるかに利口ではないか。そうすれば詩人は
大自然の不滅性のお裾分けにあずかり、古く
尊いものとしてその名も不朽になる。そして
彼の詩は自然を一層美しく見せ、詩自体も
自然のように人に愛されるだろう。だが、現実は
そうならない。変に詩心(しごころ)ついた若い男女は、

火(＝光)である。　**30-32**　**so his fame ... thing**　つまり、自然とともに古く尊いものとして名が残る。　**32-34**　まさにワーズワスの詩の特長を言い得て妙。

Who lose the deepening twilights of the spring
In ball-rooms and hot theatres, they still
Full of meek sympathy must heave their sighs
O'er Philomela's pity-pleading strains.

 My Friend, and thou, our Sister! we have learnt   40
A different lore: we may not thus profane
Nature's sweet voices, always full of love
And joyance! 'Tis the merry Nightingale
That crowds, and hurries, and precipitates
With fast thick warble his delicious notes,   45
As he were fearful that an April night
Would be too short for him to utter forth
His love-chant, and disburthen his full soul
Of all its music!

       And I know a grove
Of large extent, hard by a castle huge,   50
Which the great lord inhabits not; and so
This grove is wild with tangling underwood,
And the trim walks are broken up, and grass,

---

36 **lose**=let slip (opportunities) without using them to good purpose.　38 **meek**「ナイーヴな」。　39 **Philomela's pity-pleading strains**　オウィディウスの『変身物語』に出てくる物語。アテネ王の娘フィロメラは姉の夫テレウスに犯された上、口封じに舌を切られた。後に命まで奪われそうになり、神がこれを憐んで彼女を nightingale に変えた。それゆえ nightingale は別名 philomela (=lover of

[27] 小夜啼鳥

過ぎゆく春の黄昏(たそがれ)は平気で見送って
ダンスや観劇に走るくせに、
憐れなフィロメラの歌となると
手もなく同情の溜息で胸が塞(ふさ)がるのだ。

　友よ、そして友の妹よ、私たちはこれとは
違った知恵を身につけている。美しい自然の
声音は常に愛と悦びに溢れているのに、その
事実を冒瀆(ぼうとく)してはなるまい。陽気な鳥なのだ、
小夜啼鳥は。群がり、飛び交(か)い、せわしない
囀(さえず)りで甘美な歌声を頭から浴びせかける。
まるで四月の夜は短すぎて、恋の唄を
歌いとまもないと恐れているかのよう——
やるせない魂からその積る思いを唄に乗せて
心ゆくまで吐き出すには。

　　　　　　　　　私が知っているある森は
広大な土地を占め、大きな城に近接しているが
城主はそこに住んでいない。そのせいで
この森には下生えが繁りほうだい、もとは
端麗だった小径も荒れるにまかせており

---

songs)と呼ばれるが、舌を切られているため "jug jug" としか啼けない(60行目参照)。　**40　our Sister**＝Dorothy Wordsworth.　**41　A different lore**　[26]の50行目を参照。　**44　precipitates**＝throws down headlong.　**46　As**＝as if.　**48　disburthen**＝disburden.　**51　the great lord**　Earl of Egmont という実在の人物で前行の「城」の持主。

Thin grass and king-cups grow within the paths.
But never elsewhere in one place I knew 55
So many nightingales; and far and near,
In wood and thicket, over the wide grove,
They answer and provoke each other's song,
With skirmish and capricious passagings,
And murmurs musical and swift jug jug, 60
And one low piping sound more sweet than all —
Stirring the air with such a harmony,
That should you close your eyes, you might almost
Forget it was not day! On moonlight bushes,
Whose dewy leaflets are but half-disclosed, 65
You may perchance behold them on the twigs,
Their bright, bright eyes, their eyes both bright
          and full,
Glistening, while many a glow-worm in the shade
Lights up her love-torch.

      A most gentle Maid,
Who dwelleth in her hospitable home 70
Hard by the castle, and at latest eve

---

64 **Forget it was not day** 実際は夜なのに鳥の声だけ聞いていると昼のように賑やかだ。 65 **leaflets** 「小葉」。シダの葉のような複葉の一部としての小葉。**but half-disclosed** シダ類の葉は通常夜閉じていて光を受けると開く。 65-68 この一節は明らかに超常現象の可能性を予告している。シダの葉が開き始め、樹上では小夜啼鳥がらんらんと目を輝かせ、地上では土蛍が皓々と光を放つ。 69 **A**

雑草やキンポウゲが道にまではびこっている。
しかしほかの地でひと所にこれほど多くの
小夜啼鳥を見たことがない。遠く近く、
木立でも茂みでも、この広い森一帯で彼らは、
呼びかけ合い答え合ってそれぞれの歌を囀る。
わっと飛び立っては気紛れな小ぜり合いをし、
調子よく早口でジャグジャグと鳴くかと思えば
ひときわ甘美に低い笛のような音色を出す——
こうした絶妙な和音で空気を震わせるから
眼を閉じたら今が昼ではないことを
忘れてしまうほどだ。月明かりの茂みで
露に濡れた小葉(しょうよう)がほんの少し開きかける頃
ひょっとしてこの小鳥たちが小枝の上にいて
きらきら、きらきらした丸い眼を
　　　　　　　　　　　　しきりに
光らせているかもしれない。そして葉蔭では
たくさんの土蛍が恋の灯(ひ)をともす。

　　　　　　　この上なくやさしい乙女——
城の間近にある、快く人を迎えてくれる家に
この乙女は住み、夜のもっとも遅い時刻に

---

most gentle Maid＝Ellen Cruickshank. 彼女の父は前記の城(Enmore Castle)の管理人であり、兄のジョン・クルックシャンク(John Cruickshank)は詩人の友人で、[29]に出てくる "skeleton ship" のアイデアを教えた人。

(Even like a Lady vowed and dedicate
To something more than Nature in the grove)
Glides through the pathways; she knows all their
                                                notes,
That gentle Maid! and oft, a moment's space,　75
What time the moon was lost behind a cloud,
Hath heard a pause of silence; till the moon
Emerging, hath awakened earth and sky
With one sensation, and those wakeful birds
Have all burst forth in choral minstrelsy,　　　80
As if some sudden gale had swept at once
A hundred airy harps! And she hath watched
Many a nightingale perch giddily
On blossomy twig still swinging from the breeze,
And to that motion tune his wanton song　　　85
Like tipsy Joy that reels with tossing head.

　Farewell, O Warbler! till tomorrow eve,
And you, my friends! farewell, a short farewell!
We have been loitering long and pleasantly,
And now for our dear homes. —That strain

---

72 a Lady vowed and dedicate 巫女、霊媒師といった類の女性を暗示。dedicate=dedicated=sacredly devoted. **75 a moment's space**=for a moment. **76 What time**=when. **79 With one sensation** いわゆる共感覚(synesthesia)。P. B. シェリーに "some world far from ours,/Where music and moonlight and feeling/Are one"('To Jane — The Keen Stars were Twinkling' 22-24行目)とい

(まるで森の中の何か自然を超えたものに
誓いを立て、身を捧げた巫女(みこ)のように)
音もなく小径を歩いて行く。心やさしい
　　　　　　　　　　　　　この乙女は、
あらゆる鳥の声を聞き分けられるが、時に一瞬
月が雲間に隠れるのを合図に、
ひとしきりの静寂が乙女を包むことがある。
そして次に月が現れ、天地を一つの明るさで
照らし出すと、目ざとい鳥たちが突如
一斉に大合唱を始めるさまは、一陣の
強風が一度に百面もの風琴(ハープ)をかき鳴らした
とも思えた。すると乙女がそこに見たものは、
おびただしい小夜啼鳥が目まいしながら
風でまだ揺れている花咲く小枝にとまり、
その動きに合わせて気ままに歌うさまで、それは
首を振って歩く陽気な酔払いにも似ていた。

　ごきげんよう、囀る鳥よ、あしたの晩まで。
そして君たち、友よ、しばしの別れだ。
長いこと楽しく歩きまわったから、もう
家路に向かおうじゃないか——でも今一度

う例がある。コウルリッジの場合は「一つの生命」(the one Life)の発現形態となる。[24]の26〜33行目を参照。 **82 airy harps**＝wind harps. [24]の12行目の注を参照。 **82-86** コウルリッジの場合、風と光は理知を超えた宇宙霊魂から霊感を運ぶ契機である。自然がそれに協力し、しばしば超常現象を惹き起こす。

　　　　　　　　　　　　　　　　again! 90
Full fain it would delay me! My dear babe,
Who, capable of no articulate sound,
Mars all things with his imitative lisp,
How he would place his hand beside his ear,
His little hand, the small forefinger up, 95
And bid us listen! And I deem it wise
To make him Nature's play-mate. He knows well
The evening-star; and once, when he awoke
In most distressful mood (some inward pain
Had made up that strange thing, an infant's dream —)
I hurried with him to our orchard-plot,
And he beheld the moon, and, hushed at once,
Suspends his sobs, and laughs most silently,
While his fair eyes, that swam with undropped tears,
Did glitter in the yellow moon-beam! Well! — 105
It is a father's tale: But if that Heaven
Should give me life, his childhood shall grow up
Familiar with these songs, that with the night

---

91 Full fain...delay me=very willingly I would be delayed from coming home. **My dear babe**=Hartley Coleridge. このとき一歳半。 **93 imitative lisp** 音だけ真似た片言。 **104 swam**= were covered or filled with fluid(=tears). **106 a father's tale** どこの父親でもする子どもの自慢話。 **if that**=if. この that は不要な接続詞。 **107 shall** 話し手の意志を表わす。「彼の子ども時代を

　　　　　　　　　　　あの調べを！
それで遅くなるのは歓迎だけれどね。家には
しかしいとしいわが子がいる。まわらぬ舌で
何でも大人の口真似をして破茶滅茶にする。
そのくせ片方の耳に片手を当て、かわいい
人差し指を一本立てて、よくお聞きなんて
言うのだ。あの子のためにいいと思うのは
自然を遊び友達にしてやることだ。あの子は
　　　　　　　　　　　　　　　　　よく
宵の明星を知っている。またある晩のこと、
ひどく怯えた様子で（何か体内の痛みで
幼児特有の奇怪な夢でも見たのだろう）
目を覚ましたので、私が急いで果樹園に
連れて行くと、月を見上げてすぐ黙り、
すすり泣きをやめてあどけなく微笑(ほほえ)んだ。
その間、澄んだ瞳は溜まった涙でうるみ、
　　　　　　　　　　　　　　それが
金色の月光にきらきら輝いていた。と、まあ
これは親バカの話というものさ。しかしもし
私も長生きさせてもらえれば、子どもの頃から
あの鳥たちの歌に親しませ、夜が来れば嬉しいと

──────────
……のようにしてやる」。　108　**that**＝so (in order) that...(may).

He may associate joy. — Once more, farewell,
Sweet Nightingale! once more, my friends!
                    farewell.   110

思うように育てたいのだ。もう一度さようなら、
やさしい小夜啼鳥よ。もう一度、友人たちよ、
　　　　　さようなら。

V

〈幻想詩編〉
Visionary Poems

[28] Kubla Khan:
Or, a Vision in a Dream
— A Fragment

    The following fragment is here published at the request of a poet of great and deserved celebrity, and, as far as the Author's own opinions are concerned, rather as a psychological curiosity, than on the ground of any supposed *poetic* merits.

    In the summer of the year 1797, the Author, then in ill health, had retired to a lonely farm-house between Porlock and Linton, on the Exmoor confines of Somerset and Devonshire. In consequence of a slight indisposition, an anodyne had been prescribed, from the effects of which he fell asleep in his chair at the moment that he was reading the following sentence, or words of the same substance, in 'Purchas's Pilgrimage': 'Here the Khan Kubla commanded a palace to be built, and a stately garden thereunto. And thus ten miles of fertile ground were inclosed with a wall.' The Author continued for about three hours in a profound sleep, at least of the external senses, during which time he has

---

[28]　**表題　a Vision in a Dream**　ここで "dream" とは夢を見る現象を指し "vision" とは見た夢の内容を指す。　**前書き　2　a poet of ... celebrity** =Lord Byron. 1816年春、作者がこの詩をバイロンに読んで聞かせたところ、バイロンはすぐに親交のある John Murray 社に本詩と 'Christabel' および 'The Pains of Sleep' とを出版するよう費用を添えて推薦した。その結果、同年5月、上記三編の詩が一本

[28]　クーブラ・カーン
　　あるいは夢で見た幻想——断章

　以下の断片詩は名実ともに大詩人の誉れ高いさるお方のご要望によりここに刊行されるわけだが、著者自身の意見では、何か詩としての取柄があってというよりも、心理学的興味の対象としてお目にかけるものである。
　1797年の夏、たまたま体調を崩していた著者は、サマセット、デヴォンシャー両州の北辺に広がるエクスムア高原の、ポーロックとリントンの間にぽつんと一軒建っている田舎家に引きこもっていた。ある日やや気分がすぐれなかったために鎮痛剤を処方してもらい、それを服用したのが効いて椅子に座ったまま眠りこんでしまった。そのとき著者は『パーチャス廻国記』の中の次の一節もしくはそれと同内容の文章を読んでいたのである——「ここに君主クーブラは宮殿の建設を命じ、加えて壮大な庭園を設けさせた。そういうわけで十マイルの肥沃な土地が城壁で囲いこまれた」云々。著者はおよそ三時間ほど、少なくとも外界の知覚に関する限り深い眠りに陥っていたが、はっきり自信をもって言えることは、その間どう見ても二、三百行は下

となって出版された。　**8　Porlock**　以下の固有名詞はいずれも実在の地名。　**10　anodyne**　最初の草稿では"two grains of opium"。　**13　Purchas's**　Samuel Purchas(c. 1575-1626)は著述家。各種の旅行記を寄せ集めて *Purchas his Pilgrimage*(1617, 1625年)を出版した。Purchasの原文は次のようになっている。'In　Xamdu　did　Cublai　Can build a stately Palace, encompassing sixteene miles of plaine

the most vivid confidence, that he could not have com-
posed less than from two to three hundred lines; if that
indeed can be called composition in which all the
images rose up before him as *things*, with a parallel
production of the correspondent expressions, without
any sensation or consciousness of effort. On awaking he
appeared to himself to have a distinct recollection of
the whole, and taking his pen, ink, and paper, instantly
and eagerly wrote down the lines that are here pre-
served. At this moment he was unfortunately called out
by a person on business from Porlock, and detained by
him above an hour, and on his return to his room, found,
to his no small surprise and mortification, that though
he still retained some vague and dim recollection of the
general purport of the vision, yet, with the exception of
some eight or ten scattered lines and images, all the rest
had passed away like the images on the surface of a
stream into which a stone has been cast, but, alas!
without the after restoration of the latter!

    Then all the charm
Is broken — all that phantom-world so fair
Vanishes, and a thousand circlets spread,
And each mis-shape['s] the other. Stay awhile,
Poor youth! who scarcely dar'st lift up thine eyes —
The stream will soon renew its smoothness, soon

---

ground with a wall, wherein are fertile Meddowes, pleasant
Springs, delightfull Streames, and all sorts of beasts of chase and
game, and in the middest there of a sumptuous house of pleasure'
— *Purchas his Pilgrimage*: Lond. 1626, Bk. IV, chap. xiii, p. 418.
29 a person...from Porlock 架空の人物。 **38 Then all the charm...** 以下の詩行は、作者自身の詩 'The Picture; or, the

回らない詩作を行なったことである。ただし、あらゆるイメージが「実物」として眼前に立ち現れ、同時にそれらに見合う表現が努力した覚えもなく並行して生み出されることを詩作と称しうるならばの話である。目覚めるなり、見たことすべてを明瞭に記憶しているような気がした彼は、ペンとインクを手にとると、矢のようにはやる心で脳裡に留まる詩行を書き記しにかかった。そのとき間の悪いことに、ポーロックから来た男の来訪を受け、一時間あまりこの客に手間取らされた。そして自室に戻った時、彼はある事態に直面して愕然とし、そして無性に口惜しく思った。先程の幻想の記憶が、大筋のところはまだ漠然とかすかに覚えてはいるものの、わずか八行から十行のばらばらな詩句やイメージを例外として、他の部分はすべて消えていたのである。それはまるで石を投げこんだ後の川面の影のようであったが、悲しいことに川面と違って、消えた幻想が元に戻ることはないのだ！

　　　　　するとすべての魔法が
　解けて——あの美しい夢幻の世界がみな
　消え失せ、かわりに千もの波の輪が広がり
　たがいに形を崩し合う。少し待ちなさい、
　哀れな若者よ、おまえは目を上げようともしないね。
　川面はやがて元の平らかさを取り戻し、まもなく

Lover's Resolution'(1802年)からの一節(91-100行目)。　**42　dar'st**＝darest. 助動詞 dare の二人称単数の古形。

The visions will return! And lo, he stays,
And soon the fragments dim of lovely forms   45
Come trembling back, unite, and now once more
  The pool becomes a mirror.

  Yet from the still surviving recollections in his mind, the Author has frequently purposed to finish for himself what had been originally, as it were, given to him. $Αὔριον ἄδιον ᾄσω$: but the to-morrow is yet to come.
  As a contrast to this vision, I have annexed a fragment of a very different character, describing with equal fidelity the dream of pain and disease.

In Xanadu did Kubla Khan
A stately pleasure-dome decree:
Where Alph, the sacred river, ran
Through caverns measureless to man
  Down to a sunless sea.   5
So twice five miles of fertile ground
With walls and towers were girdled round:
And there were gardens bright with sinuous rills,
Where blossomed many an incense-bearing tree;

---

51 $Αὔριον ἄδιον ᾄσω$ =Tomorrow I will sing a sweeter song. 作者は冒頭のギリシャ語「アウリオン」を初版では誤って $Σάμερον$ (=today)と記述した。その後、間違いに気づき、1834年版で現在の形に訂正した。出典はテオクリトスの *Idylls*, i, 145。 **52-53 a fragment** 前述の 'The Pains of Sleep' を指す。本詩選では省略したが、アヘン吸飲後の悪夢を描いた五十二行の告白詩(1803年)。 **本文 1**

あの幻が返ってくるのだから。おや、彼は待っている、
と見る間に一旦は散りぢりになった美しい姿の断片が
おぼろげに震えながら戻ってきて結びつき、
今またその水面は一枚の鏡となる。

　しかし心の中にまだ残っている記憶から、当初自分
にいわば与えられたとも言える内容を、自力で完成し
ようと著者はしばしば企ててきた。「明日はもっと美
しい歌をうたおう」。しかしその明日はまだ来ない。
　この幻想詩と対照をなすものとして、まったく性質
は違うけれども、同じくらい忠実に夢の苦痛と病状を
描いた断章を添えておいた。

ザナドゥにクーブラ・カーンは
壮麗な歓楽宮の造営を命じた。
そこから聖なる河アルフが、いくつもの
人間には計り知れぬ洞窟をくぐって
　日の当たらぬ海まで流れていた。
そのために五マイル四方の肥沃な土地に
城壁や物見櫓が帯のようにめぐらされた。
あちらにはきらきらと小川のうねる庭園があり、
たくさんの香しい樹々が花を咲かせていた。

――――――

Xanadu[zǽnədu:]＝Shangtu. 上都。北京西北の古都。**Kubla Khan**
クビライ汗(1215?-1294)。ジンギス汗の孫。　3　**Alph**　架空の川の
名。語の由来としては(1) Alpheus(ギリシャ神話の川の神)、(2) ナイ
ル河、(3) alpha(＝the beginning of everything)などが考えられる。
4　**measureless**＝immeasurable.

And here were forests ancient as the hills,　　　10
Enfolding sunny spots of greenery.

But oh! that deep romantic chasm which slanted
Down the green hill athwart a cedarn cover!
A savage place! as holy and enchanted
As e'er beneath a waning moon was haunted　　　15
By woman wailing for her demon-lover!
And from this chasm, with ceaseless turmoil
　　　　　　　　　　　　　　seething,
As if this earth in fast thick pants were breathing,
A mighty fountain momently was forced:
Amid whose swift half-intermitted burst　　　20
Huge fragments vaulted like rebounding hail,
Or chaffy grain beneath the thresher's flail:
And 'mid these dancing rocks at once and ever
It flung up momently the sacred river.
Five miles meandering with a mazy motion　　　25
Through wood and dale the sacred river ran,
Then reached the caverns measureless to man,
And sank in tumult to a lifeless ocean:

---

12 **romantic** 謎を秘めた，いわくありげな。 14 **holy**「神がかった」。**enchanted**「魔法にかけられた」。 16 **demon-lover** その原型はイヴを誘惑したサタンである。 17 **seething**=bubbling or surging as in boiling. 19 **momently**=from moment to moment. 21 **Huge fragments**「巨大な岩の破片」。**vaulted**=leaped. 以下二行すさまじい噴出のエネルギーを間接的に表現して妙。 22

こちらには千古の丘とともに年経た森が続き
そこここで日の当たる緑の草地を囲んでいた。

しかしおお、あの深い謎めいた裂け目は何だ、
杉の山肌を裂いて緑の丘を斜めに走っている！
何という荒れすさんだ所か。鬼気せまること
さながら魔性の恋人に魅せられた女が
三日月の下を忍んできては泣くような場所だ。
この裂け目は絶えずふつふつと煮えたぎり
　　　　　　　　　さながらこの大地が
ぜいぜいとせわしなく喘ぐかのようであったが、
間をおいて力強い泉がどっと押し出された。
そしてその激しい半ば間欠的な噴出のさなか
巨大な岩片(かけら)の飛び跳ねるさまは、たばしる霰(あられ)か
連竿(からざお)に打たれ、はじける籾粒(もみつぶ)のようだった。
そしてこの躍り跳ねる岩塊と時を同じくして
裂け目から聖なる河がほとばしり出た。
五マイルにわたって迷路のようにうねりながら
森や谷を抜けて聖なる河は流れた。
やがて人間には計り知れぬ洞窟に至り
生きものの棲(す)まぬ海に音を立てて沈んだ。

---

thresher's flail　往時は広げたむしろの上に稲、麦、豆などの穂や莢を撒き、長い柄の先に回転する棒を付けた「からざお」で叩いて脱穀した。　**29**　'mid＝amid.　**30 Ancestral voices...**　この行、人類に課せられた宿命のようなものを暗示。

And 'mid this tumult Kubla heard from far
Ancestral voices prophesying war! 30

   The shadow of the dome of pleasure
   Floated midway on the waves;
   Where was heard the mingled measure
   From the fountain and the caves.
It was a miracle of rare device, 35
A sunny pleasure-dome with caves of ice!

   A damsel with a dulcimer
   In a vision once I saw:
   It was an Abyssinian maid,
   And on her dulcimer she played, 40
   Singing of Mount Abora.
   Could I revive within me
   Her symphony and song,
   To such a deep delight 'twould win me,
That with music loud and long, 45
I would build that dome in air,
That sunny dome! those caves of ice!

---

32 midway (1)川の中ほど、中流、(2)川上("mighty fountain")と河口("lifeless ocean")との中間。　**33 measure**＝melody.「諧調」。　**35 rare device**「世にも珍しい趣向」。　**36 A sunny...caves of ice**　川面に映る影と耳に響く音の世界で「歓楽宮」(＝生)と「氷の洞窟」(＝死)とが重なり合うことを意味する。　**37 dulcimer**　琴に似た古代の紋楽器。軽い槌で叩いて音を出した。　**39 Abyssinian**＝Ethio-

そしてこの騒音のさなかにクーブラは聞いた、
遠くから戦争を予言する先祖たちの声を。

 歓楽宮のドームの影が
 川路なかばの波間に浮かび
 噴泉と洞窟の双方から
 入り混じった調べが聞こえた。
それはたぐい稀な造化の奇蹟、
氷の洞窟をもつ陽光の歓楽宮！

 ダルシマー弾く乙女を
 かつて夢の幻の中で私は見た。
 それはアビシニアの娘で
 ダルシマーを奏でながら
 アボラ山の歌をうたっていた。
 もしそれを心中によみがえらせたら
 あの乙女が奏でまた語った調べと歌とは
 どんなにか深い愉悦に私を引き入れ、
嫋々（じょうじょう）と鳴りひびくその楽の音（ね）によって
私はあのドームを空中に造りあげることか、
あの陽光の宮殿を、あの氷の洞窟を！

---

pian. **41 Mount Abora** 架空の山の名。由来としては、(1)Mount Amara（偽りの楽園の山）（ミルトン『失楽園』IV、280-284行目）、(2) Mount Sinai、(3)太陽（"the sun was called Abor, the parent of light", *A Mythological Dictionary*, 1973年）など。 **43 symphony**＝instrumental part of the song. **44 To such ... win me**＝it（＝her symphony and song）would lead me to such a deep delight.

And all who heard should see them there,
And all should cry, Beware! Beware!
His flashing eyes, his floating hair!　　　　　50
Weave a circle round him thrice,
And close your eyes with holy dread,
For he on honey-dew hath fed,
And drunk the milk of Paradise.

---

50 His flashing eyes, his floating hair (1)怪力乱神を語る者の、(2)予言者の、風貌。『出エジプト記』第34章第30節参照。 **51 Weave a circle...thrice** (1)魔除けの呪い、(2)太陽崇拝の儀式 (Druid 僧が踊ったもの)。 **53 honey-dew**＝nectar. 神々の飲みもの。 **53-54 For he...of Paradise** (1)この世ならぬ知識を身につけ、世人をまどわす言を吐く者、(2)人類の理想郷、約束の地を啓示す

すると聞いた者はみんなそれをそこに見、
みんな叫ぶであろう、気をつけろ、気をつけろ、
あのきらきら光る眼、あの流れ乱れる髪、
あいつのまわりに輪を三重に描き
聖なる恐れを胸に眼を閉じるのだ、
あいつは神々の召される甘露(かんろ)を味わい
天国のミルクを飲んだのだから。

る者(『出エジプト記』第3章第8節)。
　以上の注解と訳ではこの詩の深層にある意味は伝わらない。関心のある向きは拙稿「メビウスの環——クーブラ・カーン幻想」(『英文学春秋』臨川書店、2000年春、Vol. IV、No. 1)を参照されたい。

[29]　The Rime of the Ancient Mariner
In Seven Parts

Facile credo, plures esse Naturas invisibiles quam visibiles in rerum universitate. Sed horum omnium familiam quis nobis enarrabit? et gradus et cognationes et discrimina et singulorum munera? Quid agunt? quae loca habitant? Harum rerum notitiam semper ambivit ingenium humanum, nunquam attigit. Juvat, interea, non diffiteor, quandoque in animo, tanquam in tabulâ, majoris et melioris mundi imaginem contemplari : ne mens assuefacta hodiernae vitae minutiis se contrahat nimis, et tota subsidat in pusillas cogitationes. Sed veritati interea invigilandum est, modusque servandus, ut certa ab incertis, diem a nocte, distinguamus. — T. Burnet, *Archaeol. Phil.* p. 68.

Argument

How a Ship having passed the Line was driven by storms to the cold Country towards the South Pole; and how from thence she made her course to the tropical Latitude of the

---

[29]　**表題**　本詩は最初、ワーズワスとの合作詩集『抒情民謡集』初版(1798年)に無記名で発表された。その時の表題は 'The Rime of the Ancyent Marinere[məriníə]' であり、古語や古い綴りに満ちた擬古文体詩であった。その後1800年、1802年、1805年と同詩集が版を重ねるにつれこの詩も大幅に改訂され、特に1817年、コウルリッジ自身の詩集 *Sibylline Leaves*(『シビルの詩片』)に所収された際には、

[29] 古老の舟乗り
全 七 部

　事物全体を見わたすと、目に見えない存在の方が目に見える存在より多いことは容易に納得できる。しかしそうした存在の全貌について、その階級や血縁関係、それぞれの特性や役割について、どこに住み、何をなしているかについて、だれがはっきり説明してくれるだろうか。人間の知性はこうした知識を得ようと常に努めてきたが、いまだかつて得られたためしがない。その一方心の中で、このより大きな、よりすぐれた世界を絵に見るように思い描いてみるのも、時に楽しいことは否定できない。知性というものは、日常生活のよしなし事に慣れ親しんでしまうと、視野が狭くなり、まったく些細な事柄しか考えられなくなるからである。しかし同時にわれわれは真実から常に目を離すことなく、制限をわきまえ、確かなことと不確かなこととを、昼と夜とを、識別しなければならない。——T. バーネット『哲学的考古学』68 ページ

あらすじ

　一隻の船が赤道を越えた後、嵐に駆り立てられて南極近くの極寒の海に至ったこと、そこから太平洋の熱帯地域へと針路を取ったこと、それから起こったさまざまな不思議な現象、そして古老

ラテン語の題辞や欄外解説(marginal gloss)が加わり、ほぼ現在の形になった。ただし本書では紙面の関係上英文の欄外解説は割愛した。
題辞　ここに掲げた邦訳は詩人自身の英訳から重訳したもの。Thomas　Burnet(1635-1715)は英国の神学者。「あらすじ」(Argument)は 1802 年版以降削除された。

Great Pacific Ocean; and of the strange things that befell; and in what manner the Ancyent Marinere came back to his own Country. [*L. B.* 1798]

Part I

It is an ancient Mariner,
And he stoppeth one of three.
'By thy long grey beard and glittering eye,
Now wherefore stopp'st thou me?

The Bridegroom's doors are opened wide,   5
And I am next of kin;
The guests are met, the feast is set:
May'st hear the merry din.'

He holds him with his skinny hand,
'There was a ship,' quoth he.   10
'Hold off! unhand me, greybeard loon!'
Eftsoons his hand dropt he.

---

1 It is an ancient Mariner=it is an ancient mariner that you see there. **2 stoppeth**=stops. -eth は三人称単数現在を示す接尾辞。**three** 3 と 7 と 9 は〈mystic numbers〉。本詩全体も七部から成っている。 **3 By**=by means of. **4 stopp'st**=stoppest. -(p)est は二人称単数現在を表わす。 **6 next of kin**=most closely related. 「最近親(者)」。 **8 May'st hear**=you may hear. **10 quoth**

[29] 古老の舟乗り

の舟乗りがどのようにして故国にたどり着いたかの経緯。
〔1798年版『抒情民謡集』〕

第 一 部

<small>一人の年老いた舟乗りが、婚礼の宴に招かれてゆく三人の若者に出会い、その一人を引き止める。</small>

そこにいたのは古老の舟乗り、
三人連れの一人を止める。
「白ひげなびかせ眼を光らせて
何でおいらを止めるんだ。

花婿の家じゃこれから宴会で
おいらは一番近い身内だぞ。
客は揃ったし料理も出てる、
陽気なざわめきが聞こえるだろう」

押さえるその手は骨と皮、
「船があってな」と古老は言った。
「離せ、その手を、白ひげじじい」
すると古老はその手を下ろした。

[kwóuθ]＝said. 古語で過去形しか残っていない。常に主語に先立って使われる。 **11 loon**＝untaught, ill-bred person. **12 Eftsoons**＝soon afterwards.

He holds him with his glittering eye —
The Wedding-Guest stood still,
And listens like a three years' child : 15
The Mariner hath his will.

The Wedding-Guest sat on a stone :
He cannot choose but hear ;
And thus spake on that ancient man,
The bright-eyed Mariner. 20

'The ship was cheered, the harbour cleared,
Merrily did we drop
Below the kirk, below the hill,
Below the light house top.

The Sun came up upon the left, 25
Out of the sea came he !
And he shone bright, and on the right
Went down into the sea.

Higher and higher every day,

---

13 glittering eye あやしい眼光によって他人の意志を支配できるという迷信は昔から(今に至るまで)世界各地にあるが、18世紀後半のヨーロッパでは mesmerism と称する一種の催眠術が流行し、コウルリッジも一時その影響を受けた。 **16 hath his will**＝gets what he desires.「自分の思う通りになる」。 **21 was cheered**＝was saluted with "cheers" or shouts of applause.「歓声を浴びた」。 **the harbour**

[29] 古老の舟乗り

婚礼の客はこの老舟乗りの眼に射すくめられて金縛りになり彼の話を聞かざるをえない。

だが底光りして見据える眼に
若衆はその場に立ちすくみ
三歳児(みつご)のように耳傾ける、
まるで古老の意のままだ。

若衆は石に腰を下ろし
話を聞くほかすべがない。
こうして語り出した古老の舟人、
眼をぎらぎらと光らせて。

「歓呼に送られ桟橋はなれ
心うきうき船は出た。
教会見送り、丘を過ぎ
灯台仰ぎ見、進んで行った。

古老は船が順風と晴天に恵まれて南に下り、赤道に到着するまでを語る。

やがてお日様出るときは
左の海から上がってきた。
それはかっかと輝くと
右手の海へと沈んで行った。

日を追うごとにだんだん高く

---

cleared = cleared the harbour. **22 drop** = descend without effort, with the tide or a light wind. **23 kirk** = the Northern English and Scotch form of the word "church".

Till over the mast at noon —' 30
The Wedding-Guest here beat his breast,
For he heard the loud bassoon.

The bride hath paced into the hall,
Red as a rose is she;
Nodding their heads before her goes 35
The merry minstrelsy.

The Wedding-Guest he beat his breast,
Yet he cannot choose but hear;
And thus spake on that ancient man,
The bright-eyed Mariner. 40

'And now the STORM-BLAST came, and he
Was tyrannous and strong:
He struck with his o'ertaking wings,
And chased us south along.

With sloping masts and dipping prow, 45
As who pursued with yell and blow

---

30 Till 後に the sun came を補う。船が赤道直下に来たことを示す。　**31 beat his breast** sign of sorrow.〈例〉"why do weepe so oft? And beat your Breast?"(『リチャード三世』II, ii, 3行目). *OED* は本詩のこの行も引用。　**34 Red as a rose** 当時の ballad の常套句。〈例〉"O, my love's like a red, red rose"(バーンズ); "Fresh as a rose in June"(ワーズワス).　**35 Nodding their heads** 音楽

[29] 古老の舟乗り

　　　　　ついに正午にはマストの真上に——」
　　　　　婚礼の客は胸を叩いて長嘆息、
　　　　　合図のバスーンが聞こえたからだ。

婚礼の客は開宴の音楽を聞くが、舟乗りは話を続ける。

　　　　　花嫁はすでに広間のなか、
　　　　　まるで真紅のバラのよう。
　　　　　前を歩むは楽士たち
　　　　　首を振りふり進んで行く。

　　　　　婚礼の客は胸を叩いて長嘆息、
　　　　　話を聞くほかすべがない。
　　　　　そうして語り続けた古老の舟人
　　　　　眼をぎらぎらと光らせて。

船は暴風に追い立てられて南極の方に向かう。

　　　　　「すると疾風が襲って来おった、
　　　　　それも情け無用の強烈なやつが。
　　　　　たちまち船に追いつくと
　　　　　わしらを南へ駆り立てた。

　　　　　マストを傾け、舳を浸し
　　　　　つんのめるように船は走った。

に合わせて。　**36 minstrelsy**＝a body of musicians.　**41 Storm-blast**＝storm＋blast. blast＝strong, sudden gust of wind.　**42 tyrannous**＝relentless.　**43 his o'ertaking wings**　いわゆる〈transfered epithet〉(転移修飾語)。　**46 As who pursued...**＝As one who, being pursued...

Still treads the shadow of his foe,
And forward bends his head,
The ship drove fast, loud roared the blast,
And southward aye we fled.

And now there came both mist and snow,
And it grew wondrous cold:
And ice, mast-high, came floating by,
As green as emerald.

And through the drifts the snowy clifts
Did send a dismal sheen:
Nor shapes of men nor beasts we ken —
The ice was all between.

The ice was here, the ice was there,
The ice was all around:
It cracked and growled, and roared and howled,
Like noises in a swound!

At length did cross an Albatross,

---

47 Still「絶えず」。 **50 aye**[éi]=ever. **52 wondrous**=〈副詞〉astonishingly, extraordinarily. **55 drifts**=collections of floating material, in this case the ice masses.「流氷」。 **clifts**=clefts (packed with unmelted snow). **56 dismal sheen**=dreary brightness. 雪面がわびしくも白く光っているさま。 **57 ken**=see. **62 noises in a swound** 失神状態から意識が戻るときに生じる(と言わ

まるで怒号と打擲を受けながら
逃げても逃げても追ってくる
敵の影を踏んで走る男のように
休みなく南へと船は逐われた。

すると今度は霧と雪が来おった。
それにたまげるほどの寒さじゃ。
流れて来た氷の山はマストほども高く
エメラルドのような緑に見えた。

氷と音響ばかりの国
生きものの影さえ見
られなかった。

そして流氷の間からは雪の断崖が
不気味な輝きを放っておった。
人影はおろか動物の姿も見えず──
氷ばかりが間にあった。

ここにも氷、あそこにも氷、
どこもかしこも氷のせめぎ合い──
かりかり、ごろごろ、どどどー、ぐゎおー、
気絶から醒める途中で聞くような音だ。

やがてアホウドリと　とこうするうち一羽のアホウドリ、

───────
れる)雑音。swound=swoon.　**63 Albatross**　この物語の重要な契機となる鳥。ワーズワスの提案によるものと言われる。

Thorough the fog it came;
As if it had been a Christian soul,   65
We hailed it in God's name.

It ate the food it ne'er had eat,
And round and round it flew.
The ice did split with a thunder-fit;
The helmsman steered us through!   70

And a good south wind sprung up behind;
The Albatross did follow,
And every day, for food or play,
Came to the mariner's hollo!

In mist or cloud, on mast or shroud,   75
It perched for vespers nine;
Whiles all the night, through fog-smoke white,
Glimmered the white Moon-shine.'

'God save thee, ancient Mariner!
From the fiends, that plague thee thus! —   80

---

64 **Thorough**＝through. 65 **a Christian soul**＝a human being. アホウドリは死んだ水夫の生まれ代わりという民間伝承もある。 69 **thunder-fit**＝thunder-clap. コウルリッジの造語。 74 **hollo** [hɔ́lǝu] 猟犬などへの掛け声。 75 **shroud** マストを支える「横静索」。 76 **vespers nine**＝nine evenings. 77‑78 **Whiles**(＝while) **all the night...Moon-shine** 〈参考〉"Luminous circles

[29] 古老の舟乗り　215

呼ばれる巨大な鳥が雪まじりの霧の中から飛来し、船員たちに大喜びで迎えられる。

霧を突っ切って飛んで来おった。
キリスト信者の霊魂かと、わしらは
神の御名（みな）を唱えて歓迎した。

食べたこともない餌をもらい
鳥はぐるぐる輪を描いて舞った。
氷が雷のような音を立てて裂け
舵手（だしゅ）は際どく急場を乗り切った。

そして見よ、そのアホウドリは吉兆の鳥であることが判明、霧と流水の中を北へ帰る船のお伴をする。

うしろから程よい南風が吹いてきて
アホウドリもついてきた。
そして毎日水夫の呼び声に答えて
餌をねだったり遊んだりした。

霧や靄（もや）の立ちこめるマストや帆綱の上に
鳥は続けて九夜とまっていたが、
その間、白い煙霧（えんむ）のなかで
白い月がおぼろに光っておった」

古老の舟乗りは非情にも、罪のない吉兆

「くわばら、くわばら、じいさんよ、
悪魔があんたに取りついてる！

---

round the moon are oftener seen [in Greenland] than anywhere, which are formed by the frost smoke"(David Crantz: *The History of Greenland*, 1716年).　80　**plague**＝cause continual discomfort, suffering, or trouble to somebody.

Why look'st thou so?'— With my cross-bow
I shot the ALBATROSS.

PART II

The Sun now rose upon the right:
Out of the sea came he,
Still hid in mist, and on the left 85
Went down into the sea.

And the good south wind still blew behind,
But no sweet bird did follow,
Nor any day for food or play
Came to the mariners' hollo! 90

And I had done a hellish thing,
And it would work 'em woe:
For all averred, I had killed the bird
That made the breeze to blow.
Ah wretch! said they, the bird to slay, 95
That made the breeze to blow!

---

89 **Nor any day**＝and [on] no day [it came...]. 92 **work 'em woe**「みんなに災いをもたらす」。'em＝them. 94 **the breeze** 本来は北東風(北半球の貿易風)を意味し、必ずしも弱い風ではない。気象・海事用語としては秒速 1.6〜13.8 メートルの風がこの語の範囲内に入る。

の鳥を殺す。　　　　その顔つきはどうしたの」——　弩(おおゆみ)で
　　　　　　　　　　わしはその鳥を射落としたのじゃ。

　　　第 二 部

　　太陽が今度は右手に昇った。
　　海の中から昇ってきて
　　霧に隠れたまま、左手の
　　海の中へと沈んで行った。

　　程よい南風はまだ吹いていたが
　　ついてくるかわいい鳥はなく、
　　餌を求めて水夫たちと
　　鳥が戯れる日もなくなった。

仲間の乗組員は幸運　　罰(ばち)当たりなことをしたのだこのわしは、
の鳥を殺したと言っ　　みんなに災いを及ぼすような。
て彼を責め始める。　　みんなもそう言った、わしが殺したと、
　　　　　　　　　　程よい風を吹かせたあの鳥を。
　　　　　　　　　　何たる人でなしと、みんなは言いおった、
　　　　　　　　　　恵みの風を吹かせた鳥を殺すとは！

Nor dim nor red, like God's own head,
The glorious Sun uprist:
Then all averred, I had killed the bird
That brought the fog and mist.   100
'Twas right, said they, such birds to slay,
That bring the fog and mist.

The fair breeze blew, the white foam flew,
The furrow followed free;
We were the first that ever burst   105
Into that silent sea.

Down dropt the breeze, the sails dropt down,
'Twas sad as sad could be;
And we did speak only to break
The silence of the sea!   110

All in a hot and copper sky,
The bloody Sun, at noon,
Right up above the mast did stand,

---

97 **Nor...nor...**＝neither...nor...   98 **The glorious Sun uprist** 〈参考〉"Christ, the great Sun of Righteousness, & Saviour of the world, having by a glorious rising after a red & bloody setting, proclaimed his Deity to men and animals"(Cited in Coleridge's *Notebooks* from Robert South's *Sermons*, 1737年).   **uprist** ＝uprose.   101 **'Twas**＝It was.   104 **The furrow followed free**

ところが霧が晴れ上がると、仲間たちは彼の行為を是認し、自分たちも共犯者となる。	ぼやけもせず、赤味も帯びず、輝くこと神の頭(こうべ)のように太陽が昇ってきた。 するとみんなは言った、わしが殺したのは霧や靄(もや)をもたらした鳥だと。 そんな鳥は殺して当然と、彼らは言った、 霧や靄をもたらしたのだから。
順風はなおも吹き続ける。船は太平洋に入って北上し、赤道にまで至る。	風さわやかに白波さわぎ 水尾(みお)はのびのび広がって行った。 そしてわしらが最初の人間だった、 あの音無しの海に突入したのは。
船はにわかに動かなくなった。	はたと風が止み、ばたりと帆が落ちた。 進退きわまるとはまさにこのことじゃ。 わしらは海の静けさが恐ろしくて ただもうそれを破るために口を開いた。
	一面灼けるような銅(あかがね)色の空に 血のような色の正午(まひる)の太陽が マストの真上にかかっており

"f" の頭韻(alliteration)が利いていかにも伸びやかな感じがする。
108 'Twas sad...could be 「こんな困ったことはなかった」。sad ＝calamitous, dis maying (as "in a sad state of affairs")。 **113 Right up above the mast** 船がふたたび赤道直下に来たことを示す。

No bigger than the Moon.

Day after day, day after day, 115
We stuck, nor breath nor motion;
As idle as a painted ship
Upon a painted ocean.

Water, water, every where,
And all the boards did shrink; 120
Water, water, every where,
Nor any drop to drink.

The very deep did rot: O Christ!
That ever this should be!
Yea, slimy things did crawl with legs 125
Upon the slimy sea.

About, about, in reel and rout
The death-fires danced at night;
The water, like a witch's oils,
Burnt green, and blue and white. 130

---

116 breath＝wind, air in motion. **123 The very deep did rot**「海そのものが腐る」ことの実例は、当時の数かずの航海記が証言している(John Livingston Lowes の *The Road to Xanadu,* 1927; 1959 年, 81-83 ページ)。 **127 About, about** シェイクスピアの『マクベス』で妖婆の一人がある水夫に呪い("I will drain him dry as hay ... He shall live a man forbid")をかけた後, 次のようにうたう——

月ほどの大きさもなかった。

来る日も来る日も次の日も
そよとの風も波もなく
動かないこと絵に描いた海の
絵に描いた船のようじゃった。

アホウドリの復讐が始まる。

あちらを向いても水ばかり、
なのに船板干割れてちぢむ。
こちらを向いても水ばかり、
なのに一滴飲めはせぬ。

そのうち海まで腐りだす。
こんなことってあるじゃろか。
ぬるぬるしたもの這いまわる、
ぬるぬるした海ぬらぬらと。

ぐるりぐるぐる、またぐるり、
夜には鬼火が跳ね躍る。
魔女の油か海の面(も)は
緑、青、白、燃え上がる。

"The weird sisters, hand in hand,/Posters of sea and land, Thus do go about, about"(I, iii, 32‐34 行目)。　**128　death-fires**　「鬼火」。　この語の科学的・文献学的検証については Lowes の前掲書 73〜81 ページに詳しい。　**130　Burnt green, and blue and white**　海中のプランクトンのせいで実際にそう見える。Lowes の前掲書 77 ページ参照。

And some in dreams assuréd were
Of the Spirit that plagued us so;
Nine fathom deep he had followed us
From the land of mist and snow.

And every tongue, through utter drought,   135
Was withered at the root;
We could not speak, no more than if
We had been choked with soot.

Ah! well a-day! what evil looks
Had I from old and young!   140
Instead of the cross, the Albatross
About my neck was hung.

---

132 the Spirit ワーズワスが "tutelary Spirits of those regions" と呼んだ南半球の守護霊。後出(379行目)の "the spirit(=the Polar Spirit)" と同じで、その素姓は欄外解説にもあるように、新プラトン主義でいうダイモンである。 **133 Nine fathom deep** 〈mystic numbers〉の一つ。76行目参照。 **134 the land of mist and snow** 51行目参照。 **139 well a-day**=welladay, alas. An exclamation

[29] 古老の舟乗り

一つの地霊が船を尾行してきた。これは地球上の目に見えぬ存在の一種で、亡者の霊魂でも天使でもない。この存在についてはユダヤの碩学ヨセフスとコンスタンチノープルのプラトン学者マイケル・プセルスの書を参考にするとよい。同類は極めて多く、この地霊が一つならず棲まぬ天地はどこにもない。
仲間の船員たちは苦痛のあまり、一切の罪を古老の舟乗りに着せたいと願った。そのしるしとして、海鳥の死骸を彼の首に吊るした。

夢に見たと言う者がおった、
わしらに取りついた悪霊が
九尋(くひろ)の底を追って来たのだと、
あの霧と雪の国から。

極度の渇きでだれの舌も
付け根まで干からびてしもうた。
口をきこうにも声が出ず、
喉(のど)に煤(すす)でも詰まったようじゃった。

ああ、世も末か、何といういやな眼を
老いも若きもわしに向けるのじゃ！
十字架の代わりにアホウドリの死骸が
わしの首に吊り下げられた。

---

expressing sorrow or lamentation.

Part III

There passed a weary time. Each throat
Was parched, and glazed each eye.
A weary time! a weary time! 145
How glazed each weary eye,
When looking westward, I beheld
A something in the sky.

At first it seemed a little speck,
And then it seemed a mist; 150
It moved and moved, and took at last
A certain shape, I wist.

A speck, a mist, a shape, I wist!
And still it neared and neared:
As if it dodged a water-sprite, 155
It plunged and tacked and veered.

With throats unslaked, with black lips baked,
We could nor laugh nor wail;

---

152 wist=was aware of. wit(=know)の過去形。 **155 water-sprite**=water-spirit. 水の守護霊。 **156 plunged** 「舳(へさき)を水に突っこみながら浮きつ沈みつして(進んだ)」。 plunge=pitch. **tacked and veered** 「右に左に間切りながら進んだ」。 tack=turn towards the wind. veer=turn from the wind. **157 unslaked**=dry for lack of water.

第 三 部

やりきれない時が続いた。どの喉も
干からび、どの眼もかすんでいた。
やりきれない、やりきれない時だった。
どの眼も疲れてどんよりしていたが、
その時ふと西の方を見たわしは
空に何か動くものを見つけた。

<small>古老の舟乗りは遠くの空に一つの物影を見る。</small>

始めは小さな斑点(しみ)に見えたが
そのうち霧のようにも見えてきた。
それはどんどん近づいてきて、ついには
一つのはっきりした形をとった。

斑点が霧に、霧が形になりおった。
しかもなおそれは近づいて来る。
水の精から体(たい)をかわすかのように
浮きつ沈みつ右に左に向きを変えて。

<small>近づくにつれ、それは船のように見えてくる。そこで高い代</small>

喉は干からび、唇は焦げついて
笑うことも泣くこともできなんだ。

Through utter drought all dumb we stood!
I bit my arm, I sucked the blood,
And cried, A sail! a sail!

With throats unslaked, with black lips baked,
Agape they heard me call:
Gramercy! they for joy did grin,
And all at once their breath drew in,
As they were drinking all.

See! see! (I cried) she tacks no more!
Hither to work us weal;
Without a breeze, without a tide,
She steadies with upright keel!

The western wave was all a-flame.
The day was well nigh done!
Almost upon the western wave
Rested the broad bright Sun;
When that strange shape drove suddenly
Betwixt us and the Sun.

---

163 Agape＝with your mouth wide open especially because you are surprised or shocked.　**164 Gramercy**[grəmə́:si]＝"Mercy on us"(used as an exclamation of surprise or sudden feeling).　**166 As they were drinking all**＝as if they were all drinking (water).　**168 to work us weal**＝in order to do us good.　**170 steadies**＝〈海事用語〉keeps (a vessel) to the direct line of her course. 風も潮

[29] 古老の舟乗り

償を払って渇きの桎梏から発言の自由を取り戻す。	あまりの渇きに口もきけなんだ。 わしは腕を噛み、血で唇を濡らして 「船だ！ 船だ！」と叫び立てた。
束の間の喜び。	喉は干からび、唇は焦げつき、 口あんぐりとみんなは聞いた。 助かった！ みな嬉しげに笑って 一斉に大きく息を吸いこむさまは 水でも飲みこむようじゃった。
続いてぞっとする気持。風もなく潮の流れもないのに進んでくるのは果たして船なのか。	おい、おい、見ろよ、あの船は 間切りもせずに助けに来るぞ。 風もなく潮の流れもないのに 舳(へさき)を立てて真一文字にやって来る。
	西方の波は一面に燃え 日はまさに暮れようとしていた。 燃え立つ波に触れるばかりに 大きな夕陽が水平線上に懸かっていた。 そのとき不意にあの異形(いぎょう)のものが わしらと日輪の間に入りおった。

もないのに走ってくるのは幽霊船の特徴（Lowes の前掲書 251 ページ以降参照）。

And straight the Sun was flecked with bars,
(Heaven's Mother send us grace!)
As if through a dungeon-grate he peered
With broad and burning face.   180

Alas! (thought I, and my heart beat loud)
How fast she nears and nears!
Are those *her* sails that glance in the Sun,
Like restless gossameres?

Are those *her* ribs through which the Sun   185
Did peer, as through a grate?
And is that Woman all her crew?
Is that a DEATH? and are there two?
Is DEATH that woman's mate?

Her lips were red, *her* looks were free,   190
Her locks were yellow as gold:
Her skin was as white as leprosy,
The Night-mare LIFE-IN-DEATH was she,

---

177 straight[ly]=immediately. **was flecked with bars**「横縞模様が入った」。fleck=to spot, streak or stripe. **178 Heaven's Mother**=the Virgin Mary. **179 he**=the evening Sun. **183 glance**=to cause a flash of light by rapid movement.「チカチカ光る」。**184 gossameres**[gɔ́səmə:z; この詩では gɔ̀səmíə(z)]=fine filmy substance, consisting of cobwebs, spun by small spiders, which

彼には船の骸骨としか思えない。	と見る間に太陽に横縞が走った (天の聖母(みはは)よ、御恵(みめぐ)みを!) まるで夕陽が牢格子の間から 燃える大きな顔を覗かせたようだった。
	これはどうだ!(わしは胸が騒いだ) 船はぐんぐん近づくではないか! 蜘蛛(くも)の巣のようにゆらゆら揺れて 夕陽にきらめくのがその帆だろうか。
その肋骨は落陽の表面に横縞を引いたように見える。	そこから夕陽が覗いている 牢格子ようのものは船の肋骨なのか。 乗組員はあの女一人か。
幽霊女とその伴侶の死神のほかはだれもその骸骨船に乗っていない。	あれは死神か。すると二人いるわけか。 死神はあの女の連れ合いか。
この船にしてこの乗員あり!	女の唇は赤く、目つきは不敵で 髪は金色に輝いていた。 肌は癩病やみのように白く、 まさに悪夢に出てくる「死中の生」、

---

is seen floating in the air in calm weather ... 「浮遊糸」。 **187-189 And is that Woman ... mate** ワーズワスによると、コウルリッジの友人クルックシャンク([27]の69行目の脚注参照)は、骸骨船に人が乗っているという奇怪な夢を見た。この夢の話がそもそものきっかけとなり、コウルリッジは「古老の舟乗り」を書いたという(Lowes の前掲書203-204ページ参照)。 **190 free**＝unrestrained, bold.

Who thicks man's blood with cold.

The naked hulk alongside came,   195
And the twain were casting dice;
'The game is done! I've won! I've won!'
Quoth she, and whistles thrice.

The Sun's rim dips; the stars rush out:
At one stride comes the dark;   200
With far-heard whisper, o'er the sea,
Off shot the spectre-bark.

We listened and looked sideways up!
Fear at my heart, as at a cup,
My life-blood seemed to sip!   205
The stars were dim, and thick the night,
The steersman's face by his lamp gleamed white;
From the sails the dew did drip —
Till clomb above the eastern bar
The hornéd Moon, with one bright star   210
Within the nether tip.

---

193 LIFE-IN-DEATH 肉体は生きていても魂は死ぬほど苦しんでいる状態。いわば生きながらの地獄。作者自身がそれに近い苦しみを経験しており、この「女」はそうした悪夢の権化である。 **201 far-heard whisper** 「死神」と「死中の生」との話し声。 **209 clomb**=climbed. **bar**=horizon. ただし *OED* にはこの意なし。 **210-211 The hornéd Moon . . . nether tip** 〈参考〉"It is a common supersti-

[29] 古老の舟乗り

生者の血をも凍らせる魔物であった。

死神と死中の生とが　骨ばかりの廃船が真横に並ぶと
船の乗組員を賭けて　船上の二人は骰子(さい)を振っていた。
骰子を投げ、女(後　「勝負はついたよ、あたしの勝ちさ」
者)が古老の舟乗り　女は言って口笛を三度吹く。
を手に入れる。

太陽の王国に薄暮は　日輪の縁(へり)が沈むと、星がさあっと現れ、
ない。　　　　　　一足とびに宵闇が来る。
　　　　　　　　　波のかなたにささやき声が遠ざかり
　　　　　　　　　幽霊船は矢のように走り去った。

月が昇ると、　　　わしらは固唾(かたず)をのみ横目で見上げた。
　　　　　　　　　恐ろしさが心臓から、盃からのように
　　　　　　　　　わしの生き血を啜(すす)り取るようだった。
　　　　　　　　　星影はおぼろで海の闇は濃く
　　　　　　　　　舵手の顔が傍らの灯に白じらと浮き
　　　　　　　　　帆からは露が雫(しずく)となって落ちた——
　　　　　　　　　やがて東の水平線に昇ってきた
　　　　　　　　　弦月は、弓の下方の先端に
　　　　　　　　　きらめく星を抱えていた。

---

tion among sailors, 'that something evil is about to happen, whenever a star dogs the Moon'"(作者自注). この辺の描写の科学的検証については Martin Gardner の *The Annotated Ancient Mariner* (1965年) の 66〜67 ページ、および Lowes の前掲書 165〜170 ページに詳しい。

One after one, by the star-dogged Moon,
Too quick for groan or sigh,
Each turned his face with a ghastly pang,
And cursed me with his eye.   215

Four times fifty living men,
(And I heard nor sigh nor groan)
With heavy thump, a lifeless lump,
They dropped down one by one.

The souls did from their bodies fly, —   220
They fled to bliss or woe!
And every soul, it passed me by,
Like the whizz of my cross-bow!

---

218 a lifeless lump「命のない塊となって」。次行 "They dropped" に続く〈主格補語〉。 **221 bliss or woe**=heaven or hell.

[29] 古老の舟乗り

一人また一人と、　一人の次にまた一人、子連れの星の影の下、
　　　　　　　　呻(うめ)きや吐息の間(ま)さえなく、
　　　　　　　　苦悶にゆがむ恐ろしい顔を
　　　　　　　　わしに向けては眼で呪う。

仲間の船員たちが倒　二百がとこの生きた男たちが、
れて死ぬ。　　　　（吐息も呻きも聞こえないのに）
　　　　　　　　どさり、どさりと音立てて倒れ
　　　　　　　　次から次へと命なき骸(むくろ)となった。

しかし死中の生が古　何と霊魂がそれらの骸から立ち昇り、
老の舟乗りに影響力　天国か地獄かは知らず飛んで行った！
を及ぼし始める。　　そしてどの霊魂もわしの耳元を
　　　　　　　　あの弩(おおゆみ)のように唸(うな)って通りおった。

Part IV

'I fear thee, ancient Mariner!
I fear thy skinny hand! 225
And thou art long, and lank, and brown,
As is the ribbed sea-sand.

I fear thee and thy glittering eye,
And thy skinny hand, so brown.' —
Fear not, fear not, thou Wedding-Guest! 230
This body dropt not down.

Alone, alone, all, all alone,
Alone on a wide wide sea!
And never a saint took pity on
My soul in agony. 235

The many men, so beautiful!
And they all dead did lie:
And a thousand thousand slimy things
Lived on; and so did I.

227　As is the ribbed sea-sand　痩せて肋骨が浮き出た胸のさまを波打際の砂浜に喩えている。　ribbed＝marked with ribs. ちなみにこの二行はワーズワスの発案だったと作者は言う(1817年版の自注)。ワーズワスはひょろひょろと痩せて背が高かったから、自分の姿を戯画化したのかもしれない。　**231　dropt**＝dropped＝fell dead.

第 四 部

<small>婚礼の客は亡霊が自分に話しかけているのでは、と思う。</small>

「おいらはこわいよ、舟乗りのじいさん、
あんたの骨と筋ばかりの手が。
それにひょろっとした土気色(つちけいろ)の胸は
波打際の砂浜のようじゃないか。

あんたがこわいよ、その光る眼が、
骨と筋ばかりの土気色の手が」

<small>しかし古老は自分が生身の人間であることを保証し、続けて自分の恐ろしい罪滅ぼしの苦行のことを物語る。</small>

こわがるでない、婚礼の若衆よ、
この身は倒れはしなかったのじゃ。

ひとり、ひとり、ただひとり、
大海原にただひとり、
天にも地にもこのわしを
憐れむ聖者はおらなんだ。

<small>彼はよどんだ海にうごめく生物たちを蔑むが、</small>

あんなに凜々(りり)しかった男たち、
彼らはみんな倒れ伏したが、
百千万ものぬるぬるした生きものは
なおも生き続け、わしも生き続けた。

I looked upon the rotting sea,　　　　　　　　　　240
And drew my eyes away;
I looked upon the rotting deck,
And there the dead men lay.

I looked to heaven, and tried to pray;
But or ever a prayer had gusht,　　　　　　　　　245
A wicked whisper came, and made
My heart as dry as dust.

I closed my lids, and kept them close,
And the balls like pulses beat;
For the sky and the sea, and the sea and the sky　250
Lay like a load on my weary eye,
And the dead were at my feet.

The cold sweat melted from their limbs,
Nor rot nor reek did they:
The look with which they looked on me　　　　　255
Had never passed away.

245　or＝ere＝before. 次の ever は〈強調〉。「一度でも」の意。
gusht＝gushed.「ほとばしり出た」。　**249　the balls**「眼球」。　**250　For the sky ...**　この一行は〈anapaest〉(「弱々強格」の韻律)にしてわざと引き伸ばし、weariness の感を強くしている。　**253　melted**＝became liquefied.「にじみ出た」。

[29] 古老の舟乗り

腐ってゆく海面(うなも)を眺めた時
わしは思わず目をそむけた。
腐ってゆく甲板に目をやれば
そこには死体が転がっていた。

> それらが生きているのに多くの男たちが死んで横たわっていることを恨めしく思う。

わしは天を仰いで祈ろうとしたが
一つの祈りも口にのぼらぬうちに
邪悪なささやきが聞こえてきて
わしの心は砂土のように干からびた。

瞼(まぶた)を下ろして目を固く閉じていても
眼球(めだま)は心臓のように脈打った。
空と海、海と空とが重荷のように
疲れたわしの眼にのしかかって、
足元には死体があったからだ。

> しかし死者たちの眼には彼への呪いが生きている。

冷たい汗がその手足ににじみ出ていたが
死体は腐りもせず悪臭も放たなかった。
わしを見据えるあの目つきも
決して消え去ってはいなかった。

An orphan's curse would drag to hell
A spirit from on high;
But oh! more horrible than that
Is the curse in a dead man's eye! 260
Seven days, seven nights, I saw that curse,
And yet I could not die.

The moving Moon went up the sky,
And no where did abide:
Softly she was going up, 265
And a star or two beside —

Her beams bemocked the sultry main,
Like April hoar-frost spread;
But where the ship's huge shadow lay,
The charmèd water burnt alway 270
A still and awful red.

Beyond the shadow of the ship,
I watched the water-snakes:

---

257 An orphan's curse 年少者保護の制度も施設も不十分だった社会において、親のない子の悲しみと恨みは今日以上に大きかったであろう。[9]の121〜125行目参照。　**258 from on high**＝from heaven.　**267 bemocked the sultry main** 実際は「むし暑い海」なのに、月光に照らされて朝霜のように白く冷たく見えたこと。唐詩にも「牀前月光を看る、疑うらくは是れ地上の霜かと」(李白)という句

孤児の恨みは天上の霊魂をも
地獄へと引き下ろしかねない。
しかしああ、それより恐ろしいのは
死者の眼に宿る呪いなのじゃ。
七日七夜の間わしはその呪いを見、
それでも死ぬことはできなんだ。

孤独と足止めの日々にあって彼は空行く月に憧れ、また常に逗留しながら常に進み続ける星たちに憧れる。行く先ざきで青空は彼らのものであり、定めの宿であり、故郷であり生家であって、前触れもなく入りこんでもその家の主人のごとく当然の帰宅として、しかも心嬉しい訪れとして迎えられるのである。

めぐりくる月はきまって空に昇り、
どこかに留まることはなかった。
穏やかに月は昇って行くが
一つ二つ星がお伴していた——

月の光は四月の白霜のように水面に広がり
むし暑い海を冷えびえと見せていた。
しかし船の大きな影が差す所では
魔性の水が音もなく燃えさかり
いつまでも不気味に赤く光っていた。

月の光で彼は、静寂の海に住む神の被造物を見る。

その船の暗がりの向こうに
わしは海蛇の群を見た。

がある。bemock＝delude mockingly. **270-271 The charmèd water...red** 月光の届かぬ船の陰では魔性の水が絶えず赤あかと燃えている。 charmèd＝affected with magic spell, so as to possess occult powers or qualities. **alway**＝always. **still** 「炎を上げない」。 **red** なぜ「赤」かについては Gardner の前掲書 72～76 ページで科学的に検証。 **273 water-snakes** 出所については Lowes が

They moved in tracks of shining white,
And when they reared, the elfish light 275
Fell off in hoary flakes.

Within the shadow of the ship
I watched their rich attire:
Blue, glossy green, and velvet black,
They coiled and swam; and every track 280
Was a flash of golden fire.

O happy living things! no tongue
Their beauty might declare:
A spring of love gushed from my heart,
And I blessed them unaware: 285
Sure my kind saint took pity on me,
And I blessed them unaware.

The self-same moment I could pray;
And from my neck so free
The Albatross fell off, and sank 290
Like lead into the sea.

厖大な資料に基づいて論述(前掲書 41-59 ページ)。Gardner はこれを annelids(環形動物)の一種の nemerteans(ヒモムシ)と特定。 **275 reared**=rose up (towards a vertical position or into the air). **286 my kind saint**=St. Elmo, Italian bishop and patron saint of Mediterranean sailors. 314 行目の注を参照。 **289 from my neck so free** 「私の首からさばさばと」。so free は動作の結果を先取りし

　　　　　　白く輝く水尾(みお)を曳いて動き、
　　　　　　竿立ちになると、妖しい光が
　　　　　　白い雪片のように降り散った。

　　　　　　小暗い船の影に入ると
　　　　　　海蛇たちは豪華な衣裳を見せた。
　　　　　　青に、つややかな緑に、ビロードの黒に、
　　　　　　とぐろを巻いたり泳いだりして通った跡は
　　　　　　どこも金色の光がひらめいて消えた。

彼らの美しさ、幸福　ああ幸せな生きものたちよ。どんな言葉も
さ。　　　　　　　　その美しさを言いつくせはしない。
　　　　　　　　　　愛の泉が心から溢れ出し
彼は心の中で彼らを　思わずわしは彼らを讃えた。
讃美する。　　　　　情け深い守護聖者の思いやりなのか、
　　　　　　　　　　わしは思わず彼らを讃えた。

呪縛が解け始める。　まさにその時わしは祈ることができた。
　　　　　　　　　　すると首からアホウドリが
　　　　　　　　　　さらりと落ちて、鉛のように
　　　　　　　　　　海の中へと沈んで行った。

────────
た形容詞。　**291 lead**[led]　「鉛」。主人公の罪の重さを暗示。

Part V

Oh sleep! it is a gentle thing,
Beloved from pole to pole!
To Mary Queen the praise be given!
She sent the gentle sleep from Heaven,   295
That slid into my soul.

The silly buckets on the deck,
That had so long remained,
I dreamt that they were filled with dew;
And when I awoke, it rained.   300

My lips were wet, my throat was cold,
My garments all were dank;
Sure I had drunken in my dreams,
And still my body drank.

I moved, and could not feel my limbs: 305
I was so light — almost
I thought that I had died in sleep,

---

294 Mary Queen=the Virgin Mary. **297 The silly buckets**=silly because they are now useless. **304 And still my body drank** (夢の中であれほど飲んだのに)まだ私の身体が(現実の水を)飲んでいた。

第 五 部

おお眠りよ、それはだれにもやさしく
地の果てから果てまで愛されるもの。
聖母マリアに讃えあれ！
聖母はそのやさしい眠りを天国から
わしの心に忍びこませて下さった。

聖母の恵みにより、
舟乗りは雨を受けて
生き返った思い。

ばかみたいに用なしのバケツが
長いこと甲板に放置してあったが、
露で一杯になっている夢を見て
眼が覚めてみたら雨だった。

唇が濡れ、喉が冷え、
着ているものはぐっしょりだった。
たしか夢の中で水を飲んだが、
目が覚めた後もまだ飲んでいた。

動いてみても手足にその感じがなく
あまりの身の軽さにわしは思った、
眠っている間にわしは死んで

And was a blesséd ghost.

And soon I heard a roaring wind:
It did not come anear;
But with its sound it shook the sails,
That were so thin and sere.

The upper air burst into life!
And a hundred fire-flags sheen,
To and fro they were hurried about!
And to and fro, and in and out,
The wan stars danced between.

And the coming wind did roar more loud,
And the sails did sigh like sedge;
And the rain poured down from one black cloud;
The Moon was at its edge.

The thick black cloud was cleft, and still
The Moon was at its side:
Like waters shot from some high crag,

---

308 a blesséd ghost 幸せに死んで天国に迎えられた魂のこと。
312 sere＝thin, worn.「擦り切れかかった」。 **314 fire-flags**＝meteoric flames. マストの尖端などに見られる放電現象。これを"aurora borealis"(北極光)とする説(Lowes の前掲書174ページ)もあるが、「極光」が赤道間近で見られることはない。「セント・エルモの火」ではないか。〈参考〉St. Elmo's fire＝used...to denote the

[29] 古老の舟乗り

いまは幸せな亡霊になったのだと。

彼は風声を聞き、空と海に異様な光景を見、物ものしい気配を感じる。

とこうするうち風がごうと鳴った。
近くへは吹いて来なかったが、
その風声(ふうせい)で船の帆が震えた、
帆は薄く、擦り切れかかっていたのだ。

上空がにわかに活気を帯びてきた。
たくさんの火の玉が旗のように靡(なび)いて
前後左右にきらきらと飛びかった。
その間を縫うように見えつ隠れつ
青白い星たちが踊りまわった。

近づく風声はいよいよ高まり
帆は菅(すげ)のようにひゅうひゅう鳴った。
一団の黒雲から雨がほとばしり
その雲の端に月が懸かっていた。

その厚い黒雲は二つに裂けたが
それでも月はその端に懸かったままだ。
どこか高い崖から落ちてくる水のように

---

luminous appearance of a naturally occurring corona discharge of a ship's mast or the like, usually in bad weather. 〈例〉"Floating bodies of fire, fires of St. Helmo, or the mariner's light"(O. ゴールドスミスの *Natural History*、1774年). 286行目の注参照。 **sheen**＝resplendent.

The lightning fell with never a jag,　　　　　　325
A river steep and wide.

The loud wind never reached the ship,
Yet now the ship moved on!
Beneath the lightning and the Moon
The dead men gave a groan.　　　　　　　　　　330

They groaned, they stirred, they all uprose,
Nor spake, nor moved their eyes;
It had been strange, even in a dream,
To have seen those dead men rise.

The helmsman steered, the ship moved on;　　　335
Yet never a breeze up-blew;
The mariners all 'gan work the ropes,
Where they were wont to do;
They raised their limbs like lifeless tools —
We were a ghastly crew.　　　　　　　　　　　　340

The body of my brother's son

325-326 The lightning...steep and wide 〈参考〉"A bolt of lightning never zigzags, the way it does in cartoons. As any photograph of a lightning bolt reveals, it strongly resembles an aerial view of a twisting river"(Gardner の前掲書 78 ページ). **jag**＝a sharp projection or tooth on an edge or surface(昔服の襟に付けたぎざぎざ飾りの形態から)。 **327 The loud wind** 先程来の

稲妻がギザギザを見せずに落ちてきた、
真一文字の幅広い奔流となって。

乗組員たちの死体に生気〔霊気〕が吹きこまれ、船は動き始める。

吼えたける風は船まで至らなかったが、
なぜかいま船が動き始めた！
稲妻と月の光の下で
死者たちは呻き声をあげた。

みんなは呻き、身動きし、立ち上がったが、
口はきかず、眼も動かさなかった。
たとえ夢でも摩訶不思議じゃった、
死者が立ち上がるところを見るとはな。

舵手が舵を取り、船は進んだ。
それでいてそよとの風もなかった。
水夫らはみな今までの持場について
それぞれ帆綱をたぐり始めたが、
手足の動きはあやつり人形のよう──
わしらはあの世の乗組員だった。

兄の息子の死体がわしの横に

風は気象学上の風ではない。　**333　It had been**＝it would have been.　**334　To have seen**＝if you had seen.「仮に夢の中で見たとしても……」の意の仮定法。　**337　'gan work the ropes**＝began to work the ropes.　**work**＝set in action.

Stood by me, knee to knee:
The body and I pulled at one rope,
But he said naught to me.

'I fear thee, ancient Mariner!' 345
Be calm, thou Wedding-Guest!
'Twas not those souls that fled in pain,
Which to their corses came again,
But a troop of spirits blest:

For when it dawned — they dropped their arms, 350
And clustered round the mast;
Sweet sounds rose slowly through their mouths,
And from their bodies passed.

Around, around, flew each sweet sound,
Then darted to the Sun; 355
Slowly the sounds came back again,
Now mixed, now one by one.

Sometimes a-dropping from the sky

---

347 **'Twas**＝It was. この it は次行の Which 以下を受け、was not those souls...but a troop of... と続く。 **348** **corses**＝corpses. **358** **a-dropping**＝dropping.

[29] 古老の舟乗り

膝すり合わせて立っていた。
死体とわしは同じ綱を引いたが、
そいつは一言も話しかけなかった。

「こわいよう、舟乗りのじいさん」
落ち着きなさい、婚礼の客人よ、
苦しんでこの世を去った霊魂が
彼らの死体に戻ってきたのではない、
天上の精霊の群が訪れたのじゃ。

しかし〔船員たちを動かしたのは〕彼らの霊魂でも、大地や空に潜む地霊でもなくて、守護聖者によって遣わされた浄福の天使たちの一隊である。

夜が明けると、彼らは腕を下ろし
マストのまわりに集まってきた。
快い声音がその口ぐちから洩れ、
ゆっくりと身体から離れて行った。

ぐるり、ぐるりとどの音もめぐり
やがて太陽の方に飛び去ったが、
ふたたびゆるやかに戻ってきた、
混じり合ったり、別々になったりして。

ある時は空から落ちてくる

I heard the sky-lark sing;
Sometimes all little birds that are,   360
How they seemed to fill the sea and air
With their sweet jargoning!

And now 'twas like all instruments,
Now like a lonely flute;
And now it is an angel's song,   365
That makes the heavens be mute.

It ceased; yet still the sails made on
A pleasant noise till noon,
A noise like of a hidden brook
In the leafy month of June,   370
That to the sleeping woods all night
Singeth a quiet tune.

Till noon we quietly sailed on,
Yet never a breeze did breathe:
Slowly and smoothly went the ship,   375
Moved onward from beneath.

---

360 all...that are 〈強調〉「ありとあらゆる」。 **362 jargoning**
=warbling. **368 noise**=melodious sound(この意味で使うことは
現在は稀). **369 like of**=like that of.

ヒバリの歌のようだった。
ある時は小鳥という小鳥が
海と空とをいっぱいに
かわいい囀(さえず)りで満たすかに思えた。

いま全楽器が一斉に鳴るかと思えば
次にはただ一つ鳴る笛のようにも聞こえた。
さらには天使の歌声ともなり、全天が
聞きほれて静まり返ることもあった。

歌はやんだ。しかし帆はなおも
心地よい音を正午(ひる)まで立てていた。
さながら人目につかぬ小川が
葉の生い茂った水無月(みなづき)の頃、
眠っている森に一晩中聞かせる
静かなせせらぎの調べに似ていた。

正午(ひる)まで船は走り続けたが
帆を吹く風はそよともなかった。
船がゆっくり滑るように進むのは
吃水下(きっすいか)で何かが推(お)しているせいだった。

Under the keel nine fathom deep,
From the land of mist and snow,
The spirit slid: and it was he
That made the ship to go. 380
The sails at noon left off their tune,
And the ship stood still also.

The Sun, right up above the mast,
Had fixed her to the ocean:
But in a minute she 'gan stir, 385
With a short uneasy motion —
Backwards and forwards half her length
With a short uneasy motion.

Then like a pawing horse let go,
She made a sudden bound: 390
It flung the blood into my head,
And I fell down in a swound.

How long in that same fit I lay,

379　The spirit＝the Polar Spirit. 132行目の注を参照。　**slid**＞slide＝move, go, proceed unperceived, quietly or stealthily.　**381 left off**＝stopped.　**385　'gan stir**＝began to stir.　**387-388 Backwards and forwards...motion**　船のこの不可解な動きは、赤道まで船を運んできた極地霊が、この時点で舟乗りを解放しようかしまいかと迷っていることを示す。　**389　a pawing horse let go**＝a

[29] 古老の舟乗り

南極を守る孤独な地霊が船を赤道まで運んできたのは〔前述の〕天使たちの命に従ったまでだが、極地霊はなおも復讐を求める。

竜骨の下九尋(くひろ)の深さを保って、
霧と雪の国からあの極地霊が
潜行してきていた。この霊が
船を進ませていたのじゃった。
正午になると帆は歌うのをやめ
船もぴたりと止まってしもうた。

太陽はマストの真上にあって
船を大海に釘づけにしておった。
だがすぐに船はもじもじと
小刻みで不安定な動きを始め、
船体の半分ほどの距離を
進んだり退いたりした。

そのうち、放たれた奔馬のように
船は突然躍り上がった。
それでわしは頭に血がのぼり
気を失って倒れてしもうた。

極地霊の仲間で空中　どれほど長くそのままでいたか、

---

pawing horse [that was] let [to] go.　paw=⟨of an animal⟩ touch or rub one spot repeatedly with its paw.　**392 swound**[swáUnd]=swoon.

I have not to declare ;
But ere my living life returned, 395
I heard, and in my soul discerned
Two voices in the air.

'Is it he?' quoth one. 'Is this the man?
By him who died on cross,
With his cruel bow he laid full low 400
The harmless Albatross.

The spirit who bideth by himself
In the land of mist and snow,
He loved the bird that loved the man
Who shot him with his bow.' 405

The other was a softer voice,
As soft as honey-dew :
Quoth he, 'The man hath penance done,
And penance more will do.'

---

394 **I have not to...**＝I have not the power to... 395 **my living life** いままで気を失っていたから。 399 **By him who died on cross**＝by Jesus Christ. "A common medieval oath" (Gardner の前掲書 84 ページ). 400 **laid full low**＝brought to the ground, stretched lifeless. 402 **bideth**＞abide＝dwell. 408-409 **Quoth he...do**＝he said, "the man has done penance, and will do

[29] 古老の舟乗り

いまのわしには言うべくもない。
しかし正気がはっきり戻らぬうちに
耳に聞こえ魂が聞き分けたものは
空に響く二つの声だった。

「この男なのか」と一方が言った。
「十字架で死んだあの方にかけて、
非道な弓で罪もないアホウドリを
どうと射落としたのはこの男か。

霧と雪に閉ざされた国に
ただ一人棲むあの霊が
愛した鳥はこの男を愛したのに
それをこの男は弓で射たのだ」

もう一つはやさしい声じゃった。
甘露(かんろ)のように甘い声で言うには
「この男は罪を償(つぐな)った、
これからも償うだろう」と。

に棲む目に見えぬ悪霊たちが彼のいじめに参加する。そのうちの二人がたがいに語り合うところによれば、古老の舟乗りの長く厳しい罪滅ぼしの苦行は果たされ罪は償われて、極地霊は南に帰るということである。

―――――

more penance". **penance**=the action of willingly making yourself suffer, especially for religious reasons, to show you are sorry for having done something wrong.

Part VI

FIRST VOICE

'But tell me, tell me! speak again,   410
Thy soft response renewing —
What makes that ship drive on so fast?
What is the ocean doing?'

SECOND VOICE

'Still as a slave before his lord,
The ocean hath no blast;   415
His great bright eye most silently
Up to the Moon is cast —

If he may know which way to go;
For she guides him smooth or grim.
See, brother, see! how graciously   420
She looketh down on him.'

---

414 Still=motionless.　**415 blast**=strong gust of wind.　**418 If he may know ...**=(前行に続けて)in order to see if he can know...　**419 smooth or grim**=in calm or in storm. "him" の状態変化を示す〈目的補語〉。grim=formidable in appearance.　**420 graciously**=mercifully.

第 六 部

第 一 の 声
「だが教えてくれ、もう一度
君のやさしい声で答えてくれ――
何が船をあんなに速く走らせるのか、
大海(おおうみ)が何をやっているのか」

第 二 の 声
「主人を前にした奴隷のように
海には風一つ吹いていない。
その大きく輝く眼はじっと
黙って月を見上げている――

身の振り方を尋ねているようだ、
凪(なぎ)にも時化(しけ)にも海を導くのは月だから。
見なさい、君、何と慈愛深げに
月は海を見下ろしていることか」

FIRST VOICE
'But why drives on that ship so fast,
Without or wave or wind?'

SECOND VOICE
'The air is cut away before,
And closes from behind.   425

Fly, brother, fly! more high, more high!
Or we shall be belated:
For slow and slow that ship will go,
When the Mariner's trance is abated.'

I woke, and we were sailing on   430
As in a gentle weather:
'Twas night, calm night, the moon was high;
The dead men stood together.

All stood together on the deck,
For a charnel-dungeon fitter: 435
All fixed on me their stony eyes,

---

427 belated=too late.　**428 For slow and slow...** だんだん船の動きが遅くなり、舟乗りが正気に戻ると、悪霊たちはこれ以上悪さができなくなるから。　**429 abated**=brought to an end.　**435 For a charnel-dungeon fitter**=more fit for a charnel-dungeon than the deck of a ship.　charnel-dungeon=(1) prison containing dead prisoners' remains, (2) the place where bodies, in the Middle Ages,

[29] 古老の舟乗り

　　　　第 一 の 声

舟乗りは昏睡状態に陥っていた。というのは天使たちがあまりに速く船を走らせるので、生身の人間は息ができないからである。

「しかし波も風もないというのに
あの船はなぜあんなに速く走れるのか」

　　　　第 二 の 声

「前方の空気が切り取られ
後からまた閉じてくるからだ。

飛べ、兄弟よ、もっと高く、高く、
さもないとわれわれは追いつかない。
そのうち船はだんだん遅くなり、
舟乗りの目が覚めてしまう」

目が覚めると、船は進んでいたが、
いまは穏やかな空模様らしかった。
静かな夜で、月は中天にかかり、
死者たちが一緒に立っていた。

超自然的な船の動きが治まり、目覚めた舟乗りに新たな罪滅ぼしの苦行が始まる。

みんなは並んで甲板に立っていた。
地下の死体収容所で見るような光景だった。
わしを睨(にら)む石のような眼が

---

were put before burial (Gardner の前掲書 88 ページ).

That in the Moon did glitter.

The pang, the curse, with which they died,
Had never passed away:
I could not draw my eyes from theirs, 440
Nor turn them up to pray.

And now this spell was snapt: once more
I viewed the ocean green,
And looked far forth, yet little saw
Of what had else been seen — 445

Like one, that on a lonesome road
Doth walk in fear and dread,
And having once turned round walks on,
And turns no more his head;
Because he knows, a frightful fiend 450
Doth close behind him tread.

But soon there breathed a wind on me,
Nor sound nor motion made:

---

443 green 海の色が元に戻ったことを示す。 **445 what had else been seen**＝what might else be[＝have been] seen(1798年版).「(呪いが解けなかったら)見えたかもしれない(恐ろしい)もの」。 **452 breathed a wind on me** この風は舟乗りの上にだけ吹く「宇宙霊」の風である。[9]の96〜107行目参照。

月光を受けてきらきら光った。

彼らが死んだ時の苦悶と呪いは
決して消えてはいなかった。
わしは彼らから目をそらすことも
天を仰いで祈ることもできなかった。

呪いはついに償われる。
と、急に呪縛が断ち切られた。
わしはふたたび緑の海原を眺め
遠くを見渡したが、先程まで
見えたものはもう見えなかった。

さびしい道をただひとり
びくびくしながら歩く人のように、
一度は後ろを振り向いても
二度と首をまわして見ることはない。
自分のすぐ後ろを恐ろしい悪鬼が
ついてくることを知っているからだ。

そのうち風がさっと吹いてきたが
音もなければ動きも見えなかった。

Its path was not upon the sea,
In ripple or in shade.   455

It raised my hair, it fanned my cheek
Like a meadow-gale of spring —
It mingled strangely with my fears,
Yet it felt like a welcoming.

Swiftly, swiftly flew the ship,   460
Yet she sailed softly too:
Sweetly, sweetly blew the breeze —
On me alone it blew.

Oh! dream of joy! is this indeed
The lighthouse top I see?   465
Is this the hill? is this the kirk?
Is this mine own countree?

We drifted o'er the harbour-bar,
And I with sobs did pray —
O let me be awake, my God!   470

---

455 in shade 風が水面を吹き渡ると、その通り路だけ暗くなる。
457 meadow-gale「牧場を渡る微風」。gale=〈詩〉gentle breeze
(軟風). **467 countree**[kʌntríː]=country. 465行目の "see" と韻
を踏ませるために古形を使った。**468 harbour-bar**=the ridge of
sand (砂洲) that forms across the mouth of harbours (Gardner の前
掲書 90 ページ).

その風は海面を渡ることなく
さざ波も吹き暗がりも作らなかった。

まるで春の牧場の微風のように
わしの髪を吹き上げ、頰をあおいだ。
なぜか不気味な予感も混じってはいたが
わしを迎えてくれるような感じもした。

飛ぶように、飛ぶように船は走り
それでいて滑らかな動きだった。
さわやかに、さわやかに風は吹き、
しかもわしにだけ吹きつけた。

そして古老の舟乗りは生まれ故郷を見る。

おお、夢のような悦び、あれに見えるは
ほんとに灯台のてっぺんか。
これがあの丘か。これがあの教会か。
これがまさしくわしの故郷か。

船は港の入口にある砂洲を越えた。
すすり泣きしながらわしは祈った——
神よ、わが眼を覚まさせて下さい！

Or let me sleep alway.

The harbour-bay was clear as glass,
So smoothly it was strewn!
And on the bay the moonlight lay,
And the shadow of the Moon.   475

The rock shone bright, the kirk no less,
That stands above the rock:
The moonlight steeped in silentness
The steady weathercock.

And the bay was white with silent light,   480
Till rising from the same,
Full many shapes, that shadows were,
In crimson colours came.

A little distance from the prow
Those crimson shadows were: 485
I turned my eyes upon the deck —
Oh, Christ! what saw I there!

---

473 **strewn**＝levelled, calmed. 475 **shadow**＝reflected image. 477 **That stands above the rock** 現在形は時間を越えた真実を表わす。〈参考〉"I saye…that thou art Peter. And upon this rock I wyll bylde my congregacion"(Tindale, 『マタイ伝』第16章第18節). Peter＞⟨G⟩petros＝rock. 479 **steady**＝unmoved by any breeze; firm in standing. 482 **shapes, that shadows were**＝

[29] 古老の舟乗り　265

あるいは、いつまでも眠らせていて下さい。

港の入江は鏡のように澄んで
波一つなく静まり返っていた。
入江の上には月光が注ぎ
水には月影が浮かんでいた。

岩壁は輝き、その上に立つ
教会も負けずに輝いていた。
月は滴(したた)るような寂光の中に
そよとも動かぬ風見鶏を浸していた。

入江は月光で一面に白かったが、
やがてそこから立ち昇ってきたのは
天使の群は死体を離れ、　海面に映ったあまたの影、
深紅の衣(ころも)を着けた異形の群だった。

本来の光輝く姿となって現れる。　舳(へさき)からわずか離れた所に
深紅色の影たちはいた。
〔ふと気づいて〕甲板に目をやると──
おお神様、わしがそこに見たものは！

---

shapes, which were the reflections (of something on the deck). つまり甲板上の乗組員の死体が水面に映った影のこと。　**483 colours**＝coloured dresses or dress materials.

Each corse lay flat, lifeless and flat,
And, by the holy rood!
A man all light, a seraph-man, 490
On every corse there stood.

This seraph-band, each waved his hand:
It was a heavenly sight!
They stood as signals to the land,
Each one a lovely light; 495

This seraph-band, each waved his hand,
No voice did they impart —
No voice; but oh! the silence sank
Like music on my heart.

But soon I heard the dash of oars, 500
I heard the Pilot's cheer;
My head was turned perforce away,
And I saw a boat appear.

489　the holy rood＝the cross upon which Christ suffered.　**490 seraph-man**＝seraph＝one of the seraphim. セラフィム(熾天使)は最高位の天使の集団で、神への熱烈な愛に燃えるところから赤という色が連想される。語源的にも "burning" の意。　**494　stood as...**「……の働きをした」。stand＝act.　**495　Each...light**＝Each one [being] a lovely light.　**498　sank**＞sink＝penetrate (into), enter

死体はどれも棒のように倒れていた。
そして、十字架に誓って言うが、
全身光の男の天使が
どの死体の上にも立っておった。

天使の群がそれぞれ手を振るさまは
まさに天国のような光景じゃった。
陸地に向かって合図となるように
めいめいが美しい光となって立った。

天使の群はそれぞれ手を振り
声は少しも立てなかった。
声はないのに、ああ、その静けさが
音楽のようにわしの心に沁みた。

しかし間もなく櫂(かい)の音が聞こえ、
水先案内の呼ぶ声がした。
思わずその方を振り向くと
一艘の小舟が目に入った。

---

or be impressed (in), the mind, heart, etc.　**502**　**perforce**＝by the force of circumstances.「(事の成り行き上)必然的に，おのずと」。

The Pilot and the Pilot's boy,
I heard them coming fast: 505
Dear Lord in Heaven! it was a joy
The dead men could not blast.

I saw a third — I heard his voice:
It is the Hermit good!
He singeth loud his godly hymns 510
That he makes in the wood.
He'll shrieve my soul, he'll wash away
The Albatross's blood.

Part VII

This Hermit good lives in that wood
Which slopes down to the sea. 515
How loudly his sweet voice he rears!
He loves to talk with marineres
That come from a far countree.

He kneels at morn, and noon, and eve —

507　**blast**＝blight or ruin (hopes, plans, prosperity). 目的語は前行の "joy"。　510　**He singeth**　ここから 522 行目まで Hermit に関する説明がなぜか現在形で書かれている。　512　**shrieve**＞shrive＝hear the confession of.　516　**his sweet voice**　chant(詠歌)を唱えるときの声であろう。　**rears**＝raises.

船頭とその見習いの少年が見え
ぐんぐん近づく波音が聞こえた。
天なる主よ、その嬉しさには
死者たちも物の数ではなかった。

もう一人見えた——声も聞こえた。
世を捨てた有徳の隠者に違いない。
高らかに歌う神への讃歌は
自身が森の中で作ったものだ。
わしの懺悔(ざんげ)を聞き、アホウドリの
血を洗い浄めて下さるだろう。

第 七 部

森の隠者は、

この有徳の隠者は森の中、
山が海に落ちこむ辺りに住む。
その歌声の何と高らかなことか。
好んで語る彼の話し相手は
遠い国からやってくる舟乗りたちよ。

お祈りは朝、正午(ひる)、夕べで、

He hath a cushion plump: 520
It is the moss that wholly hides
The rotted old oak-stump.

The skiff-boat neared: I heard them talk,
'Why, this is strange, I trow!
Where are those lights so many and fair, 525
That signal made but now?'

'Strange, by my faith!' the Hermit said —
'And they answered not our cheer!
The planks looked warped! and see those sails,
How thin they are and sere! 530
I never saw aught like to them,
Unless perchance it were

Brown skeletons of leaves that lag
My forest-brook along;
When the ivy-tod is heavy with snow, 535
And the owlet whoops to the wolf below,
That eats the she-wolf's young.'

---

523 **skiff-boat** 「手漕ぎボート」。 524 **trow**=believe. 526 **That signal made**=which made signal. 531 **aught like to them**=anything like them. 533 **skeletons of leaves** 筋だけになった葉。肉をしゃぶり取られて骨だけになった肉体を暗示。 **lag**=move sluggishly. 535 **ivy-tod**=ivy bush. わが国では梅に鶯、竹に雀というが、イギリスではキヅタにフクロウがよく似合う。〈参考〉

ふっくらした座ぶとんにひざまずく。
実は朽ち果てたカシワの切株を
すっぽり包んだ苔ぶとんじゃが。

小舟は近づき、話し声が聞こえた。
「いや、これは妙だぞ、ほんとに。
あのたくさんの美しい光はどうなった、
ついさっきまで合図を送っていたのに」

あやしみながら近づく。

「たしかに妙だ」と隠者も言った——
「それに呼びかけにも答えなかった。
船板はひずんで見えるし、帆ときたら
薄くなって擦り切れそうじゃないか。
こんな代物（しろもの）は見たことがないぞ。
あるとすればおそらく、冬の森で

小川をとどこおりがちに流れる、
骸骨のように筋だけ残った枯葉じゃな。
キヅタの茂みにずっしりと雪が積り、
訪れるフクロウがほうと啼く足元では
飢えた狼が連れ合いの子を食べる」

"from yonder ivy-mantled tower/The moping owl doth to the moon complain"（グレイの *Elegy*、9-10 行目）． **536-537 the owlet ... she-wolf's young** 極度に飢えた狼は自分の子を殺して食うという俗説が当時あった（Gardner の前掲書 96 ページ）。古老の舟乗りの船の「悪鬼のような姿」に接した「隠者」の心に、ふと「共食い」の疑いが生じてもおかしくはあるまい。

'Dear Lord! it hath a fiendish look —
(The Pilot made reply)
I am a-feared'—'Push on, push on!' 540
Said the Hermit cheerily.

The boat came closer to the ship,
But I nor spake nor stirred;
The boat came close beneath the ship,
And straight a sound was heard. 545

Under the water it rumbled on,
Still louder and more dread:
It reached the ship, it split the bay;
The ship went down like lead.

Stunned by that loud and dreadful sound, 550
Which sky and ocean smote,
Like one that hath been seven days drowned
My body lay afloat;
But swift as dreams, myself I found

---

546 it rumbled on この音が何に発するものか、諸説あるも不明。
549 like lead[led] 291 行目参照。 **550 Stunned**=deprived of consciousness or of power of motion by a blow, or fall, or the like.
552-553 Like one...lay afloat 溺死後約一週間経つと死体は浮く（Gardner の前掲書 98 ページ）。

[29] 古老の舟乗り

「ほんとだ、まるで悪鬼のような姿だ──
（水先案内が答えた）身がすくむわい」
──「やれ漕げ、それ漕げ！」
隠者は元気づけるように声をかけた。

小舟はさらに近づいたが、
わしは口もきかず身動きもしなかった。
小舟が船の真下まで来た時、
いきなり何か轟（とどろ）くような音が聞こえた。

船は突然沈む。

物音は水中でごろごろと鳴り、
だんだん高く、恐ろしく響き、
ついに船に達すると入江中に轟きわたり、
船は鉛のように沈んで行った。

古老の舟乗りは水先案内の小舟に救い上げられる。

空と海を震撼させたその轟音に
仰天して気を失ったわしは、
溺れてから七日も経った人のように
身体が水面に浮かんでいたが、
気がついてみれば束の間の夢、

Within the Pilot's boat. 555

Upon the whirl, where sank the ship,
The boat spun round and round;
And all was still, save that the hill
Was telling of the sound.

I moved my lips — the Pilot shrieked 560
And fell down in a fit;
The holy Hermit raised his eyes,
And prayed where he did sit.

I took the oars: the Pilot's boy,
Who now doth crazy go, 565
Laughed loud and long, and all the while
His eyes went to and fro.
'Ha! ha!' quoth he, 'full plain I see,
The Devil knows how to row.'

And now, all in my own countree, 570
I stood on the firm land!

---

559 telling of＝echoing.　**560 the Pilot shrieked** 死者が口を動かしたかと思ったから。　**563 where he did sit**「座ったままで」。隠者も恐怖のあまり立てなかった。 以下、船頭や隠者の異常な狼狽ぶりは、舟乗りが悪魔に取り憑かれていると、みんなが一時思ったことを示している。　**568 full plain**＝very clearly.　**571 firm land**＝*terra firma*, solid ground.

[29] 古老の舟乗り

わしは小舟に救い上げられていた。

船が沈んだ渦巻きの上で
小舟はぐるぐる回された。
あたりは静かでただ丘だけが
名残の響きを伝えていた。

わしは口を動かした——とたんに
船頭が悲鳴を上げて倒れた。
聖なる隠者は目だけ天に向けて
座ったままで祈りを唱えた。

わしは櫂を取った。見習いの少年は、
すでに気がおかしくなっていたが、
大声でいつまでも笑い、その間
ずっと目がきょときょとしていた。
「ははぁん」と彼は言った、「わかったぞ、
悪魔でも船が漕げるってことが」

こうしていま、身はたしかに故郷に着き、
固い大地を踏みしめて立つことになった。

The Hermit stepped forth from the boat,
And scarcely he could stand.

'O shrieve me, shrieve me, holy man!'
The Hermit crossed his brow.   575
'Say quick,' quoth he, 'I bid thee say —
What manner of man art thou?'

Forthwith this frame of mine was wrenched
With a woful agony,
Which forced me to begin my tale;   580
And then it left me free.

Since then, at an uncertain hour,
The agony returns:
And till my ghastly tale is told,
This heart within me burns.   585

I pass, like night, from land to land;
I have strange power of speech;
That moment that his face I see,

---

575 crossed his brow 魔除けのため。 **577 What manner of man art thou?** 「おまえはほんとうに人間なのか。悪魔ではないのか」。〈参考〉"But the men marvelled, saying, What manner of man is this, that even the winds and the sea obey him!"(『マタイ伝』第8章第27節). **582 at an uncertain hour** 「いつと時を定めず」。 **586 like night** 〈参考〉"Night is a shadow that sweeps con-

[29] 古老の舟乗り　277

　　　　　　隠者も小舟から降りてはきたが、
　　　　　　自分の足では立てないようじゃった。

古老の舟乗りは自分「聖者よ、私の懺悔を聞いて下さい」
の懺悔を聞いてくれ　隠者は額に十字を切った。
るよう、隠者に向か「まずお言いなさい、是が非でも——
って熱心に懇願する。　あなたが一体何者なのかを」
そして生涯の罪滅ぼ
しの苦行が彼の身に
下る。

　　　　　　たちまちわしのこの五体が
　　　　　　激しい苦悶にゆがんできた。
　　　　　　苦痛に耐えかねて話を始めると
　　　　　　やがて身体が楽になった。

そして以後一生の間、それ以来、いつということなく、
時おり苦悩が彼を襲　あの苦悶が戻ってきて、
っては、国から国へ　恐ろしい体験談を語り終えるまでは
とあてどない旅に彼　この胸のうちが燃えさかるのじゃ。
を駆り立てる。

　　　　　　わしは、夜のように、国々をわたり歩く。
　　　　　　わしの言葉には神通力があるのじゃ。
　　　　　　顔を見た瞬間に、わしの話を

---

tinually, swiftly, silently around the entire earth"(Gardner の前掲書 102 ページ).　**588 That moment that...** =On the moment that...

I know the man that must hear me:
To him my tale I teach.

What loud uproar bursts from that door!
The wedding-guests are there:
But in the garden-bower the bride
And bride-maids singing are:
And hark the little vesper bell,
Which biddeth me to prayer!

O Wedding-Guest! this soul hath been
Alone on a wide wide sea:
So lonely 'twas, that God himself
Scarce seeméd there to be.

O sweeter than the marriage-feast,
'Tis sweeter far to me,
To walk together to the kirk
With a goodly company!—

To walk together to the kirk,

---

590 teach＝tell. ただし話の筋より内容を説き聞かせたいという意図が見える。 **595 hark...** 命令文。 **vesper bell** 晩禱(夕べの祈り)の時刻を知らせる鐘。 **597-600 this soul...there to be** 神に見捨てられて世界中を放浪する「さまよえるユダヤ人」やカインの疎外感、孤独感を暗示。 **604 With a goodly company** 「大勢連れ立って」。 goodly＝considerable in number. **605-609 To walk...**

聞くに違いない人がわかるから、
その人にこの話を説き聞かせるのだ。

戸口が急に騒がしくなったわい。
あれは婚礼の客たちだが、
庭の四阿(あずまや)では花嫁と
付添いの娘たちが歌っておる。
だが、入相(いりあい)の鐘の音が聞こえるじゃろう、
わしは帰ってお勤めをせねばならぬ。

おお、婚礼の客人よ、このわしの魂は
広い、広い海にただひとりおったのだ。
そのあまりの淋しさに、神さえも
そこに在(いま)すとは思えぬほどじゃった。

婚礼の宴よりもっと楽しいこと、
わしにとってはるかに快いことは、
大勢で、連れ立って、
教会へ歩いて行くことじゃ。

教会へ一緒に歩いて行って

---

maidens gay　コウルリッジの理想の家庭像がここにも集約されている。

And all together pray,
While each to his great Father bends,
Old men, and babes, and loving friends
And youths and maidens gay!

Farewell, farewell! but this I tell 610
To thee, thou Wedding-Guest!
He prayeth well, who loveth well
Both man and bird and beast.

He prayeth best, who loveth best
All things both great and small; 615
For the dear God who loveth us,
He made and loveth all.

The Mariner, whose eye is bright,
Whose beard with age is hoar,
Is gone: and now the Wedding-Guest 620
Turned from the bridegroom's door.

He went like one that hath been stunned,

612-617 He prayeth...loveth all ここには詩人のパンティソクラシーの夢が簡勁に語られている。 **622 stunned**=dazed or astounded with some strong emotion or impression.「呆気にとられる」「ガーンとなる」。550行目参照。

[29] 古老の舟乗り

みんな一緒にお祈りをする、
それぞれが父なる神に頭を垂れるのじゃ、
年寄りも、赤児も、心温かい友も、
若者たちも、陽気な乙女たちも。

<small>そして自分自身を例として、神が造り愛するすべてのものを、愛し敬うことを教えて歩く。</small>

ごきげんよう、おさらばじゃ。一つだけ
婚礼の客人よ、お前さんに教えてあげよう。
人でも鳥でもけものでもひとしなみに
よく愛する者こそよく祈る者なのじゃ。

大きなもの、小さなもの、すべてのものを
最もよく愛する者が最もよく祈るのじゃ。
わしらを愛して下さるやさしい神が、
すべてを造って愛したまうのだから。

眼が輝き、老いたひげが真白な
その舟乗りは立ち去った。
そしていまは婚礼の客も
花婿の戸口に背を向けた。

大きな驚きに打たれた人のように

And is of sense forlorn:
A sadder and a wiser man,
He rose the morrow morn.　　　　　　　　　　　　　　625

623　of sense forlorn=forlorn (stripped) of sense.「感覚を失って」「茫然自失して」。　**624　A sadder and a wiser man**「(以前より)人生の悲愴を知った賢い人間となって」。〈主格補語〉として次行の"He rose"に続く。sad=grave, serious.　**625　the morrow**=on the following day.

呆然として帰って行った彼は、
前よりまじめな、賢い人となって
あくる日の朝、床(とこ)から立ち上がった。

[30]　Christabel

Part I

'Tis the middle of night by the castle clock,
And the owls have awakened the crowing cock;
Tu — whit! —— Tu — whoo!
And hark, again! the crowing cock,
How drowsily it crew.   5

Sir Leoline, the Baron rich,
Hath a toothless mastiff bitch;
From her kennel beneath the rock
She maketh answer to the clock,
Four for the quarters, and twelve for the hour;   10
Ever and aye, by shine and shower,
Sixteen short howls, not over loud;
Some say, she sees my lady's shroud.

---

[30]　**表題**　この詩の第一部は1798年の春、「古老の舟乗り」の完成直後にネザー・ストーウェイ(Nether Stowey)で書かれた。第二部はドイツ留学から帰国後の1800年夏、ケジック(Keswick)で脱稿した。合わせて『抒情民謡集』第二版に掲載される約束であったが、直前になってワーズワスから、同詩集本来の目的に沿わないという理由で拒否された。コウルリッジは先を続ける気持がなくなり、結局未完のま

[30] クリスタベル

第 一 部

お城の時計はまさに子の刻、
フクロウ鳴いておんどり目覚めた。
ほう、ほいっと！　ほう、ほほう！
ほら、また！　何と眠たげに
おんどりが時を告げたことか。

富裕な男爵レオライン卿には
歯の抜けた雌のマスティフ犬がいて
砦(とりで)の真下にある犬小屋から
時計が打つ鐘の音に合わせて吠える。
四半時ごとに四回、十二時に十二回、
月夜も雨夜も変わりなく
都合十六回の短く低い吠え声は
亡き御方(おかた)様の白装束を見るせいとか。

ま、1816年、「クーブラ・カーン」などと一緒に出版した。本書では紙数の関係で第二部(346行)を割愛した。　**5 crew**＝crowed.　**8 the rock**　この語に砦や城という意味はないが、押韻上の方便であろう。**10 Four for the quarters**　one for every 15 minutes の意。　**11 Ever and aye**[éi]＝ever and ever.

Is the night chilly and dark?
The night is chilly, but not dark. 15
The thin gray cloud is spread on high,
It covers but not hides the sky.
The moon is behind, and at the full;
And yet she looks both small and dull.
The night is chill, the cloud is gray: 20
'Tis a month before the month of May,
And the Spring comes slowly up this way.

The lovely lady, Christabel,
Whom her father loves so well,
What makes her in the wood so late, 25
A furlong from the castle gate?
She had dreams all yesternight
Of her own betrothèd knight;
And she in the midnight wood will pray
For the weal of her lover that's far away. 30

She stole along, she nothing spoke,
The sighs she heaved were soft and low,

---

20 chill＝chilly. 春先の肌寒さ。ピリッとした寒さではなく、肩先がぞくぞくするような感じ。 **23 lovely** 登場する女性によって形容詞を使い分けている点に注意。 **25 makes**＝brings. **26 A furlong** 約200メートル。 **28 betrothèd**＝agreed to marry.「言い交わした」。

　作者自身が序文(省略)で述べているように、この詩には韻律上の新

[30] クリスタベル

夜はひんやりと暗いだろうか。
ひんやりしてるが暗くはない。
灰色の薄雲が高みに広がり
夜空を掩(おお)っているが隠してはいない。
背後の月はまんまるだが
小さく見えて光も冴えない。
夜はひんやり雲は灰色、
頃は五月(さつき)の前の月、
春がそろそろやってくる。

さて、うるわしの姫クリスタベル、
父君にとっては掌中の玉なのに
夜更けの森にただ一人
城を離れてさまようはなぜ。
姫は昨晩寝もやらず、
遠くに去った意中の騎士を
夢に見続け心がさわぎ
深夜の森で無事を祈るつもりだ。

足音しのばせ声も立てず、
胸の息づきも低く抑えた。

―――――――――
機軸が試みられている。冒頭の1～5行はその最も顕著な例で、各行の音節数は四～十一とまちまちであるのに、強音節はどの行も四つしかない。特にフクロウの鳴き声を模した強音節ばかりの第3行は有名である。

And naught was green upon the oak
But moss and rarest misletoe:
She kneels beneath the huge oak tree, 35
And in silence prayeth she.

The lady sprang up suddenly,
The lovely lady, Christabel!
It moaned as near, as near can be,
But what it is she cannot tell. — 40
On the other side it seems to be,
Of the huge, broad-breasted, old oak tree.

The night is chill; the forest bare;
Is it the wind that moaneth bleak?
There is not wind enough in the air 45
To move away the ringlet curl
From the lovely lady's cheek —
There is not wind enough to twirl
The one red leaf, the last of its clan,
That dances as often as dance it can, 50
Hanging so light, and hanging so high,

---

34 misletoe=mistletoe.「寄生木(やどりぎ)」。The Plant grows on various trees as a parasite, especially the appletree, and was held in great veneration by the Druids when found on the oak (*Brewer's Dictionary of Phrase and Fable*). **39 It moaned** 正体不明のものを指す"it"。ここではわざと正体不明にしてみせて読者に恐怖感を募らせる。**as near, as near can be**=very near. この言い方は何度も出てくる。

カシワの巨木は枯れ果てて
緑は苔と寄生木だけ。
その樹の根元にひざまずき
姫は黙してひたすら祈る。

にわかに姫は立ち上がる、
うるわしの姫クリスタベルは！
間近も間近、すぐそこに
何かは知らず呻くものあり──
どうやら巨木の向こう側に
その何かはいるらしかった。

夜はひんやりと森は枯れ、
わびしく呻くのは風だろうか。
空にはそよとの風もなく
輪になった巻毛が姫の頬から
ふとほつれて舞い上がることもない──
空を見上げる梢の先で
一族最後の一葉が
あるいは軽く、あるいは高く、
赤く染まって舞い狂う

---

42 broad-breasted 「胸幅の広い」。頼もしい感じを与える。　**46 ringlet curl**「小さく輪に巻いた髪の毛」。　**49 the last of its clan** それとなくこの館の一人娘のことを暗示。

On the topmost twig that looks up at the sky.

Hush, beating heart of Christabel!
Jesu, Maria, shield her well!
She folded her arms beneath her cloak, 55
And stole to the other side of the oak.
   What sees she there?

There she sees a damsel bright,
Drest in a silken robe of white,
That shadowy in the moonlight shone: 60
The neck that made that white robe wan,
Her stately neck, and arms were bare;
Her blue-veined feet unsandal'd were,
And wildly glittered here and there
The gems entangled in her hair. 65
I guess, 'twas frightful there to see
A lady so richly clad as she —
Beautiful exceedingly!

Mary mother, save me now!

---

54 Jesu[dʒíːzjuː]＝Jesus. カトリックでは人名をラテン語風に発音する。**Maria**[məríːə] **60 shadowy**＝spectral, ghostly. **62 stately**「堂々とした」。 **63 blue-veined**「青く静脈の浮いた」。 **64 wildly glittered** 主語は次行の"The gems"。 **65 entangled**「(髪に)絡まっている(宝石)」。宝石をちりばめたネットでも被っているのだろう。 **67 clad**＝clothed, dressed.

きっかけ作る風もない。

動悸を静めて、クリスタベルよ、
助けてエス様、マリア様！
マントの下で腕を組み
足をしのばせ樹の裏側に
　　　　まわった姫が見たものは！

そこにいたのはまばゆい女性(にょしょう)、
絹の白衣(びゃくえ)が月あかりに
おぼろな霊のように光っていた。
あらわな首から両腕(もろうで)にかけて
肌の白さは白衣をあざむき
素足に青く静脈が透けて見える。
乱れた髪のそこここに
きらめく光は宝石の数かず。
これほどあでやかに着飾った麗人を
こんな所で見たら怖さが先に立つ——
世の常ならぬ美しさだ！

聖母よ、われを救いたまえ！

(Said Christabel,) And who art thou? 70

The lady strange made answer meet,
And her voice was faint and sweet: —
Have pity on my sore distress,
I scarce can speak for weariness:
Stretch forth thy hand, and have no fear! 75
Said Christabel, How camest thou here?
And the lady, whose voice was faint and sweet,
Did thus pursue her answer meet: —

My sire is of a noble line,
And my name is Geraldine: 80
Five warriors seized me yestermorn,
Me, even me, a maid forlorn:
They choked my cries with force and fright,
And tied me on a palfrey white.
The palfrey was as fleet as wind, 85
And they rode furiously behind.
They spurred amain, their steeds were white:
And once we crossed the shade of night.

---

71 **meet**＝right, suitable.　75 **Stretch forth thy hand ...**　見知らぬ女性がクリスタベルに言った言葉。　78 **pursue**＝resume.　81 **yestermorn**＝yesterday morning.　84 **palfrey**＝small saddle horse for ladies.　87 **amain**＝with all force, vehemently.

（姫は祈った、）で、あなたはだれ。

見知らぬ女性(にょしょう)はまともに応じたが、
声は弱よわしげでやさしかった。
苦難のこの身にお情けを、
疲れて口もきけませぬ、
お手を下さい、こわがらないで。
姫は尋ねた、どうしてここに。
弱よわしげでやさしい声の主は
再び答えて次のように話した——

父は貴族の血を引く者で、
私はジェラルダインと申します。
昨朝五人の戦士が立ちあらわれ
かよわい乙女のこの身を捕らえ
泣き叫ぶ私をおどしつけて
白い小馬に括(くく)りつけました。
小馬が風のように走るその後を
拍車をかけて猛追する
賊たちの馬も白馬でした。
そうして一日夜を越えて走りましたが、

As sure as Heaven shall rescue me,
I have no thought what men they be; 90
Nor do I know how long it is
(For I have lain entranced I wis)
Since one, the tallest of the five,
Took me from the palfrey's back,
A weary woman, scarce alive. 95
Some muttered words his comrades spoke:
He placed me underneath this oak;
He swore they would return with haste;
Whither they went I cannot tell —
I thought I heard, some minutes past, 100
Sounds as of a castle bell.
Stretch forth thy hand (thus ended she),
And help a wretched maid to flee.

Then Christabel stretched forth her hand,
And comforted fair Geraldine: 105
O well, bright dame! may you command
The service of Sir Leoline;
And gladly our stout chivalry

---

90 I have no thought=I have no idea. **92 entranced**=in a swoon. **I wis**=to be sure, certainly. もとドイツ語の gewiß から来た語。**96 Some muttered...spoke**=his comrades spoke some muttered words. **106 dame** 貴婦人に対する呼称。**may you...**=you may... 「……なさいましな」。押しつけがましくない勧誘の仕方。

必ずお救い下さるはずの天地神明に誓って
私は彼らが何者であるか存じません、
そしてどれほど時が経ったかも
(きっと気を失っていたせいでしょう)。
とにかく、なかで一番背の高い男が
私を小馬の背から下ろした時には、
疲れ切って、虫の息同然の私でした。
そして仲間の者たちが何か呟くと彼らは、
私をこのカシワの根元に置いて去ったのです、
すぐに戻るからと、はっきり言って。
どこへ行ったか知るよしもありません——
しばらくして何か聞いたように思ったのは
お城の鐘の音のような響きでした。
どうかあわれな乙女にお手を差しのべて、
私を逃がして下さいな(と話を結んだ)。

そこでクリスタベルは手を差しのべ
あでやかなジェラルダインを慰めて言った。
わかりました。どうかレオライン卿に
お力添えをお申しつけ下さいませ。
そうなされば私どもの屈強な騎士たちと

Will he send forth and friends withal
To guide and guard you safe and free 110
Home to your noble father's hall.

She rose: and forth with steps they passed
That strove to be, and were not, fast.
Her gracious stars the lady blest,
And thus spake on sweet Christabel: 115
All our household are at rest,
The hall as silent as the cell;
Sir Leoline is weak in health,
And may not well awakened be,
But we will move as if in stealth, 120
And I beseech your courtesy,
This night, to share your couch with me.

They crossed the moat, and Christabel
Took the key that fitted well;
A little door she opened straight, 125
All in the middle of the gate;
The gate that was ironed within and without,

---

109 and friends withal 女性の父親も貴族であれば、騎兵たちだけで送らせるわけには行かない。少なくともレオライン卿と同等の身分の者が付き添わねば話がこじれる恐れがある。withal=in addition. **113 That strove...fast** 速く速くと心では思うけれど、どうしても足が動かず悪夢のよう。**114 Her gracious stars** 幸運の星。**121 courtesy**=favour. **122 couch**=bed. **125 straight**

然るべき人士を卿が差し向け
あなた様を無事安泰にお護りして
尊き父君のお館(やかた)までお送り参らせるでしょう。

あで人は立ち上がり、二人は歩き出したが
その歩みはいくら努力しても速くならなかった。
ジェラルダインは身の幸運を星に感謝し、
クリスタベルはさらに話し続けた。
家の者はみな休んでおり
館は僧庵のように静まり返っています。
レオライン卿は健康があまりすぐれず、
目を覚めさせるのはよくありませんから
忍びのようにこっそりと進みましょう。
そして失礼ですが、もしよろしければ
今宵は私と一つ床(とこ)でお休み下さいませ。

二人は堀を渡り、クリスタベルが
合鍵を取り出して大門の中央の
小さな潜(くぐ)り戸に差しこむと、
ぴったり合って戸はすぐに開いた。
大門は内も外も鉄板で装甲され

=at once.　**126**　**All**=quite.　**127**　**ironed**=covered with iron.

Where an army in battle array had marched out.
The lady sank, belike through pain,
And Christabel with might and main 130
Lifted her up, a weary weight,
Over the threshold of the gate:
Then the lady rose again,
And moved, as she were not in pain.

So free from danger, free from fear, 135
They crossed the court: right glad they were.
And Christabel devoutly cried
To the lady by her side,
Praise we the Virgin all divine
Who hath rescued thee from thy distress! 140
Alas, alas! said Geraldine,
I cannot speak for weariness.
So free from danger, free from fear,
They crossed the court: right glad they were.

Outside her kennel, the mastiff old 145
Lay fast asleep, in moonshine cold.

---

128 in battle array 「戦闘隊形を整えて」。 **129 sank**=fell to the ground. **belike**=probably. **132 Over the threshold of the gate** 悪霊は鉄の城門を破る力はあっても、人家の敷居をまたぐことはできないという言い伝えがある。 **134 as**=as if. **137 devoutly cried**=was devout enough to cry. **139 Praise we...**=Let us praise...

往時は隊伍堂々軍隊を送り出した所。
何かの苦痛のせいなのか、その時女人(にょにん)が
急にくずおれたのを、クリスタベルは
力の限り抱(かか)え上げ、ずっしり重い
その体に大戸の敷居を越えさせた。
するとふたたび女人は立って
苦痛など知らぬげに歩き出した。

こうして危なげも不安もさらになく
二人は嬉々として中庭を横切った。
信心深いクリスタベルは傍らの
ジェラルダインにこう問いかけた。
聖なる処女マリア様を讃えましょうよ、
あなたの苦難をお救い下さったのですから。
ああ、悲しいわと、ジェラルダインは言った、
私くたびれて口もきけないのよ。
こうして危なげも不安もさらになく
二人は嬉々として中庭を横切った。

小屋の外では老マスティフ犬、
冷たい月に照らされて深い眠りの中。

The mastiff old did not awake,
Yet she an angry moan did make!
And what can ail the mastiff bitch?
Never till now she uttered yell 150
Beneath the eye of Christabel.
Perhaps it is the owlet's scritch:
For what can ail the mastiff bitch?

They passed the hall, that echoes still,
Pass as lightly as you will! 155
The brands were flat, the brands were dying,
Amid their own white ashes lying;
But when the lady passed, there came
A tongue of light, a fit of flame;
And Christabel saw the lady's eye, 160
And nothing else saw she thereby,
Save the boss of the shield of Sir Leoline tall,
Which hung in a murky old niche in the wall.
O softly tread, said Christabel,
My father seldom sleepeth well. 165

---

150 yell＝loud shout. **152 scritch**＝screech.「きー」という音、甲高いいやな啼き声。**155 Pass as lightly...**＝even though you may pass as lightly as possible. **156 brands** 松明というより篝火。中世の城の廊下や大広間には照明用に鉄製の鉢または籠に入れた篝火が壁面に並んでいた。**flat**＝dull. **162 boss**「浮き上げ彫り」。**163 niche**[nitʃ]「壁龕(かべがん)」。像、花瓶などを置く壁のくぼみ。

その老犬が、目こそ覚めなかったが、
ううっと一声怒りの呻きをあげた！
何がこの雌犬の気に障ったのか。
これまではただの一度も姫の目の下で
吠え声を洩らしたことはなかったのに。
ひょっとしてフクロウの啼き声のせいか。
何がこの雌犬の気に障ったのだろう。

玄関を入って大広間を通ると、
どんなにそっと歩いても足音が反響する。
〔壁に並んだ〕篝火(かがりび)は炎も立てず消えそうで
それぞれの灰の中に埋もれようとする。
ところが女人が通り過ぎると突然
めらっと燃え上がって炎が立ったのだ。
思わず女人の眼を見やったが
近くに〔怪しいものは〕何も見えず、
ただレオライン卿を浮き彫りにした楯が
古さびた壁龕(へきがん)に掛かっているだけだった。
静かに歩み遊ばせと、姫は言った、
父はいつもよく眠れませんの。

Sweet Christabel her feet doth bare,
And jealous of the listening air
They steal their way from stair to stair,
Now in glimmer, and now in gloom,
And now they pass the Baron's room,   170
As still as death, with stifled breath!
And now have reached her chamber door;
And now doth Geraldine press down
The rushes of the chamber floor.

The moon shines dim in the open air,   175
And not a moonbeam enters here.
But they without its light can see
The chamber carved so curiously,
Carved with figures strange and sweet,
All made out of the carver's brain,   180
For a lady's chamber meet:
The lamp with twofold silver chain
Is fastened to an angel's feet.

The silver lamp burns dead and dim;

---

167 jealous of... 前に being を補って「……に細心の注意を払いながら」。 **173-174 press down/The rushes** 藺草は17世紀頃まで室内に敷かれていた。それを踏むということは、その部屋ないし居住者を支配したことの象徴となる(シェイクスピア『シンベリン』II, ii, 13-15行目)。現在でも教会に新しい藺草を寄進する rush-bearing の行事がカンブリア地方に残っている。 **178 curiously**＝with careful

やさしい姫も沓を脱ぎ、聞き耳立てる
しじまの中を、注意おさおさ怠りなく
階段から階段へと忍び行く二人は
薄明かりの所や薄暗い所を抜け、
死のように静かな父男爵の居室の前を
息を殺して通り過ぎた。そしていよいよ
姫の寝所のドアにたどり着くと、
女人の足がぐっと踏みしめたものは
寝室の床に敷きつめられた藺草だった。

月はおぼろに戸外を照らしているが、
ここには一筋の光も差してこない。
だが月光はなくてもこの部屋の
数寄を凝らした彫刻は見える。
彫りこまれたものは美しくも異形の姿、
貴婦人の寝室にふさわしかれと
彫物師が知恵を絞って考案したもの。
ランプが二重にされた銀の鎖で
天使の像の両足に結んである。

そのランプは暗く、息もたえだえだが

---

art, skilfully, elaborately, cunningly.　**179　Carved with ...**　「……
が彫りこまれている」。　**181　meet**＝fitting.　行頭の"For..."に続
く。

But Christabel the lamp will trim.   185
She trimmed the lamp, and made it bright,
And left it swinging to and fro,
While Geraldine, in wretched plight,
Sank down upon the floor below.

O weary lady, Geraldine,   190
I pray you, drink this cordial wine!
It is a wine of virtuous powers;
My mother made it of wild flowers.

And will your mother pity me,
Who am a maiden most forlorn?   195
Christabel answered — Woe is me!
She died the hour that I was born.
I have heard the grey-haired friar tell
How on her death-bed she did say,
That she should hear the castle-bell   200
Strike twelve upon my wedding-day.
O mother dear! that thou wert here!
I would, said Geraldine, she were!

191　**cordial**＝invigorating the heart.　192　**virtuous**＝effective.
198　**friar**　カトリックの修道士。『ロミオとジュリエット』の Friar Laurence のように医学の心得のあることが多い。　201　**Strike twelve upon my wedding-day**　皮肉にもちょうどその時刻にクリスタベルはジェラルディンに会ったのであった。10 および 101 行目参照。　202　**that...**＝I wish that...　203　**I would**＝I wish.

やがてクリスタベルが芯をつめるだろう。
まこと、姫は芯を切ってランプを明るくし
振子のように揺れるにまかせた。
するとジェラルダインは見るも気の毒に
足下の床に崩れ落ちた。

まあ、ジェラルダイン様、お疲れですのね。
どうかこの気付けのワインをお飲みになって。
薬効あらたかなワインですのよ、
母が野の花を集めて作りました。

母君様は私を哀れに思し召すかしら、
こんな行き所もない小娘を。
姫は答えた、ああ何という因果でしょう、
母は私が生まれた時に亡くなったのです。
白髪の修道士から聞いた話では
臨終の床で母はこう申したそうです、
いつの日か私が花嫁になる時が来て
お城の時計が十二鳴るのを聞きたいと。
ああ、お母さま、今ここにいらっしゃれば！
そうね、と女人、いらっしゃればいいのに！

But soon with altered voice, said she —
'Off, wandering mother! Peak and pine! 205
I have power to bid thee flee.'
Alas! what ails poor Geraldine?
Why stares she with unsettled eye?
Can she the bodiless dead espy?
And why with hollow voice cries she, 210
'Off, woman, off! this hour is mine —
Though thou her guardian spirit be,
Off, woman, off! 'tis given to me.'

Then Christabel knelt by the lady's side,
And raised to heaven her eyes so blue — 215
Alas! said she, this ghastly ride —
Dear lady! it hath wildered you!
The lady wiped her moist cold brow,
And faintly said, ''Tis over now!'

Again the wild-flower wine she drank: 220
Her fair large eyes 'gan glitter bright,

---

205 Peak and pine!＝grow thin and feeble! **209 espy**＝catch sight of. **216 this ghastly ride**「このたびのひどい掠奪行」。 ride＝a journey on horse. **217 wildered**＝bewildered, confused. **221 'gan glitter**＝began to glitter.

ところがすぐに声が変わって、こう言った——
「あっちへ行け、宙に迷う母よ、消え失せろ。
去れと命じる力が私にないと思うてか」
ああ、どうしたのだジェラルダイン！
落ち着かない眼で何を見ているのだ。
肉体のない死人の霊が見えるのか。
そして空ろな声で叫ぶのはどうしてだ、
「去れ、女よ、去れ！　今はわが時——
たとえおまえが姫の守護霊でも
去れ、女よ、去れ！　時は私に与えられた」

この時クリスタベルは女人の傍らにひざまずき
澄んだ青い目を天に向けて祈った——
お気の毒に、ひどい目に遭われて——
それでお心を惑わされたのですわ。
女人はじっとりと冷たい額の汗をぬぐい、
声もかすかに言った、「もう治りましたわ」

女人がふたたび野の花の酒を飲むと
その美しいつぶらな瞳がきらめき始め

And from the floor whereon she sank,
The lofty lady stood upright:
She was most beautiful to see,
Like a lady of a far countrée. 225

And thus the lofty lady spake —
'All they who live in the upper sky,
Do love you, holy Christabel!
And you love them, and for their sake
And for the good which me befel, 230
Even I in my degree will try,
Fair maiden, to requite you well.
But now unrobe yourself; for I
Must pray, ere yet in bed I lie.'

Quoth Christabel, So let it be! 235
And as the lady bade, did she.
Her gentle limbs did she undress,
And lay down in her loveliness.

But through her brain of weal and woe

---

225 countrée[kʌntríː]=country. 前行の "see" と押韻するために古語を使った。[29] の 467、518、570 行目参照。 **227 the upper sky** heaven のこと。 **230 which me befel**=which fell to me as my share. befel=befell＞befall. **231 in my degree**=according to my condition. **235 Quoth**=said. この古語は常に過去形で主語に先立つ。 **239 of weal and woe** 次行の "thoughts" にかかる。

倒れていた床から身を起こして
すっくと気高く立ち上がった。
見るからにあでやかなその姿は
遠い異国の貴婦人のようだった。

そうして気高い女人は口を開いた──
「高みに住まうすべてのお方たちが、
クリスタベル、聖らかなあなたを愛し
あなたもその方がたを愛しています。
そのおこぼれで私もご加護を得ましたので
私なりに何か分に応じた試みをして、
お嬢様、ご恩に報いたいと存じますの。
とりあえずお召物をお脱ぎ遊ばせ、
私は休む前にお祈りを唱えますので」

姫は言った、どうぞお心のままに。
そうして女人が命じた通りにした。
高貴な四肢から惜しみなく衣服を取り、
姫は自然のままの美しい身を横たえた。

だが脳裡にはとつおいつ

So many thoughts moved to and fro,   240
That vain it were her lids to close;
So half-way from the bed she rose,
And on her elbow did recline
To look at the lady Geraldine.

Beneath the lamp the lady bowed,   245
And slowly rolled her eyes around;
Then drawing in her breath aloud,
Like one that shuddered, she unbound
The cincture from beneath her breast:
Her silken robe, and inner vest,   250
Dropt to her feet, and full in view,
Behold! her bosom and half her side —
A sight to dream of, not to tell!
O shield her! shield sweet Christabel!

Yet Geraldine nor speaks nor stirs;   255
Ah! what a stricken look was hers!
Deep from within she seems half-way
To lift some weight with sick assay,

---

241 vain it were＝it would be vain. **255-262** この八行は 1828 年版で初めて挿入された。 **258 with sick assay** 「胸が悪くなるほど力をこめて」。

禍福さまざまな思いが去来して
　瞼(まぶた)を閉ざそうとしてもむだだった。
そこでベッドから半ば身を起こし
立てた肘で上体を支えて
ジェラルダインの方を見た。

ランプの下に女人はかがみ
ゆっくりとあたりを見まわしていた。
やがて音を立てて息を吸いこむと
急に震えがきた人のように
胸元の帯を外した。
絹のローブとその下の肌着が
はらりと足下に落ち、見よそこに
まざまざと現れた胸と片脇腹――
夢には見ても口には出せぬ、
おお護らせたまえ、やさしの姫を！

しかし女人は物も言わず身じろぎもしない。
ああその目つきの何と怯えていることか！
胸底深くから何か重いものを途中まで
持ち上げかけて苦しんでいるのか。

And eyes the maid and seeks delay;
Then suddenly as one defied 260
Collects herself in scorn and pride,
And lay down by the Maiden's side! —
And in her arms the maid she took,
   Ah wel-a-day!
And with low voice and doleful look 265
These words did say:
'In the touch of this bosom there worketh a spell,
Which is lord of thy utterance, Christabel!
Thou knowest tonight, and wilt know tomorrow
This mark of my shame, this seal of my sorrow; 270
  But vainly thou warrest,
   For this is alone in
  Thy power to declare,
  That in the dim forest
  Thou heard'st a low moaning, 275
And found'st a bright lady, surpassingly fair;
And didst bring her home with thee in love and in
            charity,
To shield her and shelter her from the damp air.'

---

259 seeks delay=ask [Christabel] for delay.「ちょっと待ってと頼む」。ジェラルダインの心中の動揺を表わす。 **261 Collects herself in...** 「気を取り直して……(以前の態度を)続ける」。collect oneself=make an effort to remain calm. **264 wel-a-day**=welladay=an exclamation expressing sorrow or lamentation(=alas). **268 is lord of thy utterance**=deprives you of the power of ut-

女人は姫を見てしばしためらうが、
突然、何かに挑まれたかのように
高慢と蔑みの態度を取り戻し、
汚れなき乙女の傍らに身をすべりこませた！
その両腕(もろうで)に乙女を抱き寄せると、
　　　　　ああ、何ということ！
低い声と悲しげな表情で
次のような言葉を語ったのである。
「この胸に触れると呪縛がかかって、
姫よ、あなたの発言をすべて支配します。
あなたは今宵、そして明日も、私の胸の刻印を、
恥辱と悲哀の封印を知ります。
　　　　けれどどんなに努めても
　　　　　　あなたの力で言えるのは
　　　　　次のことしかありません──
　　　　　　　月もおぼろな夜の森で
　　　　　低い呻きを聞いたこと、
そして目にもまばゆく美しい女性(にょしょう)を見つけ、
愛と慈善の気持から自分の館に
　　　　　　　　　　　連れ帰り、
　　　しめった夜風に当たらぬよう宿を貸したこと」

---

terance.　**270**　**seal**　「封印」。　**271**　**warrest**＝war(*vt.*), contend.

The Conclusion to Part I

It was a lovely sight to see
The lady Christabel, when she 280
Was praying at the old oak tree.
  Amid the jaggéd shadows
  Of mossy leafless boughs,
  Kneeling in the moonlight,
  To make her gentle vows; 285
Her slender palms together prest,
Heaving sometimes on her breast;
Her face resigned to bliss or bale —
Her face, oh call it fair not pale,
And both blue eyes more bright than clear, 290
Each about to have a tear.

With open eyes (ah woe is me!)
Asleep, and dreaming fearfully,
Fearfully dreaming, yet, I wis,
Dreaming that alone, which is — 295
O sorrow and shame! Can this be she,

279-291 叙述はこの物語の発端の情景にさかのぼる。 282 **jaggéd** [dʒǽgid] 枯枝が地上に落としている影。網の目のように見える。 287 **Heaving** 溢れる思いに時おり胸がふくらむこと。ここでは名詞形で前に there is を補う。 288 **resigned**=submissive. **bliss or bale**=weal or woe(239 行目参照). 292 **With open eyes...** 叙述は現時点に戻る。 294 **I wis** 92 行目の注参照。

第一部の結び

あれは見るもうるわしい情景だった。
古さびたカシワの大木の根元で
クリスタベル姫が祈っていた時は。
　　　葉落ちて苔むす枝えだの
　　　細かく網なす影の下
　　　月光浴びてひざまずき
　　　ひそかに祈るその姿。
ほっそりした両の手を合わせ
時どき胸を大きく波打たせる。
禍福はすべて御意(みこころ)のままにと
悟った面差しは青白いというより清らかで、
双の瞳は澄むというより輝かしく
それぞれ今にも涙が溢れ出ぬばかり。

眠っても（ああ、何ということだ）
瞼(まぶた)が閉じられず、夢を見ては怯え、
怯えては夢を見、それでいて間違いなく
見る夢はあのことだけ。あのこととは——
おお、哀れにも恥かしきこと！　これがかの姫か、

The lady, who knelt at the old oak tree?
And lo! the worker of these harms,
That holds the maiden in her arms,
Seems to slumber still and mild, 300
As a mother with her child.

A star hath set, a star hath risen,
O Geraldine! since arms of thine
Have been the lovely lady's prison.
O Geraldine! one hour was thine — 305
Thou'st had thy will! By tairn and rill,
The night-birds all that hour were still.
But now they are jubilant anew,
From cliff and tower, tu — whoo! tu — whoo!
Tu — whoo! tu — whoo! from wood and fell! 310

And see! the lady Christabel
Gathers herself from out her trance;
Her limbs relax, her countenance
Grows sad and soft; the smooth thin lids
Close o'er her eyes; and tears she sheds — 315

---

306 had thy will [29]の 16 行目参照。**tairn**[tɑːn]=tarn; small mountain lake. **310 fell**=a hill; a stretch of hills or moorland, especially in northern England. **312 Gathers herself**=recovers. **314 sad**=settled, firm, constant. おどおど、きょときょとしていない。

カシワの古木にひざまずいていた清純な乙女か。
なのに見よ、これらの禍をなした元凶が
その両腕に乙女を抱いて
やさしく安らかに眠っている姿は
わが子に添い寝する母親のようだ。

星が沈み、星が昇った。その間
ああジェラルダインよ、おまえの腕が
可憐な乙女を擒にしていた。
その一刻はそう、おまえのもの、
おまえの思いのままだった。沼や小川の畔で
フクロウたちはその間中おし黙っていた。
しかし今ようやく、鳥たちは喜びに溢れ
崖や砦から、森や山から晴れやかに歌い出す――
ほう、ほほう、ほう、ほほう、と。

そして見てごらん、クリスタベル姫が
正気を取り戻して落ち着いたさまを。
手足ものびやかに、面差しもしっとりと
やわらいで、薄絹のような両の瞼が
その眼の上に閉じ、涙がにじみ出る――

Large tears that leave the lashes bright!
And oft the while she seems to smile
As infants at a sudden light!

Yea, she doth smile, and she doth weep,
Like a youthful hermitess, 320
Beauteous in a wilderness,
Who, praying always, prays in sleep.
And, if she move unquietly,
Perchance, 'tis but the blood so free
Comes back and tingles in her feet. 325
No doubt, she hath a vision sweet.
What if her guardian spirit 'twere,
What if she knew her mother near?
But this she knows, in joys and woes,
That saints will aid if men will call: 330
For the blue sky bends over all!

---

317 **the while**＝in the meantime. 318 **As infants at a sudden light** ［27］の 102〜105 行目参照。 325 **Comes back** 前に which を補って前行の "the blood" に続ける。 326 **a vision sweet** つまり「快い夢」を見ている証拠に時おり血が騒いで「身じろぎ」するのである。

〔**この話の続き**〕 翌朝目を覚ましたクリスタベルは、ジェラルダインを父のレオライン卿に引き合わせる。一目で女人の美しさに魅せられた男爵は、彼女の父が旧友ロランド・ド・ヴォークス(Roland de

[30] クリスタベル

睫(まつげ)を離れる大粒の涙のきらめくこと!
折ふし微笑(ほほえ)むかに見えるが、その時は
まるで不意に月の光を浴びた赤児のようだ。

まこと、姫は微笑み、そして泣く。
さながら、若くして世を捨てた尼僧が
荒野の花のようにひとり美しく
日がな一日また眠る間も祈るごとく。
時に落ち着かぬげに身じろぎするのは、
ひょっとしてたぎる血潮が戻ってきて
ひざまずく足を疼(うず)かせるからであろう。
疑いなく姫は快い夢を見ているのだ。
もしそれが姫の守護霊の夢であり、母君が
近くにおられることの知らせであるとしたら。
だがこれだけは姫もご存じだ、悲喜を問わず、
聖者たちは呼べば必ず応じて下さることを、
青空は万物の上にひとしく臨んでいることを。

―――――

Vaux)卿であると聞かされて驚く。この友とは仲違いして久しかったが、令嬢(ジェラルダイン)のために和解しようと思う。その使者を仰せつかった吟人(うたびと)ブレイシー(Bracy)は不吉な夢を理由に辞退する。父がひそかに喜ぶ姿を見て前から抱いていたクリスタベルの不安が募る。彼女は女人に蛇の眼を見ているのだ。ついに「あの人を追い出して下さい」と頼む娘に父は激怒し、彼女に冷たい背を向けて女人とともに去るところで第二部が終わる。

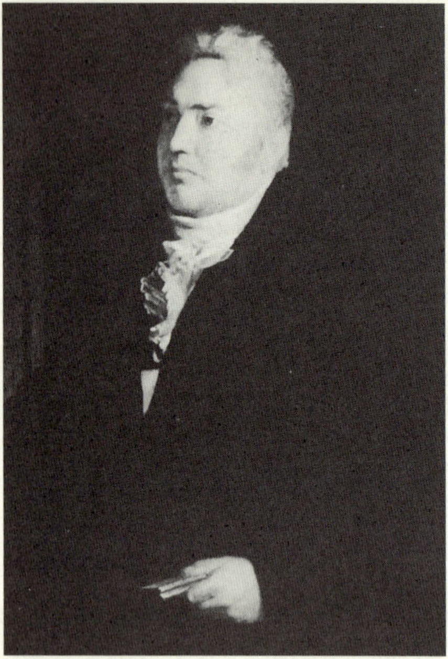

コウルリッジ略伝

1 「オッタリーの神童」変じて「ロンドンの孤児」となる
　（1772〜1791 年、1〜19 歳）

　人間の基本的性格は四歳までの家庭環境に支配されるという。われわれの詩人サミュエル・テイラー・コウルリッジ(Samuel Taylor Coleridge)の伝記をひもとくと、まずこの事実に気づかされる。

　彼は 1772 年 10 月 21 日、イングランド南西部の町オッタリー・セント・メアリーの牧師館に生まれた。教区牧師でありグラマー・スクール[1]の校長でもあった父は、二度の結婚を通じて延べ十三人の子宝に恵まれたが、サミュエルは何と十三番目の末っ子であった。五十三歳の父と四十五歳の母はこの遅れて来た子を溺愛する。それをひがんで上の子たちは彼につらく当たる。勢い彼は一人遊びの習慣を身につけ、早くから本を友とすることを学んだ[2]。一度何かの諍いですぐ上の兄にナイフを向けたことがある。お仕置きを恐れた彼は家を抜け出し、一マイルほど離れた吹きさらしの丘の上に逃げてそのまま眠りこんでしまった。大勢で捜索した結果、夜明けに見つかって家に連れ戻されたが、その時の父母の喜びようは生涯忘れられないと彼は後に述懐している。しかし、

---

1) Grammar School　当時は主としてラテン文法を教えた中等学校。
2) 彼は六歳にならぬうちに『ロビンソン・クルーソー』と『アラビアン・ナイト』を読み終えたと伝えられる。

彼は風邪をひいてそれから三日も寝こんでしまった。

　反面、六歳の時から通い始めた父親のグラマー・スクールでは頭角を現し、周囲の大人たちの間では神童の評判が高かった。彼は単に利発さだけではなく、謙虚さや柔順さといった年長者に喜ばれる気立てをすでに身につけていた。喧嘩しても勝ち味のない兄たちの下では、人と争うより相手に気に入られることの方を本能的に選んだ。失敗をすればまず言い訳をし、それがだめなら父または父のように実力があり、しかも寛大な人物に急場をしのいでもらう。そういった「頼りにできる庇護者」を彼は一生を通じて周囲に求めた。実の父ジョン・コウルリッジは詩人が九歳になる直前の1781年10月に急死したが、その後さまざまな「父代り」「母代り」が詩人の人生に登場することになる。

　サミュエルを聖職者にしたいという父の遺志に従って、彼は翌年の4月、ロンドンの名門校クライスツ・ホスピタル[3]に入るべくオッタリー・セント・メアリーを後にする。九歳の、しかも人一倍依存心の強い少年が母の膝下を離れ、単身大都会のただ中に放り出されることはどんなに悲しく心細いことか。それは孤児も同然の身の上だった。彼は入学後に同校で知り合った生涯の友チャールズ・ラムの筆を介して[4]、その時の心境を次のように語っている。

　「年端の行かぬ少年に早ばやと生まれ育った土地を離れさ

---

3) Christ's Hospital　1552年創立。本来慈善病院だったが、間もなく孤児のための学校となり、やがて中流子弟の学ぶパブリック・スクールとなった。1902年にロンドンからサセックス州に移転。

せる残酷さ。まだ巣立ちのできぬ年齢だったこの私は、どれほどわが故郷を恋しがったことか。何度となく夢の中で(遠く西の方にある)故郷の町が、教会や木立や人びとの顔とともに返ってくるのだった」

しかし、コウルリッジの読書熱と言語的才能は、新しい環境の下でいやが上にも高められた。回覧文庫から日に二冊ずつ本を借り出し、程なく文庫全部の本を読み尽したという。故郷で大人たちを感心させた誠実で人をそらさぬ話しぶりは、新たに習得した莫大な知識を背景に、同年輩の学友たちをも魅了した。ラムは彼が学舎の回廊でヤンブリコスやプロティノスの哲学を語り、あるいはギリシャ語でホメロスやピンダロスを朗唱すると、たまたま通りかかった人まで立ち止まって聞き惚れたと伝えている。こうした彼のカリスマ的一面に心酔した下級生の一人トマス・エヴァンズが、今は十六歳になる詩人を自宅に招待した。その家には若くして夫と死別した母と三人の娘がいた。彼はこのエヴァンズ夫人に母親の影を見、その後、日曜日のたびに一家を訪れた。「私は母親に会うような気持で彼女を慕った」と本人は言う、「そして当然のことながらその長女〔メアリー〕と恋におちた。この時から十九歳まで、すなわちクライスツ・ホスピタルを出た時までが、詩と恋の時代だった」。結局その恋は実らなかった。

---

4) ラムの『エリア随記』(1823年)の中に「三十五年前のクライスツ・ホスピタル」と題する随想があり、その中に「私」として語っている孤独な少年はコウルリッジのことだという断り書きがある。ラムはコウルリッジが語った話や書いた文章をこの随筆に再現したと言っている。

しかしカリスマに見えて実は淋しがりやの「ロンドンの孤児」にとって、エヴァンズ夫人とその娘たちは、掛けがえのない母代りであり姉代り[5]だったことに間違いない。

2 ケンブリッジ大学入学からパンティソクラシー運動まで
  (1791～1795年、19～23歳)

1791年10月、コウルリッジは特別給費生としてケンブリッジのジーザス学寮に入った。入学早々この世間知らずの「孤児」は、家具屋の言いなりになって調度をととのえ、莫大な借金を抱えこんだ。一方、1789年のフランス革命の衝撃はこの学寮に政治的急進思想の波を起こしており、コウルリッジの読書傾向と知的関心に新局面を拓くことになった。彼はまずトマス・ペインの『人間の権利』やゴドウィンの『政治的正義』に読みふけった。次いでハートリーやプリーストリーの著作に転じ、その連想心理学が既成宗教の非合理性を糾弾するユニテリアニズム[6]に通ずることを知った。要するにケンブリッジ時代のコウルリッジの思想傾向が、ちょうど二十年後のシェリーのオクスフォード時代と同じように、機械論的合理主義の方向に大きく振れたのである。折しもウィリアム・フレンドという気鋭の聖職者がジーザス学寮でテュー

---

5) 詩人のただ一人の姉 Anne は 1791 年に病死した。[1]参照。
6) ユニテリアニズム(Unitarianism)とは、神・聖霊・キリストを一体と見なす正統キリスト教の三位一体論(Trinitarianism)に反対して、神のみの神性を主張し、キリストの神性を否定する合理主義的な神学思想。18世紀英国では理神論、人道主義、非国教主義、革命思想などと結びついて次第に過激化して行った。

ター[7]を務めていた。彼は急進的なユニテリアンであり同時に熱烈な共和主義者(フランス革命礼賛者)であったため、1793年5月、その言動を問われて学内で裁判にかけられた。これに対してコウルリッジら進歩派の学生たちが擁護運動を起こしたが、結局彼は有罪となり大学を追われてしまった。自分にとっては初めての政治運動の敗北にコウルリッジは意気消沈した。追い討ちをかけるように学監からは入学以来の借金の返済を迫られた。加えて意中の人メアリーが他の男性と婚約したという噂を聞いた。ついに同年11月のある夜、彼は荷物をまとめて学寮を出る。そして12月2日、ロンドンの街角でふと見かけた新兵募集の広告につられて、第15竜騎兵連隊に入隊する。その際身分を隠すためSilas Tomkyn Comberbackeという偽名を使った。それから約四カ月の間、馬の世話もできない落ちこぼれ兵士として屈辱の日々を送ることになった。

　1794年4月になって、「精神異常」という名目でコウルリッジを竜騎兵連隊から抜け出させてくれたのは、六歳年長の兄ジョージであった。英国国教会の牧師になったこの兄は、父が亡くなって以来、詩人にとってもっとも頼りになる親代りであり、これまで何度も愚痴や悩みを訴えた文通相手であった。この時も他の兄弟たちに働きかけて弟の借金を返済し、大学に戻る手筈を整えてくれたのである。こうして復学した

---

7) tutor　ケンブリッジでは特別研究員の一種。学寮内に住み、一般学生の個人指導を受けもつ。William Frend (1757-1841)は1781年からジーザス学寮でこのポストについていた。

彼はさすがに自分の無思慮、無分別を恥じ、兄たちの手前、堅実な道を歩き出すかに見えたが、日を経ずして次なる気紛れが彼の心を捉えた。同年6月から始まる大学三度目の夏休み、一友と出かけたウェイルズ旅行の途中でオクスフォードに立ち寄った彼は、ベイオール学寮の青年詩人サウジー[8]に紹介され、たちまちその重厚な人柄と自由主義的な政治理念に惹きつけられてしまった。サウジーは二歳年下であったが、例によって「頼りにできる人物」の一人に見えたのである。コウルリッジは旅程を先延ばしにして当地に留まり、同行の友人やサウジーの仲間数人と一緒に、人類の政治的理想を夢から実行に移す案を検討し始めた。この同志の中には後年彼が大変世話になるトマス・プール[9]もいた。

　アメリカのサスケハナ流域に原始共産制社会を建設しようというこのパンティソクラシー計画には、多分にコウルリッジの理想家庭の理念が入り混っていた。それはすべての家族が愛と謙譲の精神で結びつき、信仰心を捨てることなく平和に暮らしたいという、いわば政治以前の個人的願望であった。この希求は他の同志には必ずしも理解されず、ただ身分や職業の平等と、移住に際しては健康な配偶者を同伴するという前提だけが全員に認められた。やがてブリストルで彼はフリッカー家の姉妹に引き合わされる。妹イーディスはすでにサ

---

[8]　Robert Southey(1774-1843)　当時のいわゆる「湖畔派」を代表する詩人。1813年には桂冠詩人に叙せられた。『抒情民謡集』には批判的で、特に「古老の舟乗り」([29])には酷評を浴びせた。
[9]　Thomas Poole(1765-1837)　Nether Stowey 在住の実業家で世話好きな慈善家。

ウジーの婚約者であったが、姉セアラは恋人のいない二十四歳の女性であった。メアリー・エヴァンズへの未練がまだ断ち切れないコウルリッジであったが、一カ月ほど悩んだだけでセアラとの結婚を決意する。不確かな可能性に賭けるよりも、頼りになる指導者の下でパンティソクラシーの大義に邁進することの方を選んだのである。しかし、すぐには実行に移されなかった。

　同年9月中旬にケンブリッジに戻った彼は、12月初め、怪しげな政治運動に加担したかどで学位を取れぬまま大学を去る。それから翌年にかけての数週間、ロンドンでさまざまな交遊や文筆活動に明け暮れるうち、たまりかねたサウジーがロンドンまで出向いてきて、この迷える羊をブリストルに連れ戻す。目的は二つあった。一つは資金調達のため同志コウルリッジに政治・哲学に関する言論活動をさせること（サウジー自身は歴史関係の講演や出版を行なっている）。もう一つはセアラとの婚約を履行させること。かくしてよろず柔順なこの同志は、1795年1月末から三回シリーズの講演「道徳および政治について」と、5〜6月に六回シリーズの講義「啓示宗教について」を行なった。にもかかわらずサウジーはコウルリッジの仕事ぶりを怠惰とみて不満を洩らした。そのため両者の間に亀裂が生じ、その不和が他の同志にも及んで、ついにサウジーはこの計画から手を引いてしまった。こうしたサウジーの意外な狭量さと利己的態度にコウルリッジはまたもや失意と幻滅を味わったが、セアラとの約束は反古(ほご)にしなかった。二人はブリストル近くのクリーヴドンに新居となる田舎家を見つけ、1795年10月4日に結婚式を挙げたので

ある。

3 「会話詩」執筆から『抒情民謡集』出版へ
　　(1796〜1798年、24〜26歳)

　結婚後、セアラとの間に新たな愛が芽生え、しばらくの間生涯でもっとも幸せな時期が訪れた。それは詩作上の転機として表われ、「会話詩」(Conversational Poem)という新たなジャンルを生み出すことになった。これはセアラをはじめ周囲の親しい人たちに語りかけるという設定で、身辺さまざまな事物の観察から自然描写、人生回顧、政治批判、哲学的瞑想、愛の告白に至るまで、ありとあらゆる心の動きを綿々と訴える方式である。これが一般の叙景詩や抒情詩、心境告白詩と異なる点は、会話詩では主として無韻詩(blank verse)の形式を用い、たとえばオード(ode)のように堅苦しくないこと、そして常に身近な聞き手を念頭におき、詩中何度も呼びかけることである。その先例はクーパーの『課題』[10]に見られ、ワーズワスも『序曲』や「ティンターン寺院賦」などで試みている。会話好きのコウルリッジには特に適した手法であって、セアラとの蜜月を夢みた「アイオロスの竪琴」([24])に始まり、ワーズワス兄妹やラムを聞き手にした一連の詩([16][25][26][27])が、詩人としての彼に新境地をもたらしたことは疑えない。彼はこの手法により、個人的情念と概念的思考とを調和させ、一体化することが可能になり、詩の領域を一段と拡大したのである。

---

10) William Cowper : *The Task* (1785年).

しばらくして詩人の家庭的幸福を乱したものは生活上の困難であった。彼の政治運動熱はまだ消えず、1796年春にはブリストルの出版業者コトル[11]に勧められて政治・宗教関係の週刊誌『見張り人』[12]を刊行したが予約購読者がつかず、二カ月後わずか第10号で廃刊に追いこまれた。そのうち長男ハートリーが生まれ、生計を立てるための窮余の策として彼は家庭教師やドイツ文学の翻訳などの仕事に手を伸ばした。そんな状況下でふと思い起こしたのは前述のトマス・プールのことだった。彼が住むネザー・ストーウェイの村には二年前サウジーと訪ねたことがあり、その閑寂なたたずまいと、人びとののどかな暮しぶりが目に浮かんで、あの村なら親子三人畑を耕しても生きてゆけるだろうと考えた。依頼を受けたプールは早速自分の邸と庭続きの田舎家を格安の家賃で借りてくれた。そればかりかコウルリッジの翻訳シリーズの予約購読者まで見つけてくれた。プールは今や土地の有力者として人望があり、詩人の何番目かの父代りとなる条件は十分具えていたのである。コウルリッジ一家は同年の大晦日に引っ越してきた。

　翌1797年の3月末、ブリストルから帰る途上のワーズワ

---

11) Joseph Cottle(1770-1853)　1794年以来、サウジーとコウルリッジの友人となり、この後も『抒情民謡集』をはじめ数かずの作品を出版した。
12) *The Watchman*　題名は旧約聖書から採られ、「庶民のために政治の見張りをする者」の意。当時、週刊誌には課税されたので八日ごとに発行。この雑誌にはコウルリッジが前年ブリストルで行なった講演や講義が掲載されており、その中には当時盛んであった奴隷貿易廃止論なども含まれている。[16]の50行目の注参照。

スがネザー・ストーウェイに立ち寄った。尊敬する先輩詩人の来訪にすっかり恐縮したコウルリッジは、返礼の意味で6月にレイスダウンを訪れ、ワーズワス兄妹と三週間ほど過ごす。そして英文学史上もっとも実り豊かな交友がこの時に始まった[13]。二人はお互いの知性、心情、人格に、異なりながらも通い合うものを感じ、共鳴すると同時に畏敬すべきものを見出す。特にコウルリッジの場合、ワーズワスは桁違いに偉大な存在に見えた。

　しかし結果としてはワーズワス兄妹の方がコウルリッジの魅力と説得に負け、7月半ばからストーウェイにほど近いオルフォクスデンの館に移り住んだ。この貸邸もプールが斡旋した。それ以後、毎日のように五キロの道を往き来して、二人の詩人は文学や政治を語り合った。時には妹のドロシーを交えて近辺の地域に小旅行を企てることもあった。1797年11月のある日、そうした旅行の途中でワーズワスが二人で当節はやりのバラッドでも書いて出版社に売りつけ、旅の費用を捻出しようではないかとコウルリッジに持ちかけた。それを受けてコウルリッジが、はじめは合作のつもりが結局は一人で、一つの超自然的な物語詩を書き上げた。それが本書〈幻想詩編〉中の「古老の舟乗り」（[29]）である。完成してみると雑誌に載せるには長過ぎることがわかり、ワーズワスの詩も合わせて独立した単行本に仕立てあげることに話が進んだ。出版はブリストルのコトルが引き受けた。こうして両詩人はあらためて合作詩集のための新たな詩作に取り組み、

---

[13]　実は1795年9月にブリストルで二人は一度面会している。

1798年5月末にはほとんどの原稿がコトルの手に渡った。そして10月4日、英文学史上画期的な詩集『抒情民謡集』(*The Lyrical Ballads*)初版500部が匿名で売り出された。あえて名を秘したわけは、パンティソクラシー運動以来、コウルリッジの名前がユニテリアニズムやジャコバニズム(急進的革命主義)と結びつけられ、売れ行きを妨げる恐れがあったからである。

この快挙は別にしても、1797年後半から1798年前半にかけては、コウルリッジにとってまさに「驚異の年」(annus mirabilis)であった。前記「会話詩」の大半と「古老の舟乗り」「クーブラ・カーン」「クリスタベル 第一部」の三大幻想詩はすべてこの一年間で制作されたのである。特に注目すべきは幻想詩の出現である。上記三作は同じ時期に書かれていながら「会話詩」とまったく質を異にしており、同じ作者の手になったとは思えないほどである。そこには生(なま)の経験、生の感覚というものが語られていない。背景となる自然はオッタリーでもストーウェイでもなく、時代も登場人物もすべて現実とは無縁な物語である。古語こそ使っているが叙述は平明簡潔であり、それでいてすべての言葉が何やら深い含蓄を帯びて読む者に迫ってくる。というのも、日常的表現では明示できない人生観、世界観が叙述や描写の中に、イメージの形で、象徴的に組みこまれているからである。実際、鬱屈した無韻詩の〈田園詩編〉から自由詩風あるいはバラッド調の〈幻想詩編〉へと読み進むと、まるで作者が蛹(さなぎ)から蝶に変身したかのような感を受ける。いわば経験論的地上の葉の上を這っていた芋虫が、突如羽化して想像力の虚空に羽ばたいた感

じなのである。一世紀後の象徴主義を先取りしたとも言えるこの詩風は、しかし上記三作だけで終わってしまった。突然変異がなぜ生じたかはわからない。しかし、なぜそれが元に戻ったかは次に述べる事情から推察がつくであろう。

4 ドイツ留学と「アスラ詩編」
(1798～1802年、26～30歳)

これより先コウルリッジは、思いがけずもウェッジウッド兄弟[14]から年額150ポンドの研究助成金の申し出を受けていた。彼の困窮ぶりを見かねたプールが、この素封家の兄弟にそれとなく働きかけたらしい。詩人は同時にユニテリアン派の友人からも牧師の口を誘われていたが、迷ったあげく前者を選んでドイツ留学を決意した。けれども5月に次男バークリー(長男ハートリーと同じくこれも敬愛する哲学者の名)が生まれ、妻セアラの同行が無理だとわかった彼は、またもや「孤児」として異国に暮らす自信がなく、ワーズワスに救いを求めた。たまたまオルフォクスデンの契約期間が切れ、身の振り方を考えていたワーズワス兄妹はこれに同意し、三人で大陸に渡ることになる。そして『抒情民謡集』の出版を待たず、1798年9月16日にヤーマスから出港した。

ハンブルクに着いた両詩人はまず当地に住む著名な詩人クロップシュトック(1724-1803)と会い、七十四歳の老残の姿に涙する。10月、ゴスラーに向かう友人兄妹と別れたコウルリ

---

14) Thomas and Josiah Wedgwood 大陶芸家 Josiah Wedgwood (1730-1795) の息子たち。Thomas (1771-1805) は写真発明家として知られる。

ッジは、ラッツェブルクで三カ月ほどドイツ語を研修した後、翌年1月にはゲッティンゲンに落ち着いた。同地の大学では生理学、解剖学、博物学などを聴講したものの、哲学や神学関係の講義を受けたという形跡はない。しかし、カントやフィヒテなどドイツ観念論に関する文献や、レッシングやA. W. シュレーゲルなどの文学芸術理論にかかわる著作には大いに関心をもち、精力的に資料を買いこんで帰国後の研究と著述に備えた。こうして当初は二カ月の予定だった留学が大幅に延び、滞在は十カ月に及んだ。その間、次第に望郷の念が募り、セアラにも愛情のこもった詩文を何度も送った。2月には次男バークリーが病死したが、その不幸はプールの計らいで4月まで詩人には知らされなかった。その後、名高い「妖怪」[15]を見にブロッケン山に二度も登頂するなどして7月中旬に帰国し、ようやくセアラのもとに戻ったが、息子の死をも顧みず長期外遊を続けた夫に対する、セアラの心の傷を癒すことはもはや望み薄であった。

　勢い詩人は妻の片恨みを回避する道を選んだ。一足先に帰国したワーズワスが逗留先の家で体調を崩しているという知らせを受け、それを理由に出版社のコトルと彼は北に向かった。そして10月26日に北ヨークシャー州ソックバーン・オン・ティーズのハッチンソン家に着き、ワーズワス兄妹と再会した。ハッチンソン家はもとペンリスにあり、その家の子どもたちはワーズワス兄妹と幼なじみであったが、現在は三

---

15)　山の頂上でまれに見られる御光(光輪)。「ブロッケン(山)の妖怪」として知られる。[9]の54行目の注参照。

男のトマスがこの家を継ぎ、長女のメアリー(1770-1859)、次女のセアラ(1775-1835)、四男のジョージ、三女のジョアンナが同居していた。彼ら、特に三人の娘たちは初めて訪れたコウルリッジを予想外の暖かさで迎えてくれた。なかでも次女のセアラは彼と話すとき知的でしかも思いやりが深く、機知やユーモアのセンスにも富み、同名の妻とは格段の相違があった。ところがその印象を確かめる間もなく、彼は翌日ワーズワスに湖水地方への旅に誘い出されてしまった。ワーズワスの体調不良は親友を呼び寄せて、自分の生まれ育った山水を見せるための口実だったらしい。三週間その旅に付き合ってケジックに至り、それなりの感動を受けたところで彼は友人と別れた。そして、ロンドンに向かう予定を急に変更してソックバーンに舞い戻り、11月24日ハッチンソン姉妹と再会した。後年、彼はその日を「美しくも空(むな)しい恋の記念日」としてノートに留めている。

　それ以後、詩や書簡でセアラ・ハッチンソンに言及するとき、彼はセアラ(Sara)の綴りを変えてアスラ(Asra)と表記する。それは意中の人を悟られないためというより、妻の面影に煩わされないためであろう。そこで後に「アスラ詩編」(Asra Poems)という名称ができた。本詩集の〈恋愛詩編〉に収めた詩群は最初の[17]を除き、すべて「アスラ詩編」である。どの詩にも共通して言えることは主人公、つまり作者が相手の女性に理解や癒しや慰めを求めている点である。[20]では「メアリー、あなたの膝を私たちの枕にして……」と、アスラではなく姉のメアリーに頼んでいる[16]。要するに彼はどの女性にも母性愛を期待しているのだ。これはキーツやシ

ェリーやバイロンなどロマン派詩人の通弊とも考えられる。ワーズワスも例外ではないかもしれない。しかし、ワーズワスにとって幸運なことは、やがて結婚した女性がアスラの姉メアリーであったことだ。セアラ・フリッカーと違ってハッチンソン家の女性たちには母性愛が豊かであったと思わざるをえない。

　ワーズワス兄妹は1799年の12月にグラスミアの「ダヴ・コテッジ」に入居し、コウルリッジ一家は翌1800年の7月にケジックの「グリータ・ホール」に移った。ここで二人の間の物理的な距離が縮まり（約二十五キロ）、ふたたび二年前のような協力関係が生ずるかのように思えた。事実『抒情民謡集』の第二版出版の話が両者の間で起こっており、コウルリッジは『モーニング・ポスト』誌の仕事やシラー翻訳のかたわら、「クリスタベル　第二部」の執筆に懸命の努力を傾けていた。9月には三男が生まれ、近くの美しい湖にちなんでダーウェントと名づけた。10月4日の結婚記念日に、ようやく完成した文字通りの労作を彼はワーズワス兄妹の前で読み上げた。二人とも興味深げに聞いている様子を見て、彼も気をよくした。ところが翌日になってワーズワスから「あの作品は今度の詩集には載せないことに決定した」と言われたのである。理由は直接述べなかったが、『抒情民謡集』本来の趣旨に沿わないということらしかった。しかしどんな理由であれ、師とも親とも仰ぐ偉大な先輩にそう宣告されては引き下

---

16)　詩人は始めメアリーの方に好意を抱いていたと思われる節もある。山田（1991年）、53ページ参照。

がるほかはない。彼の反応は怒りでも恨みでもなかった。ひたすら自己嫌悪と自信喪失に陥るだけだった。彼は詩作を続ける意欲をなくしてしまった。「ワーズワスは偉大な真の詩人です——私は単なる哲学青年でしかありません」と彼はその年の12月の手紙で書いている。「私は詩を捨てました。詩的創作に必要な資質を具えていなかったと痛感したからです。私は強い意欲を生得の才能と混同していたのです」

　もちろんそれ以後、実際に詩作をやめたわけではない。しかし蝶となって経験界を超え、見知らぬ霊域から神秘の幻想を運んでくる、あの想像力はもう戻らなかった。1801年から1802年にかけて、彼は何度かハッチンソン家に逗留してアスラと束の間の小春日和を楽しむことがあった。その記録は「アスラ詩編」に残されたが、所詮叶わぬ恋であってみれば、そこに挫折感や悔恨や罪の意識が芋虫のようにまつわってもおかしくない。1802年4月、そうした痛切な思いをこめてアスラに宛てた書簡体の詩を書き、彼女に怨しと慰めを求めたがさすがに当人には送りかねた。一方、妻セアラとの溝はますます深まり、借財もかさみ、加えて持病のリュウマチ熱も悪化の一途をたどった。痛み止めに阿片を飲む習慣[17]は以前からあったが、ここにきて精神的な逃避の衝動も加わって、耽溺の度は一層高まった。こうして以後十年ほどの間、コウルリッジにとってもっとも悲惨な日々が続くのである。1802

---

17)　詩人が1791年に入寮したジーザス学寮は湿気がひどく、彼は神経痛やリュウマチ熱に悩まされた。その治療のために阿片チンキ (laudanum：阿片をアルコールでといた溶剤。当時は薬局で簡単に買えた) を飲んだのが最初と言われる。

年10月4日、ワーズワスはガロー・ヒルでメアリー・ハッチンソンと結婚式を挙げた。奇しくも当日、コウルリッジの前記アスラへの書簡詩を改作した「失意のオード」([9])が出版される。同年12月には詩人の最後の子セアラが生まれた。この命名が妻セアラに義理立てした結果であるか、秘めた恋の思い出を語るものであるかは知る人ぞ知るである。

5　マルタ島の「家なし児」から「ハイゲイトの聖者」まで
　　（1803〜1834年、31〜61歳）

　1803年からは従来の病苦に加えて阿片自体による中毒症状が出始め、コウルリッジはついに転地療養に踏み切る。そして1804年から約一年半、マルタ島で総督書記の閑職につきながら太陽を浴びてやや健康を取り戻した。その間の孤独な思いは「島流し」([11])でエピグラム風に語られている。しかし、家庭も仕事も放擲してきたことに対する自責の念と、そのせいで却って悪化した阿片中毒のために帰国を決意し、それから一年近くイタリア各地を渡り歩いて1806年にロンドンに着いたときには、出発以前より悲惨な状態になっていた。

　所持金を使い果たし、離婚同然の妻のもとにも帰れぬこの半病人に、ワーズワスをはじめ、ラム、プール、ド・クィンシー、モンタギュー、デイヴィ、クラークソン、モーガンなど新旧の友人がそれぞれに救いの手を差しのべ、宿を提供した。その中の一人の計らいで1808年の1月には王立協会から詩の原理に関する連続講演を依頼されたが、病気のために思うにまかせず、6月で打ち切られた。結局、最後に身を寄

せた所はグラスミアのアラン・バンクに移ったワーズワスの家であり、9月からその一室を借りて住むことになる。そこで彼はふたたび雑誌の発行を思い立ち、アスラの協力(口述筆記)も得て準備に取りかかった。そして1809年6月に綜合週刊誌『フレンド』第1号が刊行され、断続的に翌年3月まで続いたが、献身的に筆耕を務めたアスラがウェイルズに住む長兄のもとに去るに及んで、コウルリッジは意欲を失い、3月15日の第27号をもって廃刊にしたのである。

　その後、5月にはいったんケジックの妻のもとに帰り、10月からはロンドンのモンタギューの家に住む予定だった。ところが迎えにきたこの友人とロンドンに向かう途中でアラン・バンクに立ち寄ったとき、ワーズワスがコウルリッジは「まったくの厄介者」(an absolute nuisance)だとモンタギューに耳打ちした。ロンドンに着いてからこの言葉が当人に洩れ、コウルリッジは大変な衝撃を受ける。まさに愛する親に裏切られた思いだったろう。さすがに彼もその痛手には耐えられず、モンタギューの家を飛び出すとともに、元凶である人生最大の友人とも袂を分かつに至る。ラムの仲立ちによって二人の仲が何とか修復したのは一年半後の1812年4月であった。

　今やどこにも帰る所がなくなったロンドンの「家なし児」は、しばらくモーガン夫妻の庇護を受けた。この時から彼は厖大な数の講演をこなすことになる。1811年11月から翌年1月にかけて十七回のシェイクスピア講演。1812年5〜6月の「演劇論」連続講演。同11月から翌年1月の「文学芸術論」十二回講演。1813年1月には彼の演劇論を実行に移した

『悔恨』[18]がDrury Lane 劇場で上演され、連続二十八日の当たり興行となった。シェイクスピア連続講演は1813年の10〜11月にブリストルでも行なわれた。彼はそのまま滞在し1814年4月にはミルトンとセルバンテスについて六回講演を行なった。同年、フランス革命とナポレオンについての講演も試みたが、進行する阿片中毒の病魔には勝てず、中断を余儀なくされた。そしてもう二度と立ち上がれないと思った1815年4月、畏友ワーズワスの最初の全集が出版されたことを聞いた。

　すると彼の気力がよみがえった。自分も全集とまではいかなくても、新旧の詩作品を集めて自選集くらいは出さなければと思ったのである。彼はまずモーガンに頼んで序文の口述筆記を始めた。それが意外に長引いて自己の精神史風なものに変質し、二年後には独立して『文学的自伝』(*Biographia Literaria*)という題で上梓された。詩の方は1815年のうちにまとめられ、『シビルの詩片』(*Sibylline Leaves*)という表題でこれも1817年に出版された。すでにコウルリッジは1816年4月に友人のジェイムズ・ギルマン医師の家に引き取られ、同夫妻の献身的な介護を受けていたが、その甲斐もあって驚異的な創作意欲を燃やしていた。特に1814年頃から念頭にあった「最大の作品」(opus maximum)——科学、論理学、哲学、神学を打って一丸としたロゴスの体系——の計画は1815年には「ロゴソフィア」(Logosophia)と命名され、前述の

―――――――――

18) *Remorse, a Tragedy in Five Acts* 1797年作の劇詩 *Osorio* を改作したもの。

『文学的自伝』もその一環として組み入れる予定であった。同じ路線で次に執筆した著作が1816年12月に出版された社会・文化評論『政治家の聖典』(*The Statesman's Manual*) である。その後1818年の『覚書き』に具体的な構想まで明らかにしているものの、体系化された関係文献はなく、遺稿となった「論理学」を最後に「ロゴソフィア」は幻の大系となってしまった。

講演活動も衰えなかった。1818年の1〜3月にはロンドン哲学協会でヨーロッパ文化と文学についての連続講演を行なった。11月には『フレンド』を改訂増補し三巻本として出版。12月から翌年3月にかけてシェイクスピア六回講演、続けてシェイクスピア、ミルトン、ダンテ、スペンサー、アリオストー、セルバンテスについての七回講演を引き受け、その間を縫って十四回の哲学講演をやってのけた。出版物としては1825年の『省察の助け』(*Aids to Reflection*)、1829年の『教会と国家の構成原理』(*On the Constitution of the Church and the State*) が主要なものである。

遡って1823年12月、ギルマン一家はコウルリッジとともにハムステッド・ヒースのハイゲイトに引っ越しており、詩人には見晴らしのいい部屋が与えられていた。「当時コウルリッジは」とカーライルは回想する、「ハイゲイト・ヒルの高台に座り、煙っぽいロンドンの喧騒を見下ろしていた――無意味な人生の争乱から逃れてきた聖者のように」[19]。晩年に近づくにつれてこの「ハイゲイトの聖者」は伝説上の人物

---

19) Bate、53ページに引用。

になり、内外の名士たちが引きも切らず彼の部屋を訪れる。その中にはアメリカ人のエマソンもいた。もちろん親しい友人や身内のものは四六時中出入りした。妻と娘の両セアラは引っ越した直後のクリスマスにやってきて、十年ぶりの対面をした。娘はすっかり美しくなっており、その後もしばしば訪れては何日か滞在していった。1828年の6〜8月、彼はワーズワスとその娘ドーラと一緒にドイツを再訪する。当地で押しかけた崇拝者の中に A. W. シュレーゲルもいたという。その年の10月には最初のコウルリッジ全集が三巻本となって出た。1829年には改訂第二版が出た。そして1834年7月25日、第三版の校正刷りがコウルリッジの手元に届いたところで、この大詩人思想家は永遠の眠りについた。遺体は8月2日、ハイゲイト墓地に埋葬された。

　こうしてコウルリッジは波瀾と苦悩に満ちた六十一年九カ月の生涯を終える――前半は大詩人として、後半は大思想家として。けれども全人生を通じて彼は常に孤独であった。あれほど多くの友人に囲まれながら本質的には一人であった。結婚しても変わらなかった。また、あれほど豊かな才能に恵まれながら詩は断片に終わることが、思想も体系とはならず乱雑なメモ[20]のままに留まることが多かった。要するに彼は知的活動の破片を無数にまき散らしてこの世を去ったのである。しかしその破片は水晶の、宝石の切片であった。それ

---

20)　コウルリッジはおびただしい数のメモを大学ノートに書き留めていた。それらは全五巻から成る『覚書き』(*Notebooks*) として刊行中であるが、現在まだ最終巻に至っていない。

ゆえその一つひとつが無限の可能性を秘めて今なおわれわれの目の前に輝いている。人生とはそうしたものではないだろうか。われわれはだれしも目的の成就や事業の完成を夢みる。しかし人間の世界に真の完成などありえない。われわれはただ、「クーブラ・カーン」の前書きの末尾にある作者のつぶやきを、死ぬまで繰り返すのみである——

「明日はもっと美しい歌をうたおう。しかしその明日はまだ来ない」

対訳 コウルリッジ詩集――イギリス詩人選(7)

2002 年 1 月 16 日　第 1 刷発行
2023 年 5 月 25 日　第 7 刷発行

編　者　上島建吉(かみじまけんきち)

発行者　坂本政謙

発行所　株式会社 岩波書店
　　　　〒101-8002 東京都千代田区一ツ橋 2-5-5

　　　　案内 03-5210-4000　営業部 03-5210-4111
　　　　文庫編集部 03-5210-4051
　　　　https://www.iwanami.co.jp/

印刷・精興社　製本・牧製本

ISBN 978-4-00-322213-3　　Printed in Japan

読書子に寄す
——岩波文庫発刊に際して——

　真理は万人によって求められることを自ら欲し、芸術は万人によって愛されることを自ら望む。かつては民を愚昧ならしめるために学芸が最も狭き堂宇に閉鎖されたことがあった。今や知識と美とを特権階級の独占より奪い返すことはつねに進取的なる民衆の切実なる要求である。岩波文庫はこの要求に応じそれに励まされて生まれた。それは生命ある不朽の書を少数者の書斎と研究室とより解放して街頭にくまなく立たしめ民衆に伍せしめるであろう。近時大量生産予約出版の流行を見る。その広告宣伝の狂態はしばらくおくも、後代にのこすと誇称する全集がその編集に万全の用意をなしたるか。千古の典籍の翻訳企図に敬虔の態度を欠かざりしか。さらに分売を許さず読者を繋縛して数十冊を強うるがごとき、はたしてその揚言する学芸解放のゆえんなりや。吾人は天下の名士の声に和してこれを推挙するに躊躇するものである。このときにあたって、岩波書店は自己の責務のいよいよ重大なるを思い、従来の方針の徹底を期するため、すでに十数年以前より志して来た計画を慎重審議この際断然実行することにした。吾人は範をかのレクラム文庫にとり、古今東西にわたって文芸・哲学・社会科学・自然科学等種類のいかんを問わず、いやしくも万人の必読すべき真に古典的価値ある書をきわめて簡易なる形式において逐次刊行し、あらゆる人間に須要なる生活向上の資料、生活批判の原理を提供せんと欲する。この文庫は予約出版の方法を排したるがゆえに、読者は自己の欲する時に自己の欲する書物を各個に自由に選択することができる。携帯に便にして価格の低きを最主とするがゆえに、外観を顧みざるも内容に至っては厳選最も力を尽くし、従来の岩波出版物の特色をますます発揮せしめようとする。この計画たるや世間の一時の投機的なるものと異なり、永遠の事業として吾人は微力を傾倒し、あらゆる犠牲を忍んで今後永久に継続発展せしめ、もって文庫の使命を遺憾なく果たさしめることを期する。芸術を愛し知識を求むる士の自ら進んでこの挙に参加し、希望と忠言とを寄せられることは吾人の熱望するところである。その性質上経済的には最も困難多きこの事業にあえて当たらんとする吾人の志を諒として、その達成のため世の読書子とのうるわしき共同を期待する。

　昭和二年七月

岩波茂雄

心変わり	ミシェル・ビュトール／清水徹訳
悪魔祓い	ル・クレジオ／高山鉄男訳
楽しみと日々	プルースト／岩崎力訳
失われた時を求めて 全十四冊	プルースト／吉川一義訳
子ども	ジュール・ヴァレス／朝比奈弘治訳
シルトの岸辺	ジュリアン・グラック／安藤元雄訳
星の王子さま	サン＝テグジュペリ／内藤濯訳
プレヴェール詩集	小笠原豊樹訳
ペスト	カミュ／三野博司訳
《別冊》	
増補 フランス文学案内	渡辺一衛
増補 ドイツ文学案内	鈴木力衛
ことばの花束 ——岩波文庫の名句365	手塚富雄 神品芳夫
ことばの贈物 ——岩波文庫の名句365	岩波文庫編集部編
愛のことば ——岩波文庫から——	岩波文庫編集部編
世界文学のすすめ	大岡信 小川国夫 奥本大三郎 沼野充義 村池田満寿夫編

近代日本文学のすすめ	大岡信 加賀乙彦 菅野昭正 十川信介 曾根博義 根井雅弘編
近代日本思想案内	鹿野政直
近代日本文学案内	十川信介編
ポケットアンソロジー この愛のゆくえ	中村邦生編
スペイン文学案内	佐竹謙一
一日一文 英知のことば	木田元編
声でたのしむ 美しい日本の詩	大岡信 谷川俊太郎編

2022.2 現在在庫 D-4

ボヴァリー夫人 全三冊 フローベール 伊吹武彦訳	地獄の季節 ランボオ 小林秀雄訳	海底二万里 全二冊 ジュール・ヴェルヌ 朝比奈美知子訳
感情教育 全二冊 フローベール 生島遼一訳	ランボー詩集[上] 対訳 フランス詩人選(1) 中地義和編	死霊の恋・ポンペイ夜話 他三篇 ゴーチエ 田辺貞之助訳
紋切型辞典 フローベール 小倉孝誠訳	にんじん ルナアル 岸田国士訳	火の娘たち ネルヴァル 野崎歓訳
サラムボー 全二冊 フローベール 中條屋進訳	ぶどう畑のぶどう作り ルナアル 岸田国士訳	パリの夜 ——革命下の民衆 レチフ・ド・ラ・ブルトンヌ 植田祐次編訳
未来のイヴ ヴィリエ・ド・リラダン 渡辺一夫訳	ジャン・クリストフ 全四冊 ロマン・ロラン 豊島与志雄訳	牝 猫(めすねこ) コレット 工藤庸子訳
風車小屋だより ドーデー 桜田佐訳	トルストイの生涯 ロマン・ロラン 蛯原徳夫訳	シェリ コレット 工藤庸子訳
サフォ パリ風俗 ドーデ 朝倉季雄訳	ベートーヴェンの生涯 ロマン・ロラン 片山敏彦訳	シェリの最後 コレット 工藤庸子訳
プチ・ショーズ ——ある少年の物語 ドーデ 原千代海訳	フランシス・ジャム詩集 手塚伸一訳	生きている過去 コレット 窪田般彌訳
少年少女 アナトール・フランス 三好達治訳	三人の乙女たち フランシス・ジャム 手塚伸一訳	ノディエ幻想短篇集 篠田知和基編訳
テレーズ・ラカン エミール・ゾラ 小林正訳	狭 き 門 アンドレ・ジイド 川口篤訳	フランス短篇傑作選 山田稔編訳
ジェルミナール 全三冊 エミール・ゾラ 安士正夫訳	法王庁の抜け穴 アンドレ・ジイド 石川淳訳	シュルレアリスム宣言・溶ける魚 アンドレ・ブルトン 巖谷國士訳
獣 人 エミール・ゾラ 川口篤訳	精神の危機 他十五篇 ポール・ヴァレリー 恒川邦夫訳	ナジャ アンドレ・ブルトン 巖谷國士訳
氷島の漁夫 ピエール・ロチ 吉氷清訳	ドガ ダンス デッサン ポール・ヴァレリー 塚本昌則訳	ジュスチーヌまたは美徳の不幸 サド 植田祐次訳
マラルメ詩集 渡辺守章訳	シラノ・ド・ベルジュラック ロスタン 辰野隆、鈴木信太郎訳	とどめの一撃 ユルスナール 岩崎力訳
脂肪のかたまり モーパッサン 高山鉄男訳	地底旅行 ジュール・ヴェルヌ 朝比奈弘治訳	フランス名詩選 安藤元雄、入沢康夫、渋沢孝輔編
メゾンテリエ 他三篇 モーパッサン 河盛好蔵訳	八十日間世界一周 ジュール・ヴェルヌ 鈴木啓二訳	繻子の靴 全二冊 ポール・クローデル 渡辺守章訳
モーパッサン短篇選 高山鉄男編訳		全集 A・O・バルナブース 全二冊 ヴァレリー・ラルボー 岩崎力訳

2022.2 現在在庫　D-3

ウィーン世紀末文学選　池内　紀編訳

ティル・オイレンシュピーゲルの愉快ないたずら 他十篇	阿部 謹也訳
チャンドス卿の手紙 他十篇	檜山 哲彦訳
ホフマンスタール詩集	川村 二郎訳
インド紀行 全二冊	ボンゼルス　実吉 捷郎訳
ドイツ名詩選	檜山哲彦／生野幸吉編
聖なる酔っぱらいの伝説 他四篇	ヨーゼフ・ロート　池内 紀訳
ラデツキー行進曲 全二冊	ヨーゼフ・ロート　平田 達治訳
暴力批判論 他十篇	ベンヤミン　野村 修編訳
ボードレール 他五篇 ——ベンヤミンの仕事2	ベンヤミン　野村 修編訳
パサージュ論 全五冊	ベンヤミン　今村仁司・三島憲一ほか訳
ジャクリーヌと日本人	相良 守峯訳
ヴォイツェク／ダントンの死／レンツ	ビューヒナー　岩淵 達治訳
人生処方詩集	ケストナー　小松 太郎訳
第七の十字架 全二冊	アンナ・ゼーガース　新村 浩訳　山下 肇訳

《フランス文学》 （赤）

ラブレー第一之書 ガルガンチュワ物語	渡辺 一夫訳
ラブレー第二之書 パンタグリュエル物語	渡辺 一夫訳
ラブレー第三之書 パンタグリュエル物語	渡辺 一夫訳
ラブレー第四之書 パンタグリュエル物語	渡辺 一夫訳
ラブレー第五之書 パンタグリュエル物語 他一篇	渡辺 一夫訳
ピエール・パトラン先生	渡辺 一夫訳
ロンサール詩集	ロンサール　井上究一郎訳
エセー 全六冊	モンテーニュ　原 二郎訳
ラロシュフコー箴言集	二宮 フサ訳
ブリタニキュス／ベレニス	ラシーヌ　渡辺 守章訳
ドン・ジュアン ——石像の宴	モリエール　鈴木 力衛訳
いやいやながら医者にされ	モリエール　鈴木 力衛訳
守銭奴	モリエール　鈴木 力衛訳
完訳ペロー童話集	新倉 朗子訳
カンディード 他五篇	ヴォルテール　植田 祐次訳
寓話	ラ・フォンテーヌ　今野 一雄訳

ルイ十四世の世紀 全四冊	ヴォルテール　丸山熊雄訳
美味礼讃 全二冊	ブリア＝サヴァラン　戸部松実訳
アドルフ 近代人の自信と古代人の自由・征服の精神と簒奪 他一篇	コンスタン　大塚幸男訳
恋愛論 全二冊	スタンダール　杉本圭子訳
赤と黒 全二冊	スタンダール　堤林恵訳
ゴプセック／毬打つ猫の店	バルザック　芳川泰久訳
艶笑滑稽譚 全三冊	バルザック　石井晴一訳
レ・ミゼラブル 全四冊	ユゴー　豊島与志雄訳
ライン河幻想紀行	ユゴー　榊原晃三編訳
ノートル＝ダム・ド・パリ 全二冊	ユゴー　松下和則訳
モンテ・クリスト伯 全七冊	アレクサンドル・デュマ　山内義雄訳
三銃士 全二冊	デュマ　生島遼一訳
エトルリヤの壺 他五篇	メリメ　杉捷夫訳
カルメン	メリメ　杉捷夫訳
愛の妖精 （プチット・ファデット）	ジョルジュ・サンド　宮崎嶺雄訳
悪の華	ボオドレエル　鈴木信太郎訳

2022.2 現在在庫　D-2

《ドイツ文学》（赤）

ニーベルンゲンの歌 全二冊	相良守峯訳
若きウェルテルの悩み	竹山道雄訳
ヴィルヘルム・マイスターの修業時代 全三冊	ゲーテ／山崎章甫訳
イタリア紀行 全三冊	ゲーテ／相良守峯訳
ファウスト 全二冊	ゲーテ／相良守峯訳
ゲーテとの対話 全三冊	エッカーマン／山下肇訳
スペインの太子 ドン・カルロス	シルレル／佐藤通次訳
改訳 オルレアンの少女	シルレル／佐藤通次訳
ヒュペーリオン──希臘の世捨人	ヘルデルリーン／渡辺格司訳
青い花	ノヴァーリス／青山隆夫訳
夜の讃歌・サイスの弟子たち 他一篇	ノヴァーリス／今泉文子訳
完訳 グリム童話集 全五冊	金田鬼一訳
黄金の壺	ホフマン／神品芳夫訳
ホフマン短篇集 他六篇	池内紀編訳
O侯爵夫人 他六篇	クライスト／相良守峯訳
影をなくした男	シャミッソー／池内紀訳
流刑の神々・精霊物語	ハイネ／小沢俊夫訳
冬物語──ドイツ	ハイネ／井汲越次訳
芸術と革命 他四篇	ワーグナー／北村義男訳
ブリギッタ・森の泉 他一篇	シュティフター／手塚富雄・藤村宏訳
みずうみ 他四篇	シュトルム／関泰祐訳
村のロメオとユリア 他四篇	ケラー／草野平作訳
沈鐘	ハウプトマン／阿部六郎訳
地霊・パンドラの箱 ルル二部作	F・ヴェデキント／岩淵達治訳
春のめざめ	F・ヴェデキント／酒寄進一訳
花・死人に口を 他七篇	シュニッツラー／番匠谷英一訳
ゲオルゲ詩集	手塚富雄訳
リルケ詩集	高安国世訳
ドゥイノの悲歌	リルケ／手塚富雄訳
ブッデンブローク家の人びと 全三冊	トーマス・マン／望月市恵訳
トーマス・マン短篇集	トーマス・マン／実吉捷郎訳
魔の山 全二冊	トーマス・マン／関泰祐・望月市恵訳
トニオ・クレエゲル	トーマス・マン／実吉捷郎訳
ヴェニスに死す	トーマス・マン／実吉捷郎訳
車輪の下	ヘルマン・ヘッセ／実吉捷郎訳
青春はうるわし 他三篇	ヘルマン・ヘッセ／関泰祐訳
漂泊の魂	ヘルマン・ヘッセ／相良守峯訳
デミアン	ヘルマン・ヘッセ／実吉捷郎訳
シッダルタ	ヘルマン・ヘッセ／手塚富雄訳
ルーマニア日記	カロッサ／高橋健二訳
幼年時代	カロッサ／斎藤栄治訳
指導と信従	カロッサ／国松孝二訳
ジョゼフ・フーシェ──ある政治的人間の肖像	ステファン・ツワイク／秋山英夫訳
変身・断食芸人	カフカ／山下萬里訳
審判	カフカ／辻瑆訳
カフカ寓話集	池内紀編訳
カフカ短篇集	池内紀編訳
三文オペラ	ブレヒト／岩淵達治訳
ドイツ炉辺ばなし集──カレンダーゲシヒテン	ヘーベル／木下康光編訳
悪童物語	ルドヴィヒ・トマ／実吉捷郎訳

《アメリカ文学》(赤)

ギリシア・ローマ神話 付 インド・北欧神話	ブルフィンチ　野上弥生子訳
中世騎士物語	ブルフィンチ　野上弥生子訳
フランクリン自伝	松本慎一・西川正身訳
フランクリンの手紙	蕗沢忠枝編訳
スケッチ・ブック	アーヴィング　齊藤昇訳
アルハンブラ物語	アーヴィング　平沼孝之訳
ウォルター・スコット邸訪問記	アーヴィング　齊藤昇訳
エマソン論文集 全二冊	酒本雅之訳
完訳 緋文字	ホーソーン　八木敏雄訳
哀詩 エヴァンジェリン	ロングフェロー　斎藤悦子訳
黒猫・モルグ街の殺人事件 他五篇	中野好夫訳
対訳 ポー詩集 ―アメリカ詩人選(1)	加島祥造編
ユリイカ	ポー　八木敏雄訳
ポオ評論集	八木敏雄訳
森の生活（ウォールデン）全二冊	ソロー　飯田実訳
市民の反抗 他五篇	H・D・ソロー　飯田実訳
白鯨 全三冊	メルヴィル　八木敏雄訳
ビリー・バッド	メルヴィル　坂下昇訳
ホイットマン自選日記 全二冊	杉木喬訳
対訳 ホイットマン詩集 ―アメリカ詩人選(2)	木島始編
対訳 ディキンソン詩集 ―アメリカ詩人選(3)	亀井俊介編
不思議な少年	マーク・トウェイン　中野好夫訳
王子と乞食	マーク・トウェイン　村岡花子訳
人間とは何か	マーク・トウェイン　中野好夫訳
ハックルベリー・フィンの冒険 全二冊	マーク・トウェイン　西田実訳
いのちの半ばに	ビアス　西川正身訳
新編 悪魔の辞典	ビアス　西川正身編訳
ねじの回転 デイジー・ミラー	ヘンリー・ジェイムズ　行方昭夫訳
あしながおじさん	ジーン・ウェブスター　遠藤寿子訳
荒野の呼び声	ジャック・ロンドン　海保眞夫訳
ノリス 死の谷 マクティーグ 全三冊	井上宗次訳
響きと怒り 全二冊	フォークナー　平石貴樹・新納卓也訳
アブサロム、アブサロム！ 全二冊	フォークナー　藤平育子訳
八月の光 全二冊	フォークナー　諏訪部浩一訳
武器よさらば 全二冊	ヘミングウェイ　谷口陸男訳
オー・ヘンリー傑作選	大津栄一郎訳
黒人のたましい	W・E・B・デュボイス　木島始・鮫島重俊・黄寅秀訳
フィッツジェラルド短篇集	佐伯泰樹編訳
アメリカ名詩選	亀井俊介・川本皓嗣編
青 白 い 炎	ナボコフ　富士川義之訳
風と共に去りぬ 全六冊	マーガレット・ミッチェル　荒このみ訳
対訳 フロスト詩集 ―アメリカ詩人選(4)	川本皓嗣編
とんがりモミの木の郷 他五篇	セアラ・オーン・ジュエット　河島弘美訳

2022.2 現在在庫　C-3

嘘から出た誠 ワイルド 岸本一郎訳	オーウェル評論集 小野寺健訳	対訳 ブラウニング詩集 ——イギリス詩人選(6) 富士川義之編
童話集 幸福な王子 他八篇 オスカー・ワイルド 富士川義之訳	パリ・ロンドン放浪記 ジョージ・オーウェル 小野寺健訳	灯台へ ヴァージニア・ウルフ 御輿哲也訳
ヘンリ・ライクロフトの私記 バナード・ショウ 市川又彦訳	動物農場 ——おとぎばなし ジョージ・オーウェル 川端康雄訳	船出 ヴァージニア・ウルフ 川西進訳
分らぬもんですよ バナード・ショウ 市川又彦訳	対訳 キーツ詩集 ——イギリス詩人選(10) 宮崎雄行編	フランク・オコナー短篇集 阿部公彦訳
南イタリア周遊記 ギッシング 平井正穂訳	キーツ詩集 中村健二訳	たいした問題じゃないが コラム傑作選 行方昭夫編訳
闇の奥 コンラッド 中野好夫訳	阿片常用者の告白 ド・クインシー 野島秀勝訳	英国ルネサンス恋愛ソネット集 岩崎宗治編訳
対訳 イェイツ詩集 ——イギリス詩人選(3) 高松雄一編	オルノーコ 美しい浮気女 アフラ・ベイン 土井治訳	文学とは何か ——現代批評理論への招待 全二冊 テリー・イーグルトン 大橋洋一訳
密 偵 コンラッド 土岐恒二訳	イギリス名詩選 平井正穂編	D.G.ロセッティ作品集 松村伸一訳
月と六ペンス モーム 行方昭夫訳	タイム・マシン 他九篇 H.G.ウェルズ 橋本槙矩訳	真夜中の子供たち 全二冊 サルマン・ラシュディ 寺門泰彦訳
人間の絆 全三冊 モーム 行方昭夫訳	解放された世界 H.G.ウェルズ 浜野輝訳	
サミング・アップ モーム 行方昭夫訳	大 転 落 イヴリン・ウォー 富山太佳夫訳	
モーム短篇選 全二冊 モーム 行方昭夫編訳	回想のブライズヘッド 全二冊 イーヴリン・ウォー 小野寺健訳	
アシェンデン ——英国情報部員のファイル モーム 岡田久雄訳	愛されたもの イーヴリン・ウォー 出淵博訳	
お菓子とビール モーム 行方昭夫訳	対訳 ジョン・ダン詩集 ——イギリス詩人選(2) 湯浅信之編	
ダブリンの市民 ジョイス 結城英雄訳	フォースター評論集 小野寺健編訳	
荒地 T・S・エリオット 岩崎宗治訳	白 衣 の 女 全三冊 ウィルキー・コリンズ 中島賢二訳	
悪口学校 シェリダン 菅泰男訳	アイルランド短篇選 橋本槇矩編訳	

2022.2 現在在庫 C-2

《イギリス文学》(赤)

ユートピア	トマス・モア	平井正穂訳
完訳 カンタベリー物語 全三冊	チョーサー	桝井迪夫訳
ヴェニスの商人	シェイクスピア	中野好夫訳
十二夜	シェイクスピア	小津次郎訳
ハムレット	シェイクスピア	野島秀勝訳
オセロウ	シェイクスピア	菅 泰男訳
リア王	シェイクスピア	野島秀勝訳
マクベス	シェイクスピア	木下順二訳
ソネット集	シェイクスピア	高松雄一訳
ロミオとジューリエット	シェイクスピア	平井正穂訳
リチャード三世	シェイクスピア	木下順二訳
対訳 シェイクスピア詩集 —イギリス詩人選(1)		柴田稔彦編
から騒ぎ 他一篇	シェイクスピア	喜志哲雄訳
言論・出版の自由 —アレオパジティカ	ミルトン	原田純訳
失楽園 全二冊	ミルトン	平井正穂訳
ロビンソン・クルーソー 全二冊	デフォー	平井正穂訳

奴婢訓 他一篇	スウィフト	深町弘三訳
ガリヴァー旅行記	スウィフト	平井正穂訳
ジョウゼフ・アンドルーズ 全二冊	フィールディング	朱牟田夏雄訳
トリストラム・シャンディ 全三冊	ロレンス・スターン	朱牟田夏雄訳
ウェイクフィールドの牧師 —ただしはなし	ゴールドスミス	小野寺健訳
幸福の探求 —アビシニアの王子ラセラスの物語	サミュエル・ジョンスン	朱牟田夏雄訳
対訳 ブレイク詩集 —イギリス詩人選(4)		松島正一編
対訳 ワーズワス詩集 —イギリス詩人選(3)		山内久明編
湖の麗人	スコット	入江直祐訳
高慢と偏見 全三冊	ジェイン・オースティン	富田 彬訳
マンスフィールド・パーク 全三冊	ジェイン・オースティン	新井潤美編訳
キプリング短篇集	キプリング	橋本槇矩訳
ジェイン・オースティンの手紙		新井潤美・宮丸裕二訳
シェイクスピア物語	チャールズ・ラム/メアリー・ラム	安藤貞雄訳
デイヴィッド・コパフィールド 全五冊	ディケンズ	石塚裕子訳
炉辺のこほろぎ	ディケンズ	本多顕彰訳
ボズのスケッチ 短篇小説篇 全二冊	ディケンズ	藤岡啓介訳

アメリカ紀行 全二冊	ディケンズ	伊藤弘之・下笠徳次・隈元貞広訳
イタリアのおもかげ	ディケンズ	石塚裕子訳
大いなる遺産 全二冊	ディケンズ	佐々木徹訳
荒凉館 全四冊	ディケンズ	佐々木徹訳
鎖を解かれたプロメテウス	シェリー	石川重俊訳
ジェイン・エア 全三冊	シャーロット・ブロンテ	河島弘美訳
嵐が丘	エミリー・ブロンテ	河島弘美訳
アルプス登攀記	ウィンパー	浦松佐美太郎訳
アンデス登攀記 全二冊	ウィンパー	大貫良夫訳
緑の木蔭 和蘭派田園画	ハーディ	石田英二訳
嵐	トマス・ハーディ	阿部知二訳
南海千一夜物語	スティーヴンスン	海保眞夫訳
ジーキル博士とハイド氏	スティーヴンスン	中村徳三郎訳
若い人々のために 他十一篇	スティーヴンスン	岩田良吉訳
怪談 —不思議なことの物語と研究	ラフカディオ・ハーン	平井呈一訳
ドリアン・グレイの肖像	オスカー・ワイルド	富士川義之訳
サロメ	ワイルド	福田恆存訳

2022.2 現在在庫 C-1

― 岩波文庫の最新刊 ―

構想力の論理 第一
三木清著

パトスとロゴスの統一を試みるも未完に終わった、三木清の主著。〈第一〉には、「神話」「制度」「技術」を収録。注解＝藤田正勝。(全二冊)
〔青一四九-二〕 定価一〇七八円

モイラ
ジュリアン・グリーン作／石井洋二郎訳

極度に潔癖で信仰深い赤毛の美少年ジョゼフが、運命の少女モイラに魅入られ……。一九二〇年のヴァージニアを舞台に、端正な文章で綴られたグリーンの代表作。
〔赤N五二〇-一〕 定価一二七六円

イギリス国制論(下)
バジョット著／遠山隆淑訳

イギリスの議会政治の動きを分析した古典的名著。下巻では、政権交代や議院内閣制の成立条件について考察を進めていく。第二版の序文を収録。(全二冊)
〔白一二二-三〕 定価一一五五円

俺の自叙伝
大泉黒石著

ロシア人を父に持ち、虚言の作家と貶められた大正期のコスモポリタン作家、大泉黒石。その生誕からデビューまでの数奇な半生を綴った代表作。解説＝四方田犬彦。
〔緑二二九-一〕 定価一一五五円

……今月の重版再開……

李商隠詩選
川合康三選訳
〔赤四二-一〕 定価一一〇〇円

新渡戸稲造論集
鈴木範久編
〔青一一八-二〕 定価一一五五円

定価は消費税10％込です　　2023.5